诗凡◎著

大象孤儿

四川文艺出版社

图书在版编目（CIP）数据

大象孤儿 / 诗凡著. -- 成都：四川文艺出版社, 2017.10

ISBN 978-7-5411-4816-3

Ⅰ.①大… Ⅱ.①诗… Ⅲ.①长篇小说—中国—当代 Ⅳ.①I247.5

中国版本图书馆CIP数据核字(2017)第241223号

DAXIANGGUER
大象孤儿
诗凡 著

责任编辑	奉学勤　叶　茂
责任校对	蓝　海
封面设计	violet
责任印刷	崔　娜

出版发行	四川文艺出版社（成都市槐树街2号）
网　址	www.scwys.com
电　话	028-86259287（发行部）　028-86259303（编辑部）
传　真	028-86259306
邮购地址	成都市槐树街2号四川文艺出版社邮购部　610031
排　版	四川最近文化传播有限公司
印　刷	四川华龙印务有限公司
成品尺寸	145mm×210mm　1/32
印　张	9　　　　　　　　字　数　180千
版　次	2018年1月第一版　印　次　2018年1月第一次印刷
书　号	ISBN 978-7-5411-4816-3
定　价	39.80元

版权所有·侵权必究。如有质量问题，请与出版社联系更换。028-86259301

在非洲度过美好一天,好过在其他地方虚度一生。

目 录

引　子		1
1	死亡VS极致美	3
2	草原上的小花豹	17
3	一千个来非洲的理由	34
4	和大象行握手礼	43
5	大象孤儿院	57
6	哈库那马塔塔	69
7	会讲汉语的小贩	81
8	我看见了大象的心灵	95
9	食肉兽餐厅	110

10	飞越东非大裂谷	124
11	大象的遗骨	143
12	篝火、吉他、月光下的舞蹈	155
13	小象过河	168
14	狮子来了	181
15	小象的眼泪	194
16	小象长生	207
17	维斯盖特的枪声	220
18	乞力马扎罗的雪	238
19	非洲的青山	252
20	大象的黄昏	268
尾 声		276
后 记		277
荐 语		280

引子

"砰"！一声清脆的枪响，打破了非洲草原的宁静。

"砰"！又一声。

受了惊的羚羊四散奔逃，长颈鹿从状似大伞的金合欢树旁抬起头，四处张望。

过了一会儿，见一切如常，羚羊换了个地方重新聚在一起吃草。长颈鹿低下头，继续啃食金合欢树梢上的叶子。

天空湛蓝，如同透明的水晶。

阳光直直地照在翰文的脸上，火辣辣的疼。他躺在草地上，脸朝天空。阳光太过强烈，他无法睁开眼睛。

他听到有人走过来，脚步声到跟前停住了。

他无法坐起来，也无法转动身体，捂着腹部的手仍能感觉到血在不停往外流。

他感觉到来人从他的脖子上取下了摄像机，然后，脚步声远去，四野重归寂静。

他使劲扭过头,睁开眼睛。首先映入眼帘的是一丛小草,然后是远处几株稀疏的灌木。再远处,草原尽头,乞力马扎罗山影影绰绰,像是披着白色斗篷的武士。

他想起了雪颢。这个短发女孩带着野性的大笑闯入了他的生活。此时此刻,他非常留恋和她一起度过的短暂而美好的时光。

他感到万分悲伤,心中满是不舍,但并不后悔。

在非洲度过美好一天,好过在其他地方虚度一生。

血还在汩汩地流。他仿佛看见大象之王萨陶也躺在血泊之中,几个黑人,扛着那对举世无双的大象牙扬长而去。

恍惚之间,他仿佛看见一箱箱象牙,在黑夜里装上停在蒙巴萨港口的轮船。轮船起锚,开往世界的尽头。

他又仿佛回到了祖父的房间,红木架正中放着一座象牙雕刻的米白色观音像,华美而精致。小时候,他老想伸手去拿这座雕像,却无论如何也够不着。观音总是面带微笑看着他这个站在地上的小不点。据说,为了唤醒在歧途上越走越远的罪人,观音曾经化身为母鹿和风尘女子。

他的意识渐渐模糊,黑暗向他袭来,铺天盖地……

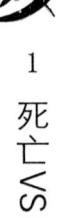

1 死亡VS极致美

即便很多年过去,翰文仍会回想起黑人士兵拿枪顶着他头部的情景。那时那刻,他的眼前清晰浮现的却是童年隔壁小女孩天真烂漫的笑容。

"你真是这样想的么?"雪颢问。她的手指缓缓缠绕齐脖短发的末梢,微侧着头看着翰文,眼睛像钻石一样晶晶亮。

这是他第二次见她。他觉得她的眼睛像伯利兹蓝洞一样深邃、神秘,吸引着人们一直往下潜,却总是到不了尽头。

"真的。我也觉得奇怪,在巨大的恐惧面前,自然而然涌上脑海的居然不是死亡的可怕,而是记忆中最为美好的时光。"

坐在内罗毕维斯盖特商场一楼的阿尔特咖啡馆,翰文喝着摩卡咖啡,给雪颢讲他在西非小国科特迪瓦做战地记者的惊险经历。

咖啡是用肯尼亚本地产的阿拉比卡咖啡豆研磨煮成的,香醇可口,回味悠长。

店里播放的音乐却是混搭风格。既有大家都熟悉的"Malaika(天使)"、"Jambo Bwana(你好)"等斯瓦希里语歌曲,也有阿康、蕾哈娜演唱的英语流行歌曲。

咖啡豆虽然几万年前就在邻国埃塞俄比亚的高原上自由生长,但在肯尼亚大规模种植还是在一百多年前英国人来了之后。时至今日,咖啡和红茶仍然是肯尼亚最主要的出口产品。

科特迪瓦是象牙海岸的法语音译,在非洲大陆的另一侧,离肯尼亚有好几千公里。几百年前,科特迪瓦曾经是象牙和奴隶贸易的中转站。成堆成堆的象牙在海边被装上大船,运往欧洲,装饰国王和贵族的豪华宫殿。成群成群从来没有见过大海的黑人也在海边被装上大船,运往美洲。他们中有不少人会死在拥挤不堪的船舱里,活下来的人会在种植园里当奴隶,一代又一代做苦工,直到美国总统林肯签署《解放黑人奴隶宣言》。

而今,象牙海岸虽然名字里有象牙,但早已不以象牙交易为主业了。法国殖民者在一百多年前把这个地方变成了世界上最大的可可种植地,现在全球超过40%的可可都来自这个西非海边的弹丸之国。

"也许我们吃的这个巧克力曲奇饼用的就是来自科特迪瓦的可可粉。"翰文指着雪颢面前的一碟饼干说。

"所以象牙海岸应该改名叫可可海岸,以免人们老想去那里买象牙。"雪颢放了一块巧克边曲奇饼在嘴里,轻轻咬了一口。

两年多前,科特迪瓦举行总统大选,时任总统获得的选票没有另一位候选人多,但他不愿承认败选,坚持不交权。双方僵持数月之后失去耐心,命令手下的武装支持者大打出手。一时之间,街上枪声大作,国家陷入一片混乱。

武装冲突发生后,华夏电视台来不及从北京派记者,便指示常驻在肯尼亚的翰文立刻从内罗毕飞往科特迪瓦经济首都阿比让,从那里发回"双总统之争"的最新报道。

"对于你们记者来说,是不是在非洲只有战火、灾难、疾病、死亡才算有价值的新闻?"雪颢问。

"也不是。这两年我也作了很多非洲经济发展的新闻报道,但远不如那些战乱和冲突的新闻收视率高。国内的人日子过得太平淡了,总想看点世界其他地方稀奇古怪的事情。打枪也好,放炮也好,只要不是在自己的家门口,就可以一边喝着茶一边刺激自己日渐麻木的神经。"

翰文等了两天才登上一班飞往阿比让的航班。科特迪瓦的通用语是法语。翰文在北京大学学的是斯瓦希里语和英语。只会bonjour和merci两个法语单词的他一下飞机就觉得头脑发蒙。不要说采访报道,连如何搭车去城里都成了一个难题。

出了阿比让国际机场,站在扑面而来的热浪中,翰文看见门口除了持枪维持治安的几名士兵外,没有出租车,也没有行人。正在一筹莫展的时候,他看见走过来一位三十出头、推着一大堆行李的亚洲女人，连忙上前用英语说："Hello, can you help me?"

"你是中国人吧？"那个女人看了看他，用带有南方口音的普通话问他。

于是，翰文带着一堆摄影器材，跟着这位名叫张芳芳的女人坐上了来接她的车。那是一辆老旧的小货车。司机是黑人，芳芳说他在她的餐馆工作，已跟了她很多年，既忠诚又老实，还很勤快，非常难得。

翰文问芳芳其他人都在狼奔豕突般地离开这个国家，她为什么还要急急忙忙回来。

"我的家业、我的老公都在这里。我待在外面能安心吗？"冲突发生时，芳芳正在广东中山一家工厂采购餐馆要用的碗、碟、桌布等物资。她从电视上看到这个消息，心急如焚，赶忙打电话给老公谭春生。

科特迪瓦还是凌晨，老公睡意蒙眬地说他在餐馆一直值守到后半夜，刚回房间躺下。餐馆里没有人受伤，损失也不大。前天和昨天分头来了两伙武装士兵，两位"总统"的都来了。他们逼着厨师做了很多炸鸡腿，都吃光了，还喝了很多啤酒。最后他们带着能找到的所有现金离开了。

第一伙人走后，老公担心再来士兵发现无钱可抢会开枪伤人，就又放了一些现金在餐馆的柜台里。

两伙人走时都说如果需要他们还会回来。要是重新举行选举,他和餐馆的员工必须投票支持他们的总统。老公说他是外国人,在这个国家没有投票权。

"那你也要给所有员工放假,让他们去给我们的总统投票。"面对满嘴酒气、手持AK-47的士兵,老公只好对两伙人都说一定放假,让员工去给他们的总统投票。至于到底该投票给谁,餐馆里的黑人员工也很茫然,因为投了也很可能不算数,既然输了还可以拿起武器宣布自己胜选。

老公和从中国带来的厨师轮流在饭店值守。有几个黑人员工已经逃回乡下去了,还剩下司机法耶和另外两个老员工。今天还好,既没有士兵也没有顾客上门。联合国维和士兵和法国驻军正在进行干涉,试图平息冲突双方的暴力行动。街上还能听到零星的枪声。

老公让芳芳先待在国内,等局势稳定了再回来。芳芳没有听话,乘最早的航班飞往法国巴黎,又等了8个多小时才坐上一班飞往阿比让接法国侨民的小飞机。

海边的热带树木高大挺拔,而马路上空空荡荡,偶尔驶过一辆满载士兵的军车。司机用法语告诉芳芳很多人都带着贵重财物逃到乡下去了。芳芳说法耶平常主要负责买菜和给一些中资公司送外卖。由于老公要在饭店值守,便派了他来机场接她。

小货车驶过一座大桥,翰文看见桥下是大湖,桥对岸矗立着十几栋外表陈旧的高楼。

芳芳说对岸就是阿比让的市中心,是一个既靠海又临湖的半岛，与其他岛屿和陆地由几座桥梁连接。这里是西非的第二大城市，住着500多万人，也是一个输出可可、咖啡的重要港口，20世纪70年代曾经非常繁华，市中心建了不少高楼，浪漫的法国人给阿比让起了个昵称"西非小巴黎"。

然而，在非洲，一切美好的事物总是不能长久。十多年前，这个国家燃起战火，经济和贸易都停滞了，街道变得破烂不堪。五年前签署和平协议，组建了政府。今年又因为选举再起冲突，不知道什么时候能够稳定下来。如果老是打来打去，她的餐馆恐怕是开不下去了。

翰文安慰芳芳说联合国维和部队和法国派来的军队正在平息暴力冲突，应该很快就能停火了，她的饭店生意一定会好起来的。

芳芳把翰文送到市中心最高的大楼前，告诉他这是索菲特象牙宾馆，很多西方的外交官都住在这里，门口站岗的是联合国维和部队的士兵，这里是城里最安全的地方。

芳芳又打电话帮翰文找了一位既会英语又会法语的黑人导游。临走时，芳芳细心地提醒翰文采访时注意安全，想吃中餐的话就去她的餐馆，或者给她打电话，她派法耶送到宾馆来。

黑人导游西蒙开着一辆二手的法国标致车来见翰文。标致车又破又旧，白色的车身上有几块大大的擦痕，右侧车灯上贴着透明胶，一个轮毂的盖子也不见了。不过，西蒙说车保养得很好，跑起来保证像风一样。

翰文让西蒙带着他先去采访联合国维和部队的指挥官。指挥官说，现在联合国和非盟都在敦促输掉选举的现任总统停止战斗，体面下台，但他就是不听，还在负隅顽抗。

"不过，他的好日子快到头了。"指挥官指着地图，用带着浓重法国口音的英语说，"他没钱发军饷，好多士兵都逃走了。现在只剩下他和一小撮铁杆支持者龟缩在总统府里。我们很快会包围总统府，断水断电，只要逮住他这事就算结束了。"

"他为什么就不能接受败选的命运，回家休息，下次选举时再卷土重来呢？"

"我们也不知道。你要是见着他帮我们问问他吧，联合国派去好几拨斡旋的人都被他赶回来了。"

指挥官停顿了一下，说："你不觉得我们的星球是个奇怪的世界，总有一些莫名其妙的人，总会发生一些莫名其妙的事，不是吗？"

离开维和部队驻地，翰文让西蒙开车带他去到胜选总统候选人下榻的高尔夫酒店。不巧的是，他去另一个城市参加支持者举行的集会了，他的新闻发言人接受了翰文的采访。

发言人滔滔不绝地用法语陈述他的总统是一位多么和蔼可亲的政治家，在选举中获得了54%以上选民的支持，是这个国家合法的领导人，早就应该上台执政。坐在旁边的西蒙不得不每隔几分钟就打断他，以免翻成英语时漏掉了什么。

发言人恳求从中国远道来的记者朋友主持公道，呼吁中国的领导人像其他国家那样支持他的总统。他的总统一定会对中国友好，给中国很多建设合同。

翰文不好说他没有机会见到中国的领导人，只好回答华夏电视台是中国拥有观众最多的电视台，采访播出后，领导人是有可能看到的。

翰文问发言人怎么看目前的武装冲突、死去的平民还有那些无家可归的难民。

发言人激昂地指责说一切都应归罪躲在总统府的那位。那是一个没有诚信的恶棍，迟迟不愿交权，迫使他们使用武力来获得他们本应通过选举获得的权力。他的总统一定会给这个国家带来和平、民主和繁荣的新气象。只要他上台，冲突就会平息，那些难民就可以平安回家，港口也会重新挤满前来装运可可和咖啡的万吨巨轮。

告别时，发言人热情地拉着翰文的手，把他一直送到酒店的大门口。他承诺总统回来就请翰文去做专访，华夏电视台一定要在黄金时段播放，中国的亿万观众一定会喜欢这位和蔼可亲的非洲总统的。

翰文拍摄了空荡荡的街道和偶尔快速走过的几个行人，还有几辆烧得焦黑的汽车残骸。他没有看见先前见诸媒体的尸体，估计都被收拾干净，火化了。

他让西蒙去问问能不能拍摄在街上巡逻的武装士兵。一个腰中别着手枪的士兵满面笑容地向翰文招手，请他过去。等他架好摄像机后,他把在附近巡逻的其他几个同伴都叫来,一起摆出酷酷的姿势让翰文拍摄。他要求翰文一定要把他们的照片冲出来给他们,而不能像别的记者拍完就溜了。

翰文从手机中调出他和士兵们的合影给雪颢看。

"这个,为什么要戴着防毒面具?那里会有生化武器攻击吗?还有这个,戴着红色贝雷帽,穿着红色背心,脚蹬红色耐克球鞋,头上罩着一副时髦的红色大耳机,还戴着墨镜。如果不是他手里拎着一杆大枪,我还以为他是摇滚明星呢!"雪颢一边说一边哈哈大笑,露出洁白的牙齿。

"可不要小瞧那杆大枪,那是肩扛式火箭,英文简称RPG,一发就能炸毁一辆汽车呢。说不定街上烧焦的汽车就是这位老兄的杰作。"翰文说,"这是支持获胜总统候选人的民兵武装。他们没有正规装备,差不多把自己能找到的行头都穿身上了。至于是怎么找到这些五花八门的行头的,我没敢问。"

"你穿的防弹背心很合身,可是你戴的钢盔怎么显得大一号,像一口锅倒扣在你的脑袋上?"

"电视台给我们非洲记者站寄了十多件防弹背心,去战乱地区采访就可以领取。这个钢盔是我背后那位黑人兄弟的。他觉得我戴着这个才像一名战地记者。"

"你这战地采访听起来像是闹腾的嘉年华。"

"这些士兵的确把战乱当成可以为所欲为的狂欢节了。战地记者身处其间,也会变得异常兴奋。平安归来后,讲给别人听还会觉得你不过是在现场观看一场有惊无险的演出。可是，那些时刻，你真的不知道危险什么时候会从什么地方冒出来。也许突然一颗流弹飞来，你就从旁观者变成牺牲品了。"

翰文回到索菲特象牙宾馆，制作了一段视频节目，通过卫星传回北京，还站在酒店门口同电视台的新闻主播做了现场连线报道。

刚吃完一个鸡肉三明治，他就接到了节目制作人从北京打来的电话，要他想办法采访现任总统或是他的手下，这种新闻最好有冲突双方的观点，才会显得全面、公平。

翰文问西蒙如何能采访到躲在总统府里的现任总统。西蒙说那片地区正在交火，非常危险，而且现任总统认为国际社会都在与他为敌，不愿同外国人见面。

翰文坚持要去总统府，即使采访不到现任总统或是他的手下，拍几个总统府的镜头也可以作为新闻素材发回台里。西蒙只好一边开着车往总统府走，一边说见事不对他们就一定得逃跑，千万不能被总统府的士兵逮住。

开到离总统府高高的白色围墙还有500米远的地方，西蒙无论如何都不愿往前走了。他说翰文是外国人，士兵也许不敢怎么样，而他自己是本地人，士兵很可能当场给他一枪或者打断他的腿。

翰文让西蒙在他的采访本上用法语写上"我是中国记者，我想采访总统"，然后又让西蒙调头把车停在路边。他一手拿着采访本,一手提着摄像机,摁下开关,一边拍摄一边往前走。如果士兵不让他拍摄,至少他能用这些总统府的外景向那位坐在北京办公室里抱怨今年冬天暖气又开得太足的制作人交差了。

总统府门前的马路上立着几个树干做成的拒马桩,上面一圈一圈地缠着铁丝网。翰文觉得这仿佛一战电影中的经典场景,让他有种时空穿越的错觉。十几名手持AK-47的黑人士兵站在拒马桩后,三三两两聚在一起聊天。看来战火尚未烧到总统府,士兵们还显得很放松。

突然,一名士兵看见了朝他们走来的翰文,低声向同伴说了句什么。所有士兵都停止了聊天,转过头来看着翰文。

翰文继续往前走。一名士兵冲着翰文喊了一声。可惜是法语,他没听懂。翰文又往前走了几步,同时举起手慢慢挥舞手中的采访本,表明他是记者。那名士兵又喊了一声,并抬起手中的AK-47,对准了翰文。

翰文停下了脚步,心脏吓得怦怦跳。他距枪口不到100米,如果士兵开枪,未必能一枪打死他,但很可能把他弄得半死不活,在地上打滚呻吟。他看着士兵们,士兵们也看着他。僵持了一会儿,他见士兵们没有行动,便再次挥了挥手中的采访本,转身往外走。

翰文听见另一名士兵朝他大喝了一声。这次他听懂了,那名士兵说的是英语"Stop"。他想起了西蒙说过千万不能让总统府的士兵逮住,拔腿便跑,心想跑到车里就可以溜之大吉了。

他的身后噼噼啪啪响起了一串脚步声。让翰文傻眼的是,马路前方空空荡荡,西蒙和白色的标致车都已不见踪影。

几分钟后,他感觉到一支冰凉的枪管顶住了他的后脑勺,只好停下脚步,闭上眼睛,听天由命。

就是在那时那刻,童年时隔壁小女孩天真烂漫的笑容清晰地浮现在了翰文的眼前。他有很多年没有想起过小玉了。

小时候,小玉常来他家玩,找他借童话书,给他吃她爸爸从国外带回来的巧克力。

有一天,他俩在小巷子里玩跳沙包,小玉脸蛋红扑扑的,像童话书里的天使一样可爱。他忍不住亲了小玉一口。小玉没有生气,而是含羞地扭过头,脸上飞起两朵红云。

可惜,后来她爸爸工作调动,小玉跟着父母去了另一个城市。他们再也没有相见。

士兵并没有朝翰文的后脑勺开枪,而是把他押回了总统府。进大门时,翰文还以为他们要带他去采访总统。可是,士兵并没有带他去草地中央的大房子,而是把他押着到了旁边的一个停车场。

士兵让翰文面墙站立,举起双手。他们收走了他的摄像机、照相机、手机、采访本,还有钱包和手表。

翰文双手扶着墙,看不见后面的动静,心想,糟了,这是要秘密处决的节奏,从背后给我一枪,在院子里挖个坑把我埋了,就连西蒙也不可能找到我的尸骨。

士兵低声用法语讨论。时间似乎过了很久,一名大个子士兵走过来，拉着翰文转过身。这就是刚才大叫"Stop"那位。士兵对翰文说："Chinois？"翰文听懂了，士兵在问他是不是中国人，便点点头。士兵又指着自己手上的摄像机，对翰文说"No photo"。

翰文明白了，拿过摄像机，调出刚才在总统府外拍摄的片段，摁下删除键。士兵继续说"No photo"。翰文只好把存储在摄像机里的所有影像都删除了。士兵又拿来他的照相机，逼他删光了所有照片。好在上午拍摄的素材都已存入他放在宾馆的硬盘，不然这一天的采访就白费功夫了。

士兵回到他的同伴当中，几个人再次用法语讨论了一会儿。他们走过来，押着翰文往外走。走出总统府的大门，再走过拒马桩，士兵们松开了翰文的胳膊，大个子把所有物品都还给翰文，朝马路前方挥了挥手，用蹩脚的英语说了两遍"No come"。翰文听懂了，是叫他不要再来。

翰文沿着马路慢慢往前走，感觉士兵们的目光还紧紧锁在他身上。他手心冒汗，两腿发软，心脏跳得飞快，觉得刚才真的是去鬼门关走了一遭。

走了很远才看到一个骑摩托车的黑人，翰文拿出索菲特象牙宾馆的卡片给他看。他点点头，向翰文伸出5根手指。到了宾馆翰文付钱才明白，这人要的不是50西非法郎（科特迪瓦货币），而是50美元。真是趁火打劫。

西蒙独自一人坐在宾馆外的水泥台阶上，双手抱头，一副失神落魄的样子。看见翰文走过来,他高兴得跳了起来。他说,看见士兵用枪指着翰文他就赶紧逃回来找救兵,刚才一直在恳求联合国维和部队的人去救他的中国老板,可是谁也不愿意冒这个险。

翰文对西蒙开玩笑说,如果他不走,也许能说服那些士兵带他们去采访总统。他不但能见到总统,还能采到独家新闻,在全世界的电视台都上头条。

西蒙说他不想见什么总统,只想平平安安做导游,赚点小钱养活一大家人。只要不打仗,谁当总统他都无所谓,其实谁当总统也不会有什么不同。每任总统上台前都说得天花乱坠,几年后却是一切照旧,大群的年轻人仍然在街上东游西荡,找不到工作。

晚上,翰文去到芳芳的餐馆。餐馆里没有一个顾客,只有芳芳和她老公在值守。翰文说他想喝酒,喝很多酒,最好大醉一场,忘掉今天的死里逃生。

芳芳在湖边的草地上放上桌椅,亲自下厨炒了几个菜,然后和老公一起陪翰文喝科特迪瓦酿造的德罗巴啤酒。

正要打开第五瓶啤酒的时候,忽然停电了,全城陷入了一片黑暗。翰文才发现夜空无云,月光皎皎,湖面上波光粼粼,分外美丽。

"那是我今生喝过的最好啤酒,那也是我今生见过的最美月光。那个夜晚,望着湖面,我想,这就是非洲,随时可能遇见死神,也随处可见摄人心魄的美。"翰文说。

2 草原上的小花豹

维斯盖特商场是肯尼亚为数不多的大型购物中心之一。商场并不在平坦的市中心,而是在外交官和外国商人喜欢居住的山丘地带。

商场共有五层,地下一层一半是停车场,一半是印度人开的纳库玛特超市。

一楼有阿尔特咖啡馆。据说是以色列人开的。翰文很喜欢它的新艺术装饰风格,还有其阿拉比卡咖啡的纯正口感和浓郁香味。

二楼也有两家咖啡馆:嘉瓦咖啡馆和德蒙斯咖啡馆。

三楼有名为大波的日本料理馆。

四楼一整层都是电影院,经常放映欧美和印度电影。商场各层还有服装店、首饰店、手工艺品商店和快餐店。

除了地下停车场外，四楼楼顶也是一个小停车场。顾客可以从一条斜坡把车开到楼顶的停车场，然后坐电梯或走楼梯下到商场。

每到周末，这里都是熙熙攘攘，人来人往。当地有钱人来这里采购高级商品，西方游客从大草原回到城市后来这里歇脚，还有少男少女相约来这里喝咖啡、看电影。

商场旁边坑坑洼洼的道路旁挤满了贩卖鲜花、家具的非洲人。颜色各异、娇艳欲滴的玫瑰搁在塑料桶中，原木制成的简陋桌椅摆在露天的沙地上。肯尼亚人也贩卖眼睛尚未完全睁开的小狗、小猫。惯常做法是捧在手心里，轻轻递到路过车辆的车窗旁，以图激起人们的怜爱之心。

不远处，有几排铁皮房屋，专卖非洲特色的各种木雕、珠串项链、面具，比西门商场里的同类商品要便宜不少。

穿过树林一直往北开，就是英国殖民者在内罗毕最早的聚居地斯普林山谷。一幢幢别墅依山而建，掩在绿树丛中。不过，今天这里住的不再是殖民者，而是当地富人、印度商人、美欧外交官，还有中国公司的高管。周末他们常常开着越野车，带着夫人和小孩来这家商场用餐、购物。

雪颢说她不是经常来西门商场。她喜欢去城东北基格里靠近联合国内罗毕总部的小河咖啡馆。山坡下，小河边，满眼的青草、绿树和野花，让她觉得无拘无束、无比放松。

"我不像卡伦·布里克森那样，在恩贡山下有一座农场，也不像你那样，经常遭遇死神和摄人心魄的美。可是，我已经爱上了这片赤道上的清凉之地。纯净的蓝天、明媚的阳光、四季常青的草地、一年开三次的玫瑰花，还有那些在草原上自由奔跑的羚羊、斑马和长颈鹿，每一样都让我深深着迷。"

雪颢说着，突然站起来，双手高举，仰头做了个无比陶醉的表情。翰文已经不再感到吃惊了。坐在他面前的绝不是一个轻移莲步、小心翼翼的林妹妹，而是一个时不时会做出些惊人之举的淘气鬼。

"你不去读中央戏剧学院真是可惜了。"翰文笑着对雪颢说。她的表情和肢体语言真的非常丰富。

"你不知道我是中央戏剧学院内罗毕分校毕业的吗？"雪颢回答，狡黠地一笑。

她就是这样引起翰文注意的。

那是在肯尼亚华商会举行的春节聚会上。作为华夏电视台驻非洲的首席记者，翰文总会收到华人协会各种聚会的邀请。华商会会长武海鸣还经常要他带上相机，拍些好照片，好刊登在协会的网站上。

聚会在一块大草坪上举行。这是肯尼亚的习俗。当地人的婚礼、公司开业，甚至很多重大节日的庆祝活动，都在草地上举行。翰文去过好几位黑人同事的婚礼。草地上搭起白色帐篷，新娘穿着白色婚纱，音响里放着非洲鼓的音乐。一切都是那么自然，一切都是那么淳朴。

参加春节聚会的有在肯尼亚住了近二十年的老华侨，也有刚来不久的中国公司高管、中国使馆的外交官、各个中国新闻机构驻非洲记者站的男女记者、在非洲四处游荡寻找商机的年轻人，还有肯尼亚政府官员以及中国公司的当地雇员和生意伙伴。

华人协会会长、中国大使、公司代表分别讲完话后，大家一边站着吃自助餐，一边三五成群闲聊。

翰文举着相机四处拍照。大多数人看见镜头对准自己，都会挺直腰身，脸上露出似笑非笑的庄重表情。只有一位短头发的女孩，却对着他的相机像吊死鬼一般吐出舌头，还用手比作手枪的姿势，对准了旁边的长发女孩。那位长发女孩看见他过来，早已把手里的烤串放在盘子里，做出一脸淑女的表情。

"二姐，你能不能乖乖让大记者照张相啊！？"长发女孩不满地瞪着短发女孩。

"你们是姐妹俩？"翰文问。他通常不同女孩搭讪，此时却忍不住问了一句，因为这两位无论从长相、身材，还是穿着打扮，都不像是一家人。长发女孩身着白色绣花长裙，黑发齐齐整整披在肩上，而短发女孩白色衬衣外罩着黑色马甲，白色紧身长裤套在黑色长靴里。如果她手里持根皮鞭，头上戴顶头盔，他会以为自己是不是来到了内罗毕赛马场。

"不是。"长发女孩回答。

"那你为什么叫他二姐？"翰文问。

"因为我比她大，是为姐。比她二，是为二姐。"长发女孩正在犹豫，短发女孩抢着回答。她的声音有种让人过耳不忘的奇特魔力。

"她说得完全正确，我没有什么要补充的。"长发女孩说。

"你可别看她一脸无公害的表情，其实二起来比我还疯呢。"短发女孩说。翰文发觉她笑起来两眼弯如新月，满脸的调皮瞬间变成了可人的妩媚。

"好吧。两位姑娘请继续品尝美食，我再拍点照片。"翰文没有问她们的姓名，端着相机继续给大家拍照。

"康翰文大记者，我能跟你谈谈吗？"短发女孩说，语气变严肃了，听起来像是老师对学生说"放学别走"。

"好啊，等我拍完照吧。"她知道他的名字，这并不令他感到惊奇。住在内罗毕的华人不过数千，他又是记者，四处采访，她肯定听说过他，也许还在某个工程项目的现场见过他站在摄像机前一本正经做报道的样子。

她要谈什么呢？邀请他去采访某个项目？很有可能。在非洲的中国公司都想找机会上华夏电视做免费宣传，有点什么事就请他去采访。可很多事件并没有新闻价值，让他很是头大。有时实在拗不过人情，他只好带着摄像机去现场拍录一番，然后说报回去请北京总部的制片人定夺。

翰文小声问另一家新闻机构的记者认不认识这两个女孩。那人告诉他说长发女孩叫畅畅，父母在内罗毕开了一家专卖中国商品的小超市，她很小就来这里生活，刚在美国上完大学回来，正在找工作。短发女孩叫林雪颢,在"拯救大象组织"(Save the Elephants)工作,经常主动上门去中国公司宣传保护大象。公司老总们很是头疼,见她就躲。

翰文知道雪颢要谈什么了。这是他最不想碰触的话题。他一边拍照一边往草坪边缘移动,想趁她不注意偷偷溜走。

"记者大哥,你不是要逃走吧?"正要踏上草坪外的碎石路,却发觉雪颢赫然站在面前。她一只手叉在腰间,目光灼灼地看着他。

翰文觉得自己像是刚钻进鸡笼的小毛贼,还未伸手就被目光如炬的地主婆逮个正着。

"不是,不是,我,我是想站在马路上,拍张聚会的全景图。"他这个久经沙场的大男人在这个小女孩面前居然结巴了,连他自己也觉得莫名其妙。

阳光明媚,天空湛蓝,绿草如茵,空气里飘着草坪刚刚修剪后的清香。这是肯尼亚惯常的晴天。刚来时翰文为摆脱北京的雾霾天兴奋不已,久而久之也习以为常了。偶尔早晨起床,没见着阳光,他会觉得是不是又回到雾霾重重的北京了。

草坪中央有一株蓝花楹,当地人称为Jacaranda。一树紫色的花开得如火如荼,树下散落着一圈紫色的花瓣。如此美好的天气,如此整齐的草坪,适合玩飞盘,适合喝啤酒,不是太适合谈论那些沉重的话题。

翰文不想谈雪颢想谈的话题,于是他说:

"我觉得你很像一种动物。"

"是的,我的朋友都叫我小松鼠,上蹿又下跳,一刻也闲不了。"

"不,你是草原上的小花豹,美丽又妖娆。"

"这个比喻还行,算你过关了。那你呢?"

"我是一匹来自北半球的狼,独自在非洲的大草原上游荡。"

"非洲的草原上没有狼,只有又脏又邋遢的鬣狗好吗。"

"好吧,我是一只孤独的鬣狗,今天还没有找到狮子吃剩的肉骨头。我要赶回记者站和北京的主播做视频连线。你留个电话给我,改天我们坐下来好好聊聊。"翰文掏出手机,想要把手机号码留给雪颢,然后开溜。

"你也像其他人一样,不愿和我谈保护大象的话题,是不是?不行,你不能走,我们得好好谈谈。"

"好霸道的小姑娘。你这么野你妈知道吗?"翰文调侃她。

"跟野生动物待久了,当然要野一点。你答应我做一期保护大象的报道,我就放你走。你们华夏电视台还从没做过这方面的报道呢!"

"今天在这个喜庆的场合,真的不适合谈保护大象这么沉重的话题。下周六下午三点,我们在维斯盖特商场一楼的阿尔特咖啡馆见面,认真谈谈,好不好?"翰文见摆脱不了,只好施个缓兵之计。也许下周六之前他就飞往中非或者西非某个突然燃起战火的地方做采访了呢。

"那一言为定,下周六不见不散。"两人互留了手机号码。

翰文不好意思返回草坪另一侧去取自助餐，只好饿着肚子离开了，真的像草原上没找到食物的鬣狗一样。

"现在，你能说说你为什么不愿意做保护大象的报道了吧？"坐在对面的雪颢问，晶晶亮的眼睛直直地盯着翰文，让他心里发毛。

中非和西非并没有燃起战火，翰文未能逃离雪颢的魔爪，今天一大早就被她打电话吵醒，只好答应下午和她在维斯盖特商场见面。

雪颢今天还是骑马装，不同的是，衬衣是米黄色，马甲是咖啡色，长裤是卡其色，皮靴是深棕色。翰文怀疑她的衣橱里有没有裙子。当然，常在野外生活的雪颢有没有衣橱也未可知。

翰文还没来得及说话，满脸精灵古怪的雪颢又追问："你是不是偷偷买了不少象牙，心里有负罪感，不敢去面对那些血淋淋的大象尸体。"雪颢的话充满了挑衅。这里的华人，即使相互之间很熟悉，也很少会在公开场合谈论关于象牙的话题。

虽然当地人听得懂汉语的很少，但"象牙"这个词汇在非洲却广为人知，屡次提起难免会让当地人怀疑是不是要干走私的勾当。在科特迪瓦以及中非和西非的其他国家，翰文曾经在街头碰到过手里举着一串串牙白色项链的当地小贩，见到他就喊"象牙，象牙"。

"这个真没有。我发誓，我在非洲从未买过象牙。不做报道主要是因为我的工作是报道非洲的时事政治和经济发展，野生动物保护不是我关注的领域。"

"难道你一点也不在乎那些数量急剧下降的非洲大象？难道你愿意看到一个只剩下人类四处晃荡的非洲大陆？"雪颢的语气咄咄逼人。她妈妈是从小把她当成假小子来养吗？

"我当然喜欢非洲的野生动物，喜欢看着大象、斑马什么的在草原上走来走去，而不是牙制成首饰、皮挂在墙上。"

"那你为什么不为它们做点什么？起码你可以制作一些盗猎非洲大象的新闻报道，在华夏电视台播放，让国内的观众看看为了一根象牙，盗猎者是如何残酷血腥地砍下大象的头，他们肯定就不会那么想把象牙雕像、项链什么的买回家了。"

"电视台的领导，还有管着电视台的领导，未必会喜欢这样的节目。而且由于个人原因，凡是跟大象有关的事物，我都不愿碰触。"

"什么个人原因？该不是小时候调皮被大象追赶过吧？不可能，你要是出生在云南的西双版纳，还有可能在野外遇上大象。可是你们网站上的介绍说你在广州长大。那里千年以前就是一座城市，在你童年的时候肯定不会有大象在街上走来走去。"

"个人原因能不讲吗？要不我请我的同事杨阳跟你见面，估计他会同意和你一起制作保护大象的节目。"翰文觉得已经无路可退，只好出卖好脾气的杨阳，也许他有办法对付刁蛮的雪颢大公主或者很乐意和一位美女一起去拍摄那些陆地上最庞大的生物。

"不行,你勾起了我的好奇心,必须讲来听听。"语气中透着不容置疑的坚决。雪颢果然有公主病,而且不轻。

翰文觉得真的被逼到了墙角,只好绝地反击:"你为什么这么痴迷于保护大象?在这片黑色的大陆上,需要关注的事情那么多。你为什么不为那些没有粮食、没有医药、没有未来的非洲儿童做些什么?"

"非洲儿童当然需要帮助,但人类还没到灭绝的时候。可是如果我们不帮助那些大象,只需要几十年,也许是十几年,它们就会彻底从地球上消失,然后是狮子,然后是羚羊。再然后就只剩下我们这些自私而可怜的人孤独地在地球上走来走去。"雪颢盯着翰文,眼睛里燃起了小火苗。

面对雪颢牧师般的慷慨激昂,翰文不知道该如何应答。

"好吧,我讲讲为什么不愿碰触大象的原因吧。在这片大陆上,我从来没有对别人讲过。希望你能为我保密,特别是不能讲给环保组织的人听,要不然改天我出门就会被他们痛打一顿。"

"我发誓不说出去。拉钩上吊,一百年不变。"雪颢像个小女孩一样伸出小指。真是个瞬息万变的姑娘,翰文拿她一点办法也没有,只好也伸出手去跟她拉钩。

翰文开始讲述他与大象的恩怨情仇。其实,来非洲之前,他从未见过活生生的大象,小时候去动物园也从不走近关着大象的屋子。但他对大象并不陌生,曾经多次抚摸大象那光洁如玉的牙,还有那些精美无比的雕像、摆件和饰品。

那是二十多年前,在祖父名为"观心"的雕刻工坊里。红木搁架上,摆着象牙雕成的佛像、仕女、渔夫、牧童、鹦鹉、老虎、牡丹。每一尊雕像都惟妙惟肖,栩栩如生。凑近细细观看,能看到老虎嘴边胡须微微上翘,花瓣上的露水摇摇欲滴。角落的架子上,还搁着几根长长的整牙。

祖父的雕刻工坊有一张又宽大又厚重的案台。案台右边摆着几把细长的刻刀,刀尖锋利无比。左边摆着板刷和毛笔,案台正中间镶嵌着一个小型固定架。祖父坐在一把宽大的藤椅里,左眼上嵌着放大镜,左手拿着一截象牙,右手握着刻刀。刀锋在象牙上蜿蜒行走,骨屑纷纷洒洒,一件牙雕慢慢成形。

"我祖父有一项绝活,他可以盲雕。闭着眼,全凭感觉,就能在象牙上雕刻出活灵活现的人物、动物或是将唐诗宋词刻在上面。"

"原来你家是牙雕世家。你的身上真的流淌着原罪的血。你来非洲当记者,不会是肩负着给家里寻找上等象牙的神圣使命吧?"

"我说过,我没有买过一根象牙,将来也不会去买这玩意儿。你能听完我的叙述再下结论好吗?"翰文很是恼火。这个姑娘太过咄咄逼人,有点让人受不了。她是因为做保护大象的工作而变成这样,还是素来如此?难道她父母没有教她如何跟人聊天吗?他很想站起来走掉,却又觉得应该跟她解释清楚,以免产生误会。

"牙雕是一门同甲骨文一样古老的艺术。四千多年前的夏朝就有人在象牙上雕刻花纹。我祖父因为家庭传承而学了这门艺术。这谈不上什么原罪吧？在我之前，我们家没有人来过非洲，没有杀过一头大象，你不能把非洲象的减少都归咎于我家吧？"

"正因为市场上有精美而昂贵的牙雕出售，才会有人无情而残忍地杀死大象，盗走它们的长牙。难道不能用别的骨头，比如水牛骨，代替象牙做雕刻吗？"

"中国古人将象牙称作白色黄金，西方人也认为象牙是有机宝石。你知道是什么原因吗？因为象牙是大象身上最坚固的部分，质地坚实细密，色泽柔润光滑，地球上恐怕没有什么材料比它更适合做雕刻的了。"

"因此你认为为了一串项链或是一尊雕像而把大象杀死无可厚非？"雪颢也生气了，声音提高了八度。她没想到居然还有这样的人，胆敢公然为罪恶的象牙盗猎辩护。中国公司的老总们见了她也不过是打着哈哈说保护大象很重要很重要，改天一定请她去公司给员工做讲座，然后找机会溜走，再也不接她的电话。只有翰文居然敢当着她的面说象牙最适合做雕刻，真是可恶至极。

"这并不是我的观点。我只是想说明，要做好大象保护，你不仅需要知道大象的数量在急剧减少，也要了解牙雕的历史渊源和文化内涵。大象的牙为什么有价值？是谁对象牙感兴趣？又是谁在盗猎、贩卖象牙？"

"对于牙雕，虽然我没有像你这样从小就耳濡目染，却也略知一二。牙雕固然是中国的三大雕刻艺术之首，值得珍惜传承。但为了一门艺术，我们就能放任大象这个物种灭绝吗？我们如何面对自己的良心呢？今天一些中国人对象牙的狂热并非出于爱好艺术，而是看重象牙不断增值的商业价值。"

"对象牙狂热的并非只有中国人。在西方，从古罗马帝国开始，象牙就是珍贵的装饰品。早期欧洲殖民者来非洲掠夺的三样贵重商品就是黄金、黑奴和象牙。即使在今天，在欧洲、美国和日本还有很多人对象牙趋之若鹜，每年都有大量的象牙在这些国家的网络和黑市进行交易。"

"非洲人最痛恨的就是早期欧洲殖民者对他们的奴役和掠夺。我想你肯定听说过那句名言：从前，他们手上有《圣经》，而我们手上有土地；后来，他们手上有土地，而我们手上只有《圣经》。今天，随着环保意识的觉醒，欧洲人、美国人对象牙的态度都在发生转变，那里的象牙市场正在缩小，而亚洲的象牙市场却在不断增长。现在中国人在非洲很受欢迎，但在将来，也许他们会像恨当年的殖民者一样恨我们，因为我们的贪婪造成了非洲大象的灭绝。这是你、我还有那许许多多在非洲的中国人想要的吗？"

"你说得很有道理。我明白大象需要得到很好的保护，并不想为部分中国人对象牙不可理喻的狂热进行辩解。可是你觉得你的努力能够改变最终的结果吗？"从某种意义上来说，翰文是个悲观主义者。也许是因为看过许多战乱、死亡和痛苦，他相信墨菲定律，坏的事情终将发生。这个世界正在逐渐朽坏，谁也无法避免。

"我当然希望一千年后大象仍然在地球上存活，并且能够自由自在地在草原上吃草、嬉戏。可是，无论是科学数据还是我亲眼所见，都显示大象的将来很不乐观。"想起一头头大象倒在野地里的悲惨景象，雪颢眼中燃烧的火苗黯淡了。她为之付出很多激情、时间的这个事业，也许只不过是一场注定失败的战斗。

翰文不愿说假话安慰她，只好沉默。

"这就是你不愿碰触大象的原因？因为你是牙雕世家出身？因为你认为这场战斗注定失败？这是什么狗屁理由！你更应该参与到这项拯救大象的伟大事业中来，为你的祖先赎罪。"雪颢觉得胸中的怒火就快要冒出嗓子眼来了。

"不是，是因为我家为牙雕艺术付出了惨痛代价。我祖父是粤派牙雕艺术的传人，十多岁当学徒时雕工就精湛无比，所雕的十四层镂空象牙球被选送到美国参加展览，民国的达官贵人都来找他订购牙雕作品，但在'文化大革命'中，他被打成资产阶级艺术家而被关进监狱，雕像、整牙还有雕刻工具都被砸毁了。"翰文清楚记得祖父讲述那段往事时脸上那种无法释然的苦痛。

"我祖父即使进了监狱还时不时被拉出来戴着高帽子、反绑着双手游街示众。红卫兵甚至打折了他右手手臂，想让他永远不能从事雕刻。我奶奶也因为是地主的女儿而多次遭到批斗，腰部受到重击，卧床十多年之后在病痛中离开人世。我父亲小小年纪就被贴上了资产阶级狗仔子的标签，下放到漫天黄沙的内蒙古劳动了八年，直到'文革'后考上大学才回到广州。因此，我父亲不愿报考任何艺术学科,毅然选择电力学,成了一名工程师。"

"对不起,让你讲出这些。"雪颢降低了声调说,"可是你说小时候曾经在祖父的雕刻工坊里玩耍?"

"那是上世纪80年代的事。'文化大革命'结束好几年后,祖父才重建了雕刻工坊。在我很小的时候他就允许我在房间里跑来跑去,四处乱摸。由于父亲不愿跟着他学雕刻艺术,他内心非常希望我能传承这门艺术。"

"那你为什么没有学牙雕而是当了记者?"

"我的确很喜欢牙雕那种精细工整、玲珑剔透的艺术感。很小的时候会捧着祖父给我的雕像一动不动看上半天。每个衣角,每个花纹,都让我如痴如醉。红木架上有很多尊雕像,祖父都会让我拿在手里细细观看,但只有一尊泛黄的观音像,一直放在正中间最高一格,他从来不给我把玩。有一天,他出门去会朋友,我找来一把雨伞,踮着脚尖勾到了观音像,却没有接住,雕像摔在地上,碎成了好几块。祖父回来后,非常生气,用尺子打我的手心,还罚我面对墙壁站了一整天。即使我父母恳求他也不听。从那以后,我再也没有进过他的雕刻工坊,更不愿跟着他学雕刻。懂事后我才知道,那尊观音像是祖父的师父传给他的,作为粤派牙雕艺术的象征,已有数百年的历史。'文化大革命'中他用油纸包得严严实实埋在院子的青砖下才得以保存,没想到却毁在他最心疼的孙子手中。"

"因此你家的牙雕技艺失传了?"雪颢心里既有点惋惜,又似乎松了一口气。少了一名牙雕艺术家,多了一名记者,对大象族群来说肯定是一件好事。

"是的。这是让祖父最为痛心的一件事。我去北京上大学后,一位姓罗的远房叔叔来找祖父,说要拜师学艺。刚开始祖父很开心,认真教他浮雕、阴刻等技术,但后来发觉这人心术不正,不是想钻研这门艺术,而是想靠着这个赚大钱,便不再教他了。祖父最擅长的镂雕技艺就此失传。前几年,祖父带着遗憾离开了人世。在最后几年,他花了很多时间,将粤派牙雕艺术写成文字并配上图,但他没有出书,因为他不想那些心术不正的人学会牙雕,他认为这会玷污这门神圣的艺术。"

"最好永远不要出书,牙雕技艺的广泛传播只会给大象带来更多灾难。"雪颢的眼中带着恳求,她真的是一个热爱大象的女孩。翰文还是第一次遇到这样的人。

"书稿现在锁在我父亲书房的保险柜里。你尽管放心,父亲和我都无意出版这本书,实际上我俩都不愿碰触它,因为一看到它,就会产生愧对祖父的感觉。"

"那你还愿意跟我一起拍摄保护大象的片子吗?"雪颢真的很希望翰文说我愿意。作为华夏电视台驻非洲首席记者,这两年翰文在非洲所做的新闻报道已经引起了不少关注。如果他能参与传播大象保护的理念,肯定是好事。但她内心知道,翰文的答复很可能是不,她也不能因此而责怪他。

"你觉得呢?带着这么复杂的情绪,我能拍出好节目来吗?"

翰文反问道，讲出家族的血泪史让他心里涌上了不愉快的感觉。

"好吧。我不勉强你，那你帮我推荐一位可靠的同事吧。"

翰文点头同意。推荐没问题，同事可不可靠他不敢保证。这不是电视台分派的任务，而且在国内还有一定争议性，主张传承牙雕这门古老艺术的人为数不少，这些人影响力巨大。

"你为什么来非洲做保护大象工作？你真的是个死硬的环保分子？"有一千个理由来到非洲，看野生动物、驾车探险、经商淘金、公司外派……但也有一千个理由回避非洲，疾病肆虐、战乱不止、道路颠簸、楼房破旧、饮用水不干净、远离家人和朋友的孤独……像雪颢这样如花似玉的女孩，似乎更应该选择在国内的大城市生活，与写字楼、商场、酒吧、聚会、珠宝、香水还有围绕身边的男孩子为伴。

"既然你已经讲述了你的故事，我也愿意告诉你我的故事，不过你得答应我一个小小的要求。"雪颢脸上又露出了那种狡黠的笑容，让翰文既渴望又害怕知道她的小小要求。

"什么要求？"翰文觉得还是先问清楚比较好。他比雪颢大不少，如果被她卖了还帮她数钱岂不成了笑话。

"明天我要去大象孤儿院探望一头小象。你陪我一起去吧。"

翰文觉得他不应该去。据说大象是一种具有灵性的动物。它们不会一见他就冲过来吧。毕竟，他是牙雕艺术大师的后人，有好多大象的牙在他祖父的手中变成了一件件精美的艺术品。

可是他很想知道这个古怪女孩的故事，于是便答应了。

3 一千个来非洲的理由

"我从来没想过会孤身一人来到非洲,而且长期在野外和大象待在一起。"雪颢喝了一口咖啡,开始讲述她的故事。

夕阳西斜,透过玻璃窗照进来,橡木色的咖啡桌、白色的马克杯、银色的勺子都染上了一层金黄。

从窗户看出去,远处高高的金合欢树梢上,夕阳在火烧云中缓缓下沉,几只长嘴大鸟从一根树枝跳到另一根上,寻找安睡的地方。东非大陆就要罩上黑夜那广阔而厚实的披风了。

雪颢出生在北京,是家里的独女。从小,长得既好看又聪颖的她不但是父母的掌上明珠,也深受亲戚朋友的宠爱。

虽然她像个男孩子那样调皮捣蛋,经常捉弄来家里玩的兄弟姐妹,可是每个人都喜欢她,相信她长大后一定会很有出息,成为家族的骄傲。

雪颢不负众望，不但学习好，而且是学校啦啦队成员，还学会了弹吉他，多次参加学校的文艺会演。高中毕业，她被保送北京外国语大学学英语。

读高中时，雪颢曾经喜欢过学校篮球队的一个中锋，也常常像其他小女生一样去篮球场为他呐喊助威。

可是，和他约过几次会后，雪颢发觉他的头脑远没有四肢发达。他既不读她爱不释手的文学名著，也不喜欢她常听的爵士音乐，还经常不知如何回应她谈及的话题。跟他在一起的时光相当沉闷，远没有看他打篮球那般精彩。雪颢只好礼貌地告诉他两人爱好不同，不适合继续交往。从此，她对肌肉男再也没有产生过兴趣。

直到大一在学生会活动中认识了明朔，雪颢才明白了什么叫一见钟情。比她高两个年级的明朔身材挺拔，眉目俊朗，谈吐幽默风趣，对人彬彬有礼，跟他谈话如沐春风。他担任英语学院学生会主席，各种活动安排得井井有条，主持起节目来也是有声有色。

身边围绕着一大群女生的明朔居然对相貌并非校花级别的雪颢青眼有加，让其他女生大感意外。而雪颢自己却觉得理所当然：他们都喜欢音乐，她会弹吉他，他也弹得一手好钢琴；他们都爱读海明威、昆德拉、杜拉斯和帕慕克；他们能够马上明白对方话里的意思，经常聊到深夜还觉得意犹未尽；他们都喜欢户外旅行，小时候就常常跟着父母去过全国各地。

似乎，就像童话里所说，他们就是天造地设的一对，从小到大经历的种种,就是在为同对方相逢的这一刻做准备。

雪颢和明朔很快如胶似漆,成了大学校园里形影不离的一道风景。明朔像大哥哥一样包容着她的淘气和刁蛮,而他特别欣赏她的一点就是她愿意而且能够同他探讨很多形而上的哲学问题,她的思想不像其他人只停留在触手可及的现实世界。

那是一段无忧无虑的青葱岁月。学习之余,他们一起去故宫看明清古董,去北海划船,去颐和园赏花,去司马台爬野长城,去张北草原参加音乐节,跟着千万人一起大喊大叫、又蹦又跳。

雪颢最喜欢做的事是和明朔骑着自行车,在北京的大小胡同转悠,有时停下来看看下残棋的老人,有时买点路边小店出售的手工画,有时用相机照下故宫角楼在夕阳下的优雅剪影。

这个她从小生活的城市,有很多令她深深着迷的部分,当然不是那些新建的奇形怪状的高楼大厦,而是没有随着时间进化的古老城墙、胡同、拱挢和四合院。

雪颢大二时,明朔毕业了。他考上了伦敦一所大学的研究生,秋天就将出国。雪颢不想和明朔分开,便说服了家里人同意她提前中止在国内的学业,和他一起赴伦敦留学。父母虽然很舍不得她这个独女离开,却也给予了她最大支持。

雪颢考了雅思,申请了伦敦一所接受中国大学学分的大学,去那里接着读大三。

"在伦敦我们过得比较清苦,却也有很多乐趣。"家里给的钱并不多,缴了学费后,所剩无几。为了改善生活,也为了存钱去欧洲大陆看那些世界闻名的博物馆,明朔找了一份两人一起送比萨外卖的工作,并为此分期付款买了一辆破旧的二手小车。

在英国又湿又冷的冬夜里,雪颢和明朔开着那辆小车四处送比萨。车子停在路边,明朔抱着比萨盒奔向楼门,雪颢在车里的导航仪上输入下一家的地址。看着路灯下明朔修长而坚定的背影,雪颢觉得心里非常温暖,和他在一起,总是那么安心,一切都很妥帖。

"有时候,他一个人出去送比萨。傍晚时分,我靠在小房间的窗台上等着他回来,看着太阳从红砖墙后面落下去。在夕阳的余晖中,他在路边停好车,走上台阶,就又想起初见他的那个季节,北京城满眼的绿,而我是满眼的花痴。"

雪颢和明朔的生活也不只是有学业艰辛、打工辛苦,还有伦敦塔的雄伟、大英博物馆的丰富、莎士比亚故居的古朴和阿尔伯特歌剧院的悠扬。

一直幸福地生活下去,真的是只会在童话中出现的画面。两人出国前原本商量好毕业后一起回国。然而,毕业时,明朔在伦敦找到了一份好工作,决定留下。雪颢学的是文学,找不到合适的工作,同时家里的父母、爷爷奶奶、姥爷姥姥都催着她回国。她别无选择,只能回国。

在希思罗机场,雪颢和明朔抱头痛哭。明朔一遍又一遍地吻她,说好爱她,过几个月就回国看她。她也说她会想他,每天都要和他视频通话。

"我们分手,不是因为不爱彼此,而是因为爱得太深。"

虽然天天视频聊天，明朔也隔两个月就回北京看她，但那种远隔重洋的相思之情让两人都痛苦不堪。而且，他已决定定居英国，她也在一家世界500强公司的北京分部上班，再次长久相聚变得越来越不可能。九个月后，两人决定分手，不再联系。

分手之后，雪颢发觉她的人生失去了重心，以前觉得天塌下来都有明朔顶着，可现在连痛经时想要找个温暖的怀抱都没有。原本很喜欢的工作变得索然寡味了，原本开朗活泼的她变得沉默寡言了。更为严重的是，每次经过故宫或是其他古建筑，她似乎都能看到明朔那修长坚定的身影。她知道，再这样下去自己肯定会崩溃，结局只能是进安定医院。

"你可以回伦敦去找明朔呀！为什么非要待在北京呢？"翰文说，他很为雪颢和明朔惋惜。那么登对的一对，却由于现实的无奈而分手了。

"回不去了。和我分手不久后他就跟一个香港女孩同居了。那个女孩喜欢他很久了，一直没机会。我不责怪他，我能理解那种内心被一劈两半的感觉，没人能够坚持很久的。"

雪颢想逃离北京。这个她和明朔留下太多美好记忆的地方，现在变成了她的悲情城市。正好"拯救大象组织"在北京招募既会中文又懂英语的志愿者，她不顾家里所有人的反对报名了。

离开北京前的一个月，雪颢的妈妈哭了好几场。在她的脑海中，非洲是另一个星球，是现代文明照耀不到的暗黑之地。她为女儿的生活、安全和未来忧心忡忡。亲戚朋友也不理解她为什么要孤身一人去非洲，在野外和大象待在一起。她本可以继续在北京拿高薪，慢慢遗忘过去的伤痛，找到一个比明朔更好的男朋友，像其他人一样过上有车有房的幸福生活。

"刚下飞机走进内罗毕国际机场那栋陈旧昏暗的大楼时，我真的产生了买张机票调头回北京的想法。可是，当我坐在道格的越野车里，看见斑马、长颈鹿在公路旁的草原里吃草、啃树叶，它们毫不在意飞机起飞降落的巨大轰鸣，悠然自得地嬉戏，我觉得自己似乎来到了童话中的动物王国。也许我可以在这片野生动物自由生活的土地上忘却伤痛，重新出发。"

内罗毕位于群山怀抱的草原之中。草原被一条公路一分为二，公路东侧是国际机场、火车站和市中心，后来又出现了一些小型加工厂和高高低低的居民楼。西侧全部留作国家公园，有很多野生动物生活在那里。它们可以在马赛马拉、察沃等几个野生动物保留地之间自由迁徙。现代化和原始生态毗邻而居，中间隔着细细的铁丝网，也许是为了防止斑马和长颈鹿冲到候机室强行登机走出非洲。

常常有人惊叹一出机场就能在路边隔着铁丝网看到野生动物，其实在现代文明日益扩张的今天，这不过是人类刻意留给野生动物为数不多的保留地之一。

"我刚下飞机时也产生了和你一样的感觉。陈旧昏暗的机场大楼让人觉得似乎走进了老电影，很想转身回国。可是当走到机场外的停车场，看见蓝蓝的天空中飘着大团大团的棉花云，心里涌上的是回到母亲怀抱的亲切，神经仿佛浸入了酒精，微醺而又温馨。我此前从未到过非洲，那一刻却觉得久别重逢，真是奇怪。"

虽然已过去一年多了，翰文仍然能够清楚回想起初到内罗毕时的情景。他站在机场的露天停车场上，放眼四望。天空低垂，和华北平原相比，似乎离天更近。

远处的恩贡山上飘浮着大团白色的棉花云，仿佛站在山顶就能伸手采摘下来。几棵像大伞一样的树稀疏地散落在草原上。微风吹过，草原上泛起绿色的波浪。他看见铁丝网旁边十来只斑马在吃草，远处一只长颈鹿的头比树顶还高出不少。

来接他的非洲司机查洛用斯瓦希里语对他说Karibu，并告诉他这种季节棉花云很常见，如果越积越厚就意味着黄昏会下一场不大不小的雨，第二天又将是一个阳光普照的晴天。

内罗毕虽然位于赤道，却因地处海拔1600米的高原，四季凉爽如春，被称为"阳光下的清凉之地"。在这里仰望天空，的确会让人产生离天空更近的感觉。

"妈妈以为我会受不了草原上的艰苦生活，不到一个月就打包回家。可是，我不但活下来了，而且越活越开心，真是让她失望。"雪颢说着，脸上又涌现出调皮的神色。

"你妈妈不会失望的。你在非洲活得很好，她内心肯定非常高兴。她也会为你感到骄傲的，你所做的事情很有意义。"

"她仍然认为一个女孩子长期孤身一人在外漂泊不太好，不希望我在非洲待太长时间，想让我回北京工作。"

雪颢说她一半时间住在桑布鲁的野生动物保护区里，一半时间在内罗毕工作。在那荒无人烟的野外，没有时尚的名牌店，没有香浓的咖啡馆，没有喧闹的酒吧，没有手机信号，也没有无线网络，有时候想起明朔还会偷偷哭鼻子。可就是在那里，她看见了最蓝的天空，看见了最绚丽的晚霞，还看见了脖子如长颈鹿一般长的长颈羚，以及一大家子排成长队在原野上行走的大象。

她仍然是那个喜欢名牌、喜欢城市生活、喜欢偶尔去夜店跳舞的时尚女孩，但在原始淳朴的非洲大草原上，她变得从容了，学会了和寂静坦然相处。

以前在伦敦，她觉得有明朔当司机，都没有想过要学开车。而在桑布鲁的野外，她不但学会了开着越野车在野地里狂奔，还学会了换轮胎，学会了给水箱加水。

"你呢？为什么来到非洲？"雪颢问翰文。

"我？我是一名记者，而且学的是斯瓦希里语，来这里工作，报道非洲发生的一切，不是很正常吗？"翰文扭过头去看窗外。他不想让雪颢看见眼底那一抹尖锐的痛。

"是吗？真的吗？有什么伤心事说出来给本姑娘乐一乐吧。"雪颢既像是在嘲笑他，又像是在自嘲。

"真的没有，要不然都可以说出来博姑娘你一笑的。"

"好遗憾，本姑娘可是一个非常喜欢听别人讲伤心事的人哪。"

"我不是已经讲了一个遭遇死神的故事嘛，还要怎样？"翰文抗议道。

开车回记者站的路上，翰文的眼前浮现起了雪颢笑起来很好看的眼睛，还有她所说的和寂静坦然相处。

在北京工作时，成天都在车海人流里穿行。放眼望去，四围都是钢筋水泥，翰文总觉得疲惫不堪。到了非洲草原，他发觉自己浑身都充满了活力，似乎在同万物一道茁壮生长。

在马赛马拉自然保护区里，翰文曾经独自一人在绿草如茵的小山坡上坐了一个下午。没有咖啡，没有音乐，也没有书籍，他就坐在一块山石上，看着几株像大伞一样的金合欢树孤独地静立，看着角马在原野上排成队往前走，看着狮子在山脚下的草丛里睡觉，看着天空中的白云一会儿变成鲸鱼，一会儿变成小狗。

方圆数十公里都没有车来车往，也没有人声喧哗，他觉得自己和天地万物从未如此亲近过，仿佛有根看不见的纽带把所有一切紧紧连在了一起。过去十多年，在北京日复一日的喧嚣和忙碌中，他从来没有过这种感觉。

直至夕阳西下，坐在车里的司机兼导游不停催促，他才恋恋不舍地上车回酒店。导游说他真是一个怪人。别的中国人要他开着车四处跑，搜寻豹子、犀牛等不容易看见的动物，还大声吆喝躺着不动的狮子站起来走两步。只有他一个人静静地坐了一个下午，一句话也不说，该不是有什么想不开的伤心事吧。

没有伤心事。那一刻，所有的痛苦都离他十万八千里，他的脑海中满是平静。

4 和大象行握手礼

雪颢开着一辆天蓝色的二手越野车,载着翰文,从上往下行驶在一段不太陡的坡路上。道路前方,视野非常开阔,能够看见远处的群山、中间的草原、近处的城市都在睡梦中慢慢苏醒过来。

朝阳正从群山的间隙中冉冉升起,在路边高高低低的建筑上洒下斑驳金光。山下的草原笼罩着一层薄薄的雾气。雾气之中,肯定有羚羊在奔跑,狮子在伸腰,长颈鹿在张望。如果不是草原边缘那些隐隐约约的建筑剪影,你会情不自禁产生置身仙境的联想。

越野车的车身上用白漆印着两头相对而立的大象图案,大象下方是一行英文"Save the Elephants"。翰文刚才放摄像包在车后座时，还看见了两沓中英双语的保护大象宣传册。

雪颢该不是看见华人就递上保护大象的宣传册吧？翰文坐在副驾驶座上，望着专心开车的雪颢，心里想象她见人就发宣传册的样子，有点想笑。

"你笑什么？"戴着墨镜的雪颢没有回头，却似乎感觉到了翰文面部肌肉的细微动作。她今天又穿回了初见翰文那天的黑白骑马装，而且挡风玻璃下真的放了一顶黑丝绒头盔和一根马鞭。在翰文楼下，她说去完大象孤儿院，如果有时间，她想去卡伦故居旁边的马术学校练习骑马，欢迎他一起去，或者她把他送回家之后再去。

"你戴着墨镜的样子很美很酷。"翰文说。

"哈哈。记者大哥的赞美如你的报道一般真实么？"

"那当然。每个字都发自肺腑。"

"那就谢谢了。请原谅我在开车，不能屈膝行礼，记者大哥。"

"肯定有不少帅气的黑小伙爱你爱得发狂。"

"那当然，也有帅气的白小伙。下次让他们排成一队，你来拍下他们深情表白的傻样儿吧。"

"乐意之极。"

其实，翰文内心仍然十分拒绝去大象孤儿院，只好说些笑话来化解自己的担忧。他不知道该怎么去面对那些大象孤儿，虽然它们亲人的死跟他或者他的祖父毫无关系，但他仍然感到害怕。

最好是不用面对它们，远远地看看，然后赶紧离开吧，陪这位草原公主去骑草原上最烈的野马都可以。

越野车转了个急弯，拐上了一条双向四车道的平坦公路。一些路段正在施工，路中间停着几辆印着汉字的推土机，旁边还竖着"安全第一"的红色围栏。

"你去过基贝拉贫民窟么？"翰文指着右侧山坡下的一大片低矮的棚屋问雪颢。

棚屋的屋顶是锡皮做的，墙体有水泥的，有木板的，也有泥土的，一间连着一间，密密麻麻，像蜂巢一样延绵不绝直至远处另一座平整的山脊才戛然而止。

基贝拉贫民窟里住着一百多万人。远远地在半空中，从内罗毕国际机场起飞的航班上就能看见它像块巨大的脓疮长在非洲绿色的大地上。

雪颢的车是从远处的山脊后面开过来的，最近的路线其实应该是穿过贫民窟的山谷，但那里没有公路，也没人敢去拆房子修一条公路，因此他们绕了好大一圈才开到这里。

"没有，我们没有援助贫民窟的项目。"雪颢没有扭头去看贫民窟，也没有减速，专心致志往前开。

"我曾经进去做过一次采访。那里的生活可真叫一个惨。大多数人没有工作，没有生活来源，只能靠打零工或是捡破烂为生，一天能够吃上一顿饭就算不错的了，而这样的贫民窟在非洲还有好多。我常常想，地球上有两个非洲：富有的非洲，只属于极少数人；贫困的非洲，是大多数人经年累月困苦挣扎的地方。"

这片非洲最大的贫民窟绝对是一个现代化之光照耀不到的地方。没有自来水，只能拎着塑料桶去很远的地方打水或是用盆子接雨水。没有电灯，晚上只能靠那几根高达数十米的水泥杆上的探照灯照明。没有公共厕所，大小便放在塑料袋里四处乱扔，号称飞行厕所。没有安全保障，完完全全是个弱肉强食的人类丛林。

一位使馆的兄弟告诉翰文，他刚来不久就跟着使馆参赞和联合国粮食署官员去这个贫民窟发放救济粮。刚发几袋粮食就冲进来一伙手持AK-47的劫匪，嚷着让所有人都趴在地上，风卷残云般抢走了手机、手表、钱包和现金，又一阵风消失在棚屋后面。此后两周，那位兄弟每晚都做噩梦，半夜在被人剥光衣裤的恐惧中醒来，久久不能重新入睡。

翰文也去过同中国做生意的麦克家。英式红砖别墅后面的草坪修剪得整整齐齐，游泳池的水清澈透明。麦克高大英俊、皮肤黝黑，穿着带袖扣的条纹衬衫和雕花的布洛克尖头皮鞋。他们坐在走廊上喝肯尼亚山脚产的上等红茶，麦克说这个红茶来自为英国女王生产早餐红茶的茶园。

过了一会儿，麦克胖胖的夫人端来了刚烤好的松仁饼。麦克说花园草坪的草种是从沙特进口的，阿拉伯人就是厉害，能从沙漠里种出高尔夫球场。麦克又说下个月要去中国采购一批建筑材料，再转手卖给在附近建公寓楼的印度人，肯尼亚的中产阶级就要崛起了,商机将会很多。

"何止两个非洲。旅客、商人、走私犯、盗猎分子、军火贩子,每个人心里都有一个完全不同的非洲,有的人看见壮美的风景,有的人看见金灿灿的黄金,但没几个人看见死亡、疾病和流离失所。贫民窟的生活是很惨,但只有亲眼看见大象被杀死的样子才会明白什么叫惨不忍睹。这个星球上,最残忍的生物就是我们人类了。"

好吧,这天是聊不下去了,翰文只好闭上嘴,不说话了。

越野车向左一转,拐进了一条小路,两旁树木遮天蔽日。又行驶了几分钟,翰文看见山坡上立着木头做成的"Elephant Orphanage"(大象孤儿院)标识。保安远远地看见雪颢的车过来,就抬起了栏杆,看来她是这里的常客。

雪颢把越野车开进一片空旷的黄泥地,停了下来。翰文看见旁边停着几辆旅行社的九座越野车和中巴,绿色或是白色的车身上印着非洲地图、猎豹、合欢树、Safari等图案和文字。

雪颢领着拎着摄像包的翰文穿过一道木栅栏,守在木门旁边的工作人员没有问他们要门票。

"这里每天上午10点至12点对游客开放。游客可以花点钱买门票,看小象吃奶、洗澡、玩耍。站在车旁边的那些欧洲人就是在等着进去参观小象。游客如果有兴趣,还可以交50美元认养大象孤儿。"

"认养大象孤儿?你是说他们把大象孤儿像非洲儿童一样领

回欧洲去养？"翰文有点惊讶。即使是小象，个子也跟水牛差不多。他们怎么运回欧洲？用船？用飞机？简直不可思议。

"我的记者大哥，你太可爱了。普通游客哪有地方养大象。再说小象比人类儿童难养多了，没有专业技能哪能养得活。游客交50美元仅是象征性的认养，还不够小象一个月的奶粉钱。孤儿院会经常将小象的照片和视频发给游客，让他知道小象在他的关爱下健康成长。"

"哦，这还真是一种很好的宣传方法。游客认养大象后，无论回到世界哪个地方，他都会有产生与非洲紧密相连的亲密感，有一种我在非洲养了一头小象的骄傲。"

"是的。这是大象孤儿院筹款的一种方式，因为大象孤儿越来越多，把它们养到成年大象要花很多钱，光靠一些企业的捐款远远不够。同时，这也是为了让更多人有参与感，让更多人了解到大象是和我们人类一样的一种生物，它们自由生活的权利需要得到保护。"

"有意思。"即使已在非洲待了一年多，但翰文不愿也不想去了解大象保护这个议题，今天第一次听到这些，觉得很新鲜。

"我们去看看江波住的地方吧！"雪颢领着翰文走向一排木板房。

"有中国人在这里工作？"看着铁皮盖的房顶、陈旧的木头柱子和漏风的木板墙，翰文心想，这位兄弟住的地方如此艰苦，看来也是和雪颢一样的大象狂热分子。

"不是。江波是一头小象,孤儿院用斯瓦希里语给它命名为Jambo,意思是你好。我给它取了个发音近似的中文名——江波。"

雪颢站在一间木板房的门口,指着室里对翰文说:"你有没有看出这间房屋的特别之处?"

翰文看见屋子里有一张木头床,觉得很奇怪:"难道晚上把小象放在床上睡觉?可是这床对小象来说是不是小了点?"

"不是。床是给保育员睡觉用的,小象睡在下面的泥地上。天冷时会铺上茅草还有棉被。"

"为什么保育员要和小象睡在一起?难道大象孤儿院穷得无法给员工提供住处?"

"绝大部分游客都会问这个问题。实际情况是,大象孤儿院的保育员有自己的休息区,在山坡另一侧的砖房里。这张床是供值夜的保育员使用的。大象是一种灵性动物,对情感的需求非常强烈。在野外,小象晚上一定得和母象睡在一起。失去妈妈的小象更为脆弱,必须有人24小时陪护。值夜的保育员就像我们国内的月嫂一样,小象发出哼哼声就得起来调奶喂它。如果天气冷了得起来给它盖毯子。如果苍蝇太多还得给它打扇驱赶。"

"真跟养小孩一模一样。那小象岂不是会把保育员当作妈妈,走到哪儿跟到哪儿。"

"是啊。如果保育员长时间不在,小象就会发脾气,拒绝吃奶,用鼻子乱摔东西,甚至生病。现在大象孤儿院为了避免小象对某一个保育员产生过度依赖,采取了保育员轮流陪同所有小象而不是一个人跟一头小象24小时相处的做法。即使某位保育员因为家里有事不能上班,或是不愿再做这个艰苦的工作,小象也不至于出现问题。"

"我真的没想到养大一头小象这么难。"

"养大一头小象跟养大一个小孩一样,都需要十年左右的时间。大象孤儿比人类的孤儿还要可怜。人类的孤儿如果有人领养,把这家的大人看成自己的父母,心灵上就有了依靠。而这里的小象在心灵上不能依靠任何一个保育员,因为在十年的漫长过程中,保育员可能会换好几拨。"

"唉。"翰文叹了一口气,问,"江波呢?其他屋里也都空着,所有的小象都不在。"

"它们早晨吃完奶跟着保育员去山坡下散步了。"

"它们不会逃进山下的国家公园里,追不回来吧?"翰文无法想象一伙保育员跟在一群小象后面,高声呼喊你快回来的情景。

"大象是特别注重家庭的动物。小象刚来时,会流泪,想妈妈,不吃奶,但适应了这里的环境之后就会把这里看作自己的家,直到成年之前都不会离开。年纪大的小象会像哥哥姐姐一样,带着年纪小的幼象,一起出去一起回来。走,我们到山坡下面去找江波小朋友吧。"

两人穿过稀稀疏疏的灌木丛,沿着土路往山下走。几分钟后,翰文停住了脚步。

200米远的地方,一队小象排着整齐的队伍笔直朝着他们走了过来,长长的鼻子不时在身前甩来甩去。如雪颢所说,每头小象身边都跟着一位穿绿色衣服的保育员。

翰文从来没有这么近距离接触过活生生的大象。他僵在黄黄的土路上,既不敢往前走也不敢转身逃跑。它们会不会觉得我身上有罪恶的气味,突然冲过来攻击我,毕竟我祖父生前是象牙这个漫长生态链上的关键一环,也许他的双手真的曾经握过其中某头小象祖先家族成员的牙。翰文不是一个胆小的人,但在此时此刻,他觉得自己的心脏快要蹦出胸腔了。

"江波、江波!"雪颢没有注意到身后翰文的异样,呼喊着、跳跃着朝小象奔了过去。

队伍中的一头小象抬起头来看了一眼,然后跨出队列,越过同伴,跑了起来。保育员跟在后面小跑,但没有发声制止它。

接下来发生的一幕让翰文看得都呆住了。只见小象跑到雪颢跟前,伸出长长的鼻子搂着雪颢的腰,用头在她身上轻轻蹭,一对像非洲地图一样的大耳朵欢快地扇动着。雪颢张开双臂,搂住小象的头,把额头贴在小象的额头上。此情此景,像极了一对久别重逢的母子。

领头的小象走到了翰文面前,它抬起头看了他一眼,绕过他继续往前走。脸色苍白的翰文僵硬地站在路中间,一步都不敢挪动。直到这队小象都走了过去,他才放下心来。

江波跟在雪颢身后走了过来。雪颢在翰文面前停下了脚步，它也停了下来。

雪颢说："这就是江波。"她又转过身，拍了拍小象的额头，指着翰文对它说："这位翰文叔叔是大记者。待会儿让他给你录像，大家就可以从电视上看见你了。"

翰文心说，糟了，刚才害怕得不敢动弹，都忘了拍下雪颢和小象相拥相抱那感人的一幕了。他拉开摄像包，伸手去拿摄像机。

这时，小象江波把长长的鼻子伸到了他的胸前，一边慢慢移动，一边发出吸气的咻咻声。翰文吓得不敢动了。

"它在嗅你是不是好人。如果不是就用鼻子卷起来扔到山坡下去。"雪颢说，眼睛闪现出狡黠的光。

"啊？不会吧？"翰文的心脏又悬在了半空。

"逗你的。跟野生大象不同，和人类相处久了的大象是不会胡乱攻击我们的。如果你和它气味不投它最多走得远远的，不理你。"

小象的鼻子停在了翰文的右手前，鼻尖上的两个孔一张一合，微微晃动。

"它喜欢你，想跟你交朋友。"雪颢带着惊喜的语气说。

"真的？那我该怎么做？"翰文问。他还是一动不敢动。

"大象既用鼻子来进食、喝水，也用它来感知外部世界和交流情感，就像我们人类的手一样。你伸手握握它的鼻子，不过要轻轻的哦,把它弄痛了真的会发狂的。"

翰文小心翼翼地伸手握住了小象鼻子的前端。鼻子上的细毛硬硬的,刺得他手心发痒。小象的鼻子往前伸,在他手臂上绕了一圈,鼻孔触了触他的皮肤,然后松开了。

完成了和大象种族的首次握手礼,翰文陪着雪颢往回走,他的心灵仍然沉浸在震撼之中,不知道该说些什么。小象江波乖乖跟在他们身后,就像一个跟着父母从游乐园回家的小孩。

"江波是一头很特别的小象。"雪颢一边走路,一边对翰文说。

"有何特别之处?"翰文回头看了看,觉得江波和其他小象长得都差不多。

"它的父亲是非洲大象之王萨陶。"

"体型最大的大象?"

"不是,象牙最长的大象。萨陶的每根象牙都超过两米,走起路来都快触到地上了。"

"所以它被盗猎分子杀死了?江波因此成了孤儿?"翰文能够想象得出,顶着两根长长的象牙在草原上走来走去,就像游客拎着几百万现金在盗贼遍布的街头走来走去一样危险无比。

"不是,被盗猎分子杀死的是江波的妈妈奥莉。公象不跟家庭成员生活在一起,母象才是家长,负责带领整个家族寻找水源和草场。"

"哦,原来大象是母系氏族社会。"

"是的，和摩梭人的走婚有点相像。"

"江波将来的牙也会长得很长吧。"翰文又回头看了看，江波的牙才刚露出个头，只有几寸长。在这个星球上，牙长得很长未必是好事，但愿江波将来一切安好。

"嗯，有可能。巡逻员在察沃国家公园救下江波之后，第一时间联系了我们组织，因为他们知道比江波大二十多岁的姐姐阿沙卡几年前率领自己组建的大象家族经过长途跋涉，迁徙到了桑布鲁国家公园，目前处于我们的看管之下。也许姐姐阿沙卡会收留这个小象弟弟。"

"你们为什么没有带江波回桑布鲁？"

"它太小了，我们在野外养不活它，只好先送到这里来。等它长到四五岁之后，再把它运去桑布鲁，交给阿沙卡抚养。"

"真是头可怜的小象。好在它还有姐姐。"

"它的父亲萨陶和一群公象仍然在察沃国家公园生活，是肯尼亚野生动物的标志，也是重点保护对象，每年都有成千上万的游客去看它。"

快要回到那一长排木板房了，翰文看见空地上刚才那队小象围成一个圈，中间站着一位胖胖的白人妇女，一头银发在微风中轻轻飘拂。小象们时不时翘起鼻子，白人妇女伸手慈爱地摸摸小象鼻子，像是祖母在和自己的一群孙子玩耍。翰文用摄像机拍下了这个场景。

雪颢走过去叫了声姆妈。在非洲，人们喜欢尊敬而亲切地叫年纪大的女人"ma'am",译成中文有点像姆妈。刚去的中国妇女听到黑人叫自己姆妈都会露出吃惊的神色,不知道该不该答应。

白人妇女朝他们走了过来,小象并没有回各自房间,而是跟在保育员身后往山坡另一侧走去。

白人妇女满面笑容地给了雪颢一个大大的拥抱,叫她甜心,问她在野外生活得可好。雪颢说她过得很开心,认识了很多当地部落朋友。

白人妇女转向翰文,问雪颢这是不是她的男朋友。

"啊哈,不是。他是我的人质,被我绑架来的。他是中国最大电视台的记者,我准备用枪逼着他做保护大象的节目。姆妈,你有枪没有,借我一把用用?"雪颢又开始调皮了。

"有啊。我有大卫以前用过的手枪,一直放在卧室的抽屉里,就是不知道还能不能用。"白人妇女跟着雪颢起哄。

"很高兴见到你,达芙妮女爵士。我是翰文,华夏电视台驻非洲记者。"翰文对白人妇女弯腰行了个礼。虽然他从未来过大象孤儿院,更不愿意来,但不意味着他对大象孤儿院一无所知。

达芙妮是非洲草原上的一位传奇人物。她的丈夫大卫是肯尼亚察沃国家公园的首任巡逻长,同盗猎者斗争了数十年,两人共同养育各种野生孤儿动物。大卫心脏病突发去世后,她以他的名义建立了大象孤儿院,坚持不懈地救助失去亲人的大象孤儿。她是地球上第一位将新生小象抚养长大的人,是多部纪录片的主角，前几年被授予了"大英帝国女爵士"的荣誉称号。

对女爵士行弯腰礼是合适的吧？不用像古代骑士那样单腿跪在地上吧？翰文在心里暗问自己。

达芙妮对翰文伸出了手："不用客气。请叫我达芙妮，我只是一个白皮肤的非洲人。"顿了一下，她问，"听起来你不愿做保护大象的节目，为什么？其他好多国家的电视台都在做这类节目，有的还获得了国际大奖。"

"这个说来话长，有点复杂。"翰文真的不想再讲一遍家族的悲惨往事，特别是对方是一位一生都在保护大象的白人。

"你们这两位年轻人，为什么不陪我这个老太太喝一杯凯里乔红茶呢？"达芙妮看出了翰文眼中的犹豫，一边说话，一边伸手挽着他和雪颢的胳膊，朝她的住所走去。

原野上的雾气已经消散，晴空万里，阳光普照。非洲草原上，又是一片生机勃勃的景象。

5 大象孤儿院

"我们都欠着非洲一笔债,得把债还清才能去见上帝。"达芙妮坐在藤椅上,轻轻将茶杯放回托盘里,对翰文和雪颢说。

藤椅已经泛黄,木头茶几也很陈旧,个别地方的漆已经脱落。只有盛着红茶的瓷杯仍然白亮,放在洗得干干净净的托盘上,透着英式的典雅。

达芙妮的住所没有一点女爵士的气派,不过是一幢建在半山腰的砖木平房。翰文和雪颢坐在门廊的茶几旁,听达芙妮讲述她漫长一生的传奇经历。刚才在征得达芙妮的同意后,翰文在她对面用便携式三脚架支起了摄像机。他仍然不能决定做点什么,但记者的职业素养告诉他,要尽可能地留下影像资料,以免用时方恨素材少。

从他们坐的地方，视线穿过房前的灌木丛，可以看见山下内罗毕国家公园那片辽阔的草原。刚才那队小象正在房前不远处的泥塘里玩耍。大象没有汗腺，所以喜欢把泥水涂在身上防晒降温。有的小象相互喷水，还在泥塘里四脚朝天滚来滚去，引得周围的游客爆发出阵阵笑声。

如果按出生地算，达芙妮其实是非洲人而非英国人。她出生在肯尼亚，祖先是来自南非的英国后裔。她这一辈子大部分时间都生活在肯尼亚的草原上，成年后才以游客的身份去过英国，对高楼大厦、双层巴士、地下铁的伦敦远不如对杂草丛生、野生动物出没的非洲草原熟悉。

达芙妮说她的父亲曾经亲手杀死过许多野生动物。那是在二战时期，为了给在埃及等地同德国法西斯作战的英军士兵提供充足的肉食，英国驻肯尼亚殖民当局雇用了许多白人猎手和农场主去草原上猎杀野生动物。

小时候，她和妈妈一起去过她父亲建在乞力马扎罗山下的营地。她父亲带着当地人在原野上追逐斑马、角马、羚羊等野生动物，用步枪、弓箭把它们击倒，剥开皮，割下肉，抹上盐，挂在绳子上风干，再装在麻袋里运到前线去。

"我父亲并不愿去猎杀那些野生动物，但他觉得由他去做这件事要比其他人更好，而且也能赚点钱补贴歉收的农场，就报名了。他会有选择性地捕猎，放过那些母的、小的和带头的野生动物，以确保种群能够继续繁衍。"

有一次，当地人用弓箭射杀了一头斑马，才发觉它快要生产了。她父亲把刚从胎衣里剥出来的小斑马带回了家，达芙妮和妈妈费尽了功夫，居然用牛奶和煮熟的玉米粒把它养活了。小斑马每天早上都会在帐篷外等着她起床。可是，几个月后，活蹦乱跳的小斑马消失在了帐篷后面的丛林中，再也没有回来。

"这就是抚养野生动物的不可承受之重。它们终将离开，而你却像对待自己的儿女一样，一辈子都为它们牵肠挂肚、忧心忡忡。"

跟着第一任丈夫比尔去察沃国家公园生活的达芙妮却爱上了公园的巡逻队长大卫。跟比尔和平分手后，又过了两年，达芙妮才等到了大卫的求婚。从此，两个热爱大自然的人把一生奉献给了大象、犀牛等生活在非洲草原上的野生动物。

达芙妮和大卫在偏僻的察沃国家公园居住时，养过各种各样的野生动物孤儿，包括羚羊、猫鼬、犀牛、斑马、野猪、水牛、麝猫、织巢鸟、鸵鸟、孔雀等等。这些动物孤儿的来路五花八门，或者是大卫在公园巡逻时发现的，或者是当地人抱来的，还有一匹斑马跟在一辆涂着斑马纹的旅游车后面跑了好几公里，游客只好把它抱上车，送到他们家门口。

令游客惊奇万分的是，这些品种截然不同的动物不仅和谐地生活在一起，而且组成混合兽群在草原上大摇大摆地逛来逛去。当然，没有狮子或豹子等食肉动物，彼此不会把对方当成美味的午餐。

"大卫在察沃公园巡逻时会遇上在盗猎者杀死的母象旁嗷嗷待哺的小象,好心的当地人也会把在野外发现的小象送到我们家。寿命长达七十岁的大象除了不会写字、开车和制造精密的工具以外,在很多方面都和我们人类一模一样。母象十三、十四岁时性成熟,怀胎二十二个月才能生下一头幼象。头两年,幼象只吃母乳,之后一边吃奶,一边吃青草和树叶。四岁时,小象完全断奶,然后和母象一起生活到十岁,才能独立生活。"

雪颢和翰文没有插话,全神贯注地听达芙妮讲述她和非洲大象的不解情缘。

"我们养大了几只两岁以上的小象,因为我们可以喂它们青草和树叶,活下来的概率很大。但在很长一段时间,我们都无法养活初生的幼象,因为两岁以下的幼象只吃母乳。我们试过喂它们牛奶或是人类婴儿吃的配方奶粉。由于幼象无法耐受牛奶中的脂肪,一喝下去就会出现严重的拉稀症状。最后,我们只能喂它们清水和葡萄糖,可这远远不够。幼象的身体由于缺乏营养一天一天消瘦下去,直到再也站不起来,躺在地上奄奄一息。看着一头头幼象送到我们家,又逐一死在我们面前,我们的心里都是一片无望的灰暗。"

"有时,你不得不相信命运。"达芙妮蓝色的眼眸中流露出对人生的质疑,"也许上帝让我出生在非洲就是派我来照顾那些孤苦无依的大象孤儿的。就在我们陷入深深的绝望之中时,一位英国来的女游客给了我们一种配方表,其中含有椰子油。据她说,椰子油和大象乳汁中的脂肪最为相似。我用这个配方调了奶粉给一头出生刚刚三周的幼象喝,居然把它救活了。"

"后来那头幼象呢?"翰文忍不住问。虽然那是好几十年前的事,可大象是一种很长寿的动物,如果没有盗猎者的追杀,也许第一头被人类养活的非洲幼象至今还在大草原上自由自在地生活呢。

"在我们精心照料下,幼象慢慢长大了。我就像照顾自己的孩子一样日夜不离,幼象也把我视为它的妈妈,对我产生了特殊的依赖感情,几个小时闻不到我的气味就会发脾气。正是这点让我们最终失去了它。"六个月后,幼象已经能够在院子追着其他动物玩耍了。达芙妮和大卫去南非参加女儿的婚礼,幼象却突然腹泻,而且由于"妈妈"不在身边,它思念过度,病情日益严重,等他们赶回家中,它已经站不起来了。

"它的头偎在我腿上,嘴里发出一声细细的叹息,身体渐渐软了下去。我抱着它,就像失去了自己的亲生孩子一样号啕大哭。我们把它埋葬在那一长列幼象坟墓旁,很久都不能走出失去它的阴影。我甚至发誓再也不抚养过于幼小的小象。即使把它们养大,终有一天它们也会回归荒野,而我们则会一辈子生活在对它们的思念和担忧之中。"

达芙妮说,小象在十多岁时会离开他们家,去野外生活,刚开始会离去几天,然后是几个月,最后是几年都不见踪影。不过,大象是一种记忆力很好也很重感情的动物。即使很多年过去，他们在野外遇见抚养过的大象，它们还会走过来打招呼，用鼻子跟他们握手，有时会温柔地陪着他们在草原上行走。最开心的是一天早晨，她和大卫起床后看见房前的草地上站着两头大象和一头小象宝宝。当他们走过去时，母象和小象宝宝跑进树林里躲了起来，公象却站在原地向他们伸出了长长的鼻子。原来，这头公象是萨姆逊，几年前由他们养大的。今天带着妻子和孩子回来看他们来了，可从未见过人的野生母象和小象宝宝却不习惯这个场面，一看见他们走近就吓得逃走了。

对野生动物的热爱战胜了终有一天会失去它们的恐惧。大卫和达芙妮继续以百分之百的热情在远离城市的察沃国家公园里保护大象和其他野生动物不受人类的侵扰。

即使在肯尼亚独立初期大部分白人争先恐后离开肯尼亚的艰难时刻，他们也没有想过要移居去南非或是英国。非洲的草原就是他们的家，在原野上自由奔驰的各种野生动物都是他们的家庭成员。如果他们离开了，它们又该怎么办呢？

独立后的肯尼亚政府允许大卫这个白人继续担任察沃国家公园巡逻队长，实际上也没有比他更合适的人选。大卫从能征善战、忠诚勇敢的马赛族人中招收了很多战士，组建了一只强有力的巡逻队。他还用有限的预算购买了二手越野车和陈旧的小型螺旋桨飞机，四处抓捕盗猎分子。大象和其他野生动物的数量都在稳步回升，但盗猎分子仍是层出不穷，让他很是头疼。

在欧洲殖民者到来之前，非洲的大象一直自由自在地生活在广袤的草原上,在母象的带领下从南到北、从东到西自由迁徙,随着季节的变化移居不同的草场。非洲人并没有像亚洲的印度、泰国一样把大象驯化为运输、战斗的工具。非洲的公象和母象都拥有长长的象牙,但在非洲人看来,这不过是这种庞然大物身上不可或缺的一部分,与人类没有丝毫关系。

是喜爱艺术和装饰的文明人给非洲的大象带来了灾难。成群成群的大象被屠杀,象牙被一船船运往欧洲、美国还有远东。王子公主、贵族富人、演艺明星以及知名作家如海明威等人都以在非洲猎杀大象、狮子、豹子为乐,还把这些故事堂而皇之地写进书里,拍成电影。

殖民者撤退后,猎杀大象的恶习并没有随风而逝。盗猎团伙越来越多,渴望改变贫困命运的部落青年、当地的腐败官员、国际犯罪团伙都加入了这个罪恶的行当。他们有的带着自动步枪、弓箭开着越野车在原野上追杀大象,有的挖下巨大的陷阱、埋下捕兽夹等着大象路过,还有的甚至驾着直升机,在空中用狙击步枪朝着大象的头部开枪。通常大象不会立即死去,而是会挣扎很久,甚至会带着满身弹孔行走上百公里。盗猎分子会一直跟在后面,等大象倒下后才疯狂扑上去,砍开大象的头颅,连根拔出象牙,装在卡车上运走。

最伤心的莫过于看见自己亲手养大的大象倒在盗猎者的毒箭和步枪下。

"我们都为萨姆逊成功融入了野外生活还建立了自己的家庭

感到高兴。后来很多年,我们在察沃不同的地方都能看见萨姆逊和它的家人。又过了几年,大卫在察沃公园巡逻时,看见一头大象独自在河边一拐一瘸艰难地往前走。他走近一看,发觉正是萨姆逊,它的一条腿肿得有平时三倍粗,显然是中了当地部落人发明的一种毒箭。这种毒箭用夹竹桃汁浸泡过,即使是重达数吨的大象,只要中箭,也没有任何办法可以救活。萨姆逊抬头看见大卫走过来,眼里既有故人重逢的喜悦,又满是无法忍受的痛苦。虽然它成功逃脱了盗猎者的围捕,但大卫也救不了它。

"为了减轻萨姆逊的痛苦,大卫犹豫了很久,只好朝着它的头部正中开了一枪。大卫把这个痛苦的秘密深埋在心底,过了很久才告诉我。他说不得不亲手结束自己养大的大象的生命是他这一生干过最艰难的事。当他举起枪瞄准萨姆逊时,就像用枪对准自己的孩子一样心如刀割。可是他不得不这样做,既是为了减轻萨姆逊的痛苦,也是为了不让盗猎者的图谋得逞。回来后他派巡逻员取回了萨姆逊的牙,一直存放在仓库的角落里。"

"即使今天,我们千辛万苦养大的大象孤儿也许只不过是为盗猎者提供了优质的象牙。这是让我们感到悲伤又绝望的事实。很久以前,大象这个种群就已经陷入了黑暗,而且很可能看不见黎明的到来。"达芙妮的眼角泛起了泪花。翰文的眼睛湿润了。雪颢掏出纸巾擦拭双眼。虽然她对达芙妮的故事了然于心,听她亲口讲出来仍然深有感触。

"妈妈,你不要太过激动,这样对心脏不好。"大女儿吉尔走了过来,拍了拍达芙妮的臂膀。她刚才给他们斟好茶后就进屋去了。这时看见妈妈越说越激动便过来安慰她,并顺便给他们端来了一壶热气腾腾的红茶。

吉尔转过头对翰文和雪颢说:"很抱歉,我妈妈一谈起大象孤儿就会变得非常情绪化。她对这些孤儿的感情要远远超过对我们这些亲生儿女。"

"我们完全能够理解。在这片草原上,没有人比姆妈更了解大象孤儿,也没有人比她为大象孤儿们付出得更多了。"雪颢说。

在这个靠近城市的灌木丛里建立大象孤儿院听起来像是上帝的精心安排,尽管是以一种达芙妮无法承受的悲剧方式。

就在察沃公园的野生动物在大卫和达芙妮等人的看管下欣欣向荣时,肯尼亚政府给予了大卫一个新职位,任命他监管这个国家所有的国家公园和保护区。这意味着他们必须离开生活了二十多年的察沃公园,搬到内罗毕工作,也意味着他们必须忍着眼泪和那些生活在房屋周围的小象、犀牛、孔雀等动物孤儿说再见。这一别也许就是永远。没有他们的精心照料,这些动物孤儿以及其他生活在原野上的野生动物的命运变得不可预测了。

察沃真的在他们离开后进入了一段耸人听闻的黑暗时期。盗猎者变得无比猖獗,腐败的巡逻队员也加入其中。大象、犀牛的数量急剧下降。尽管政府采取多种措施加强执法,但时至今日,犀牛在这个公园里已不见踪影,大象的数量也仅有几千头,远不复昔日的辉煌。

搬到位于内罗毕国家公园总部后,大卫一刻也没有歇息,他带着达芙妮四处考察国家公园,雄心勃勃地准备重新大干一场,为更多野生动物创造良好生存环境。然而,家族遗传的心脏病毫不留情地击倒了他。仍然年轻的达芙妮失去了最大依靠,一度觉得人生已经没有什么值得留恋。

大卫逝世后,达芙妮必须从政府分配的住所搬出去。达芙妮发觉她将成为无家可归的流浪者,也许不得不在草原上搭起帐篷,与大象、狮子为伴。在众多朋友的恳求下,肯尼亚政府同意她在离国家公园总部不远的山坡上建造一座小房子。

"这座房子就是当初建起来的样子,这些石板是我托人从察沃公园里运回来的。"达芙妮用脚踩了踩门廊上不规则的白色平板岩说。

为了纪念大卫对野生动物的热爱,达芙妮和朋友们成立了大卫基金会,募集来的资金用于保护那些孤苦无依的野生动物孤儿。盗猎行为日益猖獗,大象、犀牛等孤儿源源不断地送到这里来。

"第一头来这里的小象没有住处,只能睡在吉尔房间的地板上,每天晚上都会拉一大堆便便。后来我们加盖了象舍和办公室,聘请了保育员,手把手地对他们进行培训。还得经常通宵不睡照看生病的小象。可是,只要看到它们在泥浆里快乐地滚来滚去,我们就觉得再累也值得。至今,我们的孤儿院已经养活了数百头大象。

"其实我宁愿大象孤儿院一头小象也收不到,关门大吉。每收到一头可怜的小象,我们就知道又一个大象家庭遭到了毒手。大象的家本应在那辽阔的大草原上,而不是在这片用铁丝网围起来的灌木丛中。"达芙妮指着不远处嬉戏玩耍的小象说。

"我有个心愿,那就是全世界所有的政府都禁止象牙贸易。只有象牙交易的市场消失,大象才能获得完全的安全和自由。在这方面,中国要像一个真正的世界大国一样承担起领导作用。你能说服中国政府禁止象牙贸易吗?"达芙妮问翰文。

"我?"翰文有点蒙,心想我只是一名普通的记者,哪能说服政府做什么决策,但觉得如果这样回答,老太太肯定会很生气,只好说,"我们大家可以一起努力,相信大象一定会得到更好的保护。"

"你这样说话就像一个八面玲珑的外交官。也许我应该给你们驻肯尼亚的大使写一封信,请求他把我的观点转告中国的领导人。嗯,我一定要写这封信。中国人应该明白大象的美并不在于那些精致的雕像,而是草原夕阳照射下的剪影。如果他们真的喜欢大象,可以买张机票来草原上看它们,而不是花好多钱买大象的牙供在家里。"

家里还珍藏着祖父留下来的几尊象牙雕像和两根原牙。听到达芙妮的话,翰文心里涌上了如坐针毡的感觉。

达芙妮没有注意到他神色的异样,扭过头对在屋里忙碌的吉尔大声说:"你记得提醒我。我年纪大了,老是忘记要做的正经事。"

"为大象付出一生心血的大卫并没有看见孤儿院的建立,但他肯定会为这些年我们所做的一切感到高兴。我很快就要去天堂见大卫了,希望到时候还能告诉他大象在这片草原上生活得很好。我不知道还能不能带着这个希望离开这个世界。"送他们离开时,达芙妮说。

时间已到正午,草原在强烈的阳光照射下热气蒸腾,远处非洲的青山反而变得缥缈起来。这片草原上,发生了很多人类对大自然犯下的罪行,可也有过史诗一般的传奇和爱情,如卡伦和丹尼斯,如大卫和达芙妮。

"真是波澜壮阔的一生,要是拍成电影一定会像《走出非洲》一样感人肺腑。"翰文对雪颢说。雪颢开车去卡伦故居旁边的马术学校,顺便在路边买了几根烤玉米。

越野车爬上一段斜坡,在绿树丛中穿行。从车里可以看见远处恩贡山的四座山峰连在一起,就像拳头一般隆起在大草原上。这是卡伦笔下的非洲。这也是达芙妮生活了一辈子的非洲。这更是大象、犀牛、狮子、长颈鹿赖以生存的非洲。

"达芙妮的人生与卡伦既有相同之处也并不完全一样。卡伦带着失去爱人、失去家园的破碎之心回到了欧洲,余生都生活在回忆的折磨之中,而达芙妮则是带着对爱人的思念和对大象的热爱在这里坚强地活下去。"雪颢说,"你不觉得带着爱坚强地活下去,每天都能看到草原上的朝阳是一件很美很难得的事情吗?"

6 哈库那马塔塔

"你确定要做这件事?"恩加里教授坐在他临街的办公室里,对来访的翰文说。

恩加里教授在内罗毕大学教斯瓦希里语文学。斯瓦希里语是阿拉伯语和非洲土著话班图语结合生成的语言,在肯尼亚、坦桑尼亚等东非沿海国家广泛使用,是英语之外的第二官方语言。最初,斯瓦希里语采用阿拉伯文的书写方式,英国殖民者来了之后改用拉丁字母书写。

恩加里的办公室比较陈旧。墙壁上部分地方的白漆已经剥落。他说这幢楼在20世纪80年代建成后就再也没有翻修过。房顶吊着一根日光灯管和一把老式电风扇。堆满了书和报纸的木制书桌有些年头了。玻璃窗上还破了一个大洞,恩加里说是前段时间示威的学生朝教学大楼扔石头时砸破的。学校说派人来修,但一直没有人来。晴天还好,下雨天他就得用塑料桶接住飘进来的雨水。

在这里,一切都是缓慢的,即使最好的大学也是如此。肯尼亚人常说的两句话是Hakuna matata和Polepole。前者是没问题,后者是慢慢来。恩加里去学校提交维修申请时,行政人员爽快地告诉他Hakuna matata,他打电话去催的时候得到的答复却是Polepole。

这所大学的学生对示威情有独钟。喜欢的政党领袖落选了,示威;助学金减少了,示威;有女生被老师欺负了,示威;食堂的饭菜不好吃,也示威。如果学校不答应他们的要求,他们就聚集在校门外的马路上,先是大声喊口号,然后捡起砖头敲碎朝着教学楼扔,还朝着过往的车辆乱砸,好像这些车辆和它们的主人也是那些罪恶的一部分。

恩加里认为最好的办法不是阻止学生示威,那是不可能的任务,最好的办法是把马路四周的砖头都浇上水泥,让学生捡不起来。可政府和学校都财政吃紧,没有能力做到这点。于是乎,教学楼玻璃窗上的破洞越来越多。

"我必须为那些可怜的大象做点什么。"翰文说。他想了很久,好几个晚上都半夜醒来,久久不能入睡。

雪颢已经回桑布鲁的野外去了,可她那双笑意盈盈的大眼睛还留在内罗毕,总是在黑夜里从窗外的树丛中注视着翰文。睡梦中,它们会变成大象的眼睛,带着可爱而又温暖的神情看着他。

然后是不知名的地方传来一声枪响,大象轰然倒下,那双眼睛在闭上之前会流露出无比凄凉、哀伤和留恋的神色,让他蓦地醒来,冷汗湿透背心。

他不知道上帝派他来非洲是不是为了还他这个牙雕世家对非洲欠下的债,他其实并不确定家族真的欠了非洲一笔债,但他觉得要为大象做点什么。他相信,如果祖父还在人世,听了那些大象孤儿的故事之后,也会毅然决然放弃他心爱的牙雕艺术的。

可到底做点什么呢?他感到很茫然。他只是一名记者,绝无可能像达芙妮所说的劝服世界上所有的政府都禁止象牙贸易。作为记者,自己能做的恐怕也就是报道事情的真相。如果能把象牙盗猎的残酷展示给世人看,也许有些人会改变自己的想法。

即使要做到这点也不容易。翰文不敢把这个选题报给电视台的主管上级,那很可能得不到批准,而且他会被派去做另一项采访。他决定自己先做一点调查,收集一些材料,至于最后做成什么样的节目,能在哪里播放,他现在没有任何概念。

他找来了几部其他国家电视台拍摄的关于大象保护的节目,反复观看了好几遍。里面有大象倒在野外血肉模糊的惨状、有象牙雕像摆在橱窗里精致玲珑的图像、有大规模焚烧象牙的壮烈,也有对日本、美国、法德等国家民众狂热嗜好象牙的大肆抨击,但却没有揭示象牙是如何一步步从盗猎者手中转移至消费者手中的。

这恐怕是一个漫长而隐秘的链条。成群的大象是被谁杀死的?一根又一根长长的象牙是被谁装进集装箱,再装上万吨巨轮的？又是如何运出关卡重重的非洲港口的？又是谁在世界各地特别是远东的港口允许这些象牙入关的？

当地报纸时不时报道中国人携带几串象牙珠子或是两三根象牙在机场被捕的事情，可翰文觉得这些人只是小虾米，是些为了蝇头小利而铤而走险的可怜虫。他们是可恨而又可悲的。那些隐藏在暗中，有组织地盗猎成群的大象，再用集装箱运去世界各地的家伙才是罪魁祸首。这些家伙需要被曝光、被关进监狱，他们的产业链应该被彻底斩断。

他打电话给雪颢，讲了他的猜想。雪颢所在的地方手机信号不好，声音断断续续，还掉线了好几次。雪颢说他们在野外巡逻时会遭遇盗猎团伙，他们的装备通常都比"拯救大象组织"精良得多，车的越野性能更好，携带的是装有瞄准镜的大口径步枪。这些人也很精明，在野外会尽力避免与巡逻队正面冲突。即使正在盗取象牙，听到巡逻队来了也会逃之夭夭。

据她的了解，在这个国家大大小小活动的动物保护组织很多，但囿于资金和其他原因，没有哪家对象牙盗猎、走私、贩卖的整个链条进行过彻底调查。即使去问政府的野生动物保护部门，他们也未必能说得清楚。

或者是不愿说清楚，从达芙妮的叙述来看，她对某些官员抱有很深的质疑，翰文说。

雪颢最后说，她很高兴翰文愿意拍摄保护大象的节目，草原上的大象们会很感激的。翰文回答说不要高兴得太早，他还不知道从何入手呢。

放下电话，翰文觉得很头疼。在中非和西非有些地方，法律不完备，即使有法律也无人遵守，当地人敢公然在街上叫卖象牙、豹皮、羚羊角甚至猩猩肉。而在肯尼亚，至少名义上是严格禁止贩卖野生动物制品的，所有的交易都在黑市上进行。他不知道从何入手才能接触到盗猎大象和贩卖象牙的人。

马路上人声嘈杂，还好不是学生在示威。小贩在高声叫卖，没有工作的年轻人在扯着嗓门聊天，酒店门童在指挥司机倒车入位。教学楼斜对面就是内罗毕最古老的诺福克酒店，时至今日还保持着殖民时代的风貌，门厅的橡木地板泛着黑亮的光泽，窄小的酒店房间铺着条纹床罩。

几十年前，卡伦和她的情人丹尼斯曾经在这里跳过舞。后来，达芙妮和大卫也在这里跳过舞。

内罗毕大学位于城市的中心地带。马路对面是几幢现代化高楼，楼里是银行和一些美欧公司的办公室。马路另一侧还有一所教堂，尖顶上的十字架老远就能看见。

"这片广袤的草原原本是属于马赛族人的。"恩加里像教授上课一样用缓慢而平和的声调开讲了，"他们千百年来赶着牛羊在草原四处迁徙，逐水草而居。无论到哪里，马赛族人都能与各种野生动物和谐共处。你肯定听说过马赛族的青年男子要杀死一头狮子才算成年的故事。这是真的。那也是他们一生中唯一杀死的野生动物。当然今天他们在政府的要求下已经停止这种仪式了。马赛族人既不吃野生动物的肉,也不穿野生动物的皮毛。马赛族人只吃自己养殖的牛羊肉,喝牛身上的血,穿的是用棉布做成的披风。今天他们还保持这种生活方式。这就是为什么尽管人类从这里起源,你仍然能在这里的草原上看见比其他地方多得多的野生动物。"

内罗毕这个名字就来源于马赛族语,意思是清凉的水。这里雨量充沛,水草丰美,曾经是马赛族人最喜欢的牧场。英国殖民者把铁路从海边的蒙巴萨修到东非高原后,喜欢上了这里四季如春的气候,决定在这里修建东非的殖民首府,为此没少和以游牧为主的马赛族人发生冲突。马赛族人崇尚自由,既不喜欢霸占他们牧场的英国殖民者,也不愿意成天蹲在太阳下铺铁轨,可又打不过殖民者手中的来复枪,只好赶着牛羊,翻山越岭,迁往更加偏远的草原。

英国殖民者征收了肯尼亚山附近农业部落基库尤人的土地,用非常便宜的价格"雇佣"他们来修建东非的殖民首都。一些基库尤人乖乖地成了殖民者的仆役,还有一些则成了不断反抗的"茅茅"斗士,直到1963年英国承认肯尼亚独立。

恩加里说他就是基库尤人,今天在能看见肯尼亚山白色雪峰的山坡上还保留着一幢父亲留下来的小茅屋。

"如果我们非洲人都能像马赛族人一样一直过着原始简朴的生活,今天肯定有更多的野生动物生活在这片草原上。很遗憾的是,不管是基库尤人还是卡伦金人或是卢奥人都喜欢过现代化的生活，喜欢挣钱回乡下建大房子，喜欢星期天穿着最体面的衣服带着一家老小上教堂。如果你要制作大象保护节目，就要明白今天大象、狮子、猎豹这些野生动物面临的危险不仅来自盗猎团伙，也来自人口的增长和耕地的扩张。野生动物的栖息地在不断缩小，它们迁徙的道路正被农田隔断。当地的农民也明白没有了这些野生动物，就没有外国游客来旅游，他们的收入就会减少。可是大象会毁坏庄稼，狮子和猎豹会偷食家畜。有时候，农民不得不打死闯入人类领地的野生动物。也许你已经看到，前几天的报纸报道了人们在内罗毕国家公园附近的朗加塔区打死一只闯入牛圈的狮子。"

"别的电视台已经做过这方面的节目了。我想把拍摄的视角聚焦在盗猎问题上，特别是大规模团伙的盗猎和走私。如果能揭露盗猎的残忍和走私团伙的黑暗，也许相关国家的政府就会加大执法的力度，也许还能减少人们购买象牙的冲动。"

"这并不容易。你觉得会有人站在你的摄像机前，同你侃侃而谈盗猎过程的惊险与刺激，以及拿到大把钞票的欣喜若狂吗？盗猎者不会在脸上刻字，他们隐藏在草原深处的部落里，连政府全副武装的巡逻队也抓不到他们，你想要偷拍他们的活动是难如登天。而那些用万吨巨轮成箱成箱地走私象牙的家伙这时也许正在对面的诺福克酒店里抽着雪茄、喝着威士忌聊天。他们西装革履、彬彬有礼，怎么看都不像是犯罪分子。你又如何能拍下他们暗中干下的罪恶勾当呢？"

"你说得很有道理。正因为这个视角很有难度，要是做成了才更有意义。想想看,如果能在电视台播放那些盗猎者追杀大象的画面,以及那些走私分子偷偷将象牙装上集装箱的画面,那该是多么的震撼。人们会彻底改变他们对象牙的看法。你不知道,好多中国人还认为拔象牙就像人类拔牙一样,拔完了大象还能活下去。"

"你会面临危险。你知道吗?就我所知,这些盗猎团伙的人虽然不像非洲其他地方的反叛军那样凶残,可要是知道你想把他们的面孔放在电视上,他们可能会派人来内罗毕,趁着夜色溜进你的公寓,捅你一刀,或者在你行走在马路上时给你一枪。"

"这个我明白。教授你也许不知道,我们做记者的,常常面临各种危险。如果不敢冒险,是不可能采访到有价值的新闻的。"翰文想起了他在科特迪瓦被士兵用枪指着头的情景,以及华夏电视台一位女记者的中非惊魂之夜。

那是一个梳着娃娃头的小女孩。她被派去刚果(金)做采访,晚上停电了,屋子又闷又热,只好打开窗户睡觉。迷迷糊糊中,她听见屋子里有响声,睁开眼一看,有个黑影在屋子里活动。她吓得想大声喊叫,却又怕黑影过来掐她脖子,只好一动不敢动地躺着装睡。直到黑影把她放在桌子上的电脑、钱包、手机放进一个袋子里,翻窗而去,她才敢爬起来关好窗户,坐在地板上痛哭。

恩加里答应他想想办法,看看能不能找到了解盗猎团伙的人与翰文接触。至于这样的人愿不愿意接受翰文的采访,那就要看翰文的口才和运气了。

告别了恩加里,翰文回到办公室用记者同事从南非传回的素材编辑了一条关于非洲经济发展的新闻,再用办公室的宽带下载了一些和大象有关的视频,准备带回家去观看。

电梯门正要关上时,响起了一声"Hold on, please"。翰文知道那好听的声音只会来自翠丝——电视台最有名的黑珍珠。年轻漂亮的翠丝原本是肯尼亚最有名的女主播,华夏电视台花了高价挖来主持英语节目,而今在中国都小有名气了。当时翰文参加了对翠丝的面试,对她标准的英式英语和流畅的主持风格很是赞赏。

翰文按下开门键。门开了,翠丝走了进来,说了声"Thank you, Hanwen"便掏出镜子左照右照。翰文发觉翠丝今天跟平时不一样。通常翠丝都穿着职业套装来上班,而今天她穿着紧身的黑色暗纹百褶裙,配着细高跟的黑色凉鞋,显得既性感又神秘。她身上还散发着芳香扑鼻的香水味。与一般非洲女人不同,翠丝既有丰乳肥臀,又有纤细腰肢和苗条修长的小腿,难怪当地那么多有名望甚至是有妻室的男人都在追求她。

"今天有重要活动?"翰文用斯瓦希里语问翠丝。

"是啊。我要和一位中国青年共进午餐。你觉得我这身穿着合适吗?"翠丝转过头来问翰文。

"非常合适。是哪位中国青年有此殊荣啊?"

"他名叫Feng,在一家中国公司工作,改天介绍给你认识。"

"好啊。都喜欢上我们中国的帅哥了,看来你已准备移居北京了。"

"北京是个令人兴奋的城市,但我还没想过要移居那里。冬天冷得让人受不了，上次去培训的时候，冻得我浑身的血液都成了冰块。以前我也没想到会喜欢上来自遥远中国的男人。不过他的确是我见过的最风趣最可爱的中国青年。请问你们中国男士喜欢什么样的生日礼物？"

"每个人的爱好都不一样。不过有一点相同，大多数都喜欢美女的亲吻。"翰文开了个玩笑。

"嗯，这个我很擅长，希望他不要觉得厌倦。"门开了，翠丝飘然而去，留下香水味萦绕着翰文。

回到电视台为他租的公寓，还没打开门，翰文就闻到了中国饭菜的香味，他知道阿格妮斯快把午饭做好了。当初听朋友的介绍雇了阿格妮斯，本来只想让她打扫卫生、洗洗衣服，顺便在他出差的时候隔两天来照看一下公寓，因为电视台曾经发生过一个同事出差一周后回来家里连被子都被偷走的事。

阿格妮斯是个憨厚朴实的非洲女人，也是基库尤人，从离树顶旅馆不远的乡下来。胖胖的身材，不紧不慢的动作，脸上总是挂着微笑，翰文觉得她要是年纪大点，包上头巾就可以饰演电影《乱世佳人》里面的黑妈妈。

有一天，阿格妮斯看见他在吃买回来的比萨饼，说她以前在日本料理店的厨房帮过工，会做饭，可以给他做午餐和晚餐，当然，工钱需要加多一点点。实际上，阿格妮斯要的并不多，希望每个月的月薪有12000肯尼亚先令，其实也就900多元人民币。

翰文同意了，不过头几次阿格妮斯做的中国菜实在难以下咽,他只好去书店买了英文的中国菜谱,并在厨房给阿格妮斯示范如何炒菜。渐渐地,阿格妮斯做的菜有些中国味了,有一天她甚至还按菜谱给翰文做了饺子。

一天晚饭后,翰文进厨房倒水喝,看见阿格妮斯扶着洗碗池在干呕。翰文问她是不是病了,需不需去医院。阿格妮斯回答说她怀孕了。翰文说完恭喜后才想起阿格妮斯还没有结婚,便问她什么时候结婚,他要准备一份礼物。阿格妮斯说她没打算结婚。

翰文呆住了,问她不结婚,孩子怎么办。她说她自己会把小孩养大。

"那你为什么不和小孩的爸爸结婚呢?两个人一起养小孩,你肩上的担子会轻很多啊。"

"他是个不成器的家伙,成天东游西荡,不愿工作。我要是跟他结了婚,还得养他,担子只会更重。无论如何我也不会跟他结婚。Boss,我可以做好厨房的工作,你别赶我走啊。"阿格妮斯看着翰文,眼里满是恳求的神色。

翰文连忙说请她安心在这里工作,需要休产假就说一声,工资照发。后面几个月,翰文实在不习惯一个挺着大肚子的孕妇在屋子里转来转去给他打扫卫生、做饭,而他却坐在阳台上看电脑、编视频,便申请了几个外地的采访项目,出了几趟差。

阿格妮斯生了一个男孩。她休息了一个月就来上班了,说是白天孩子可以交给她妈妈照看。有时候,她也会带着孩子来他家,把孩子放在一个小小的篮子里就开始干活。卷曲头发、皮肤油黑发亮的小男婴安静地躺在篮子里，睁着一双又黑又亮的大眼睛看着她妈妈在屋子里走来走去。

翰文买了些婴儿用品送给阿格妮斯，他真的佩服像阿格妮斯这样的非洲姑娘。她们是那么独立。男人并非必需品，如果不好，就让他们滚蛋。

和阿格妮斯打了个招呼，翰文放下背包，泡了一杯凯里乔红茶，坐在阳台上阳光照射不到的阴影里，开始看他在办公室下载的大象视频。

从公寓的阳台望下去，是绿树丛生的山坡。这里既长着参天入云的肯尼亚白树和非洲桧，也有矮矮壮壮的罗汉松和东非香菊木。三角梅一年四季都开着红红的小花，还有一种不知名的白色花藤喜欢从一棵树攀爬到另一棵树上。树丛中稀稀疏疏地长着野茅草、牵牛花等植物。树林中生活着松鼠、僧帽猴和很多种鸟类，偶尔调皮的猴子会翻窗进到家里偷香蕉和苹果。

在这个阳光耀眼的正午，坐在阳台的白色藤椅上，翰文突然想起了以前在北京的生活。

在遥远的非洲回想起那些深情款款的对视、那些牵手散步的温馨、那些激情迸发的拥抱，一切都仿佛是发生在另一个时空，却又异常清晰，像是昨天刚刚经历过那般鲜活。

一切都已随风而逝，只留下他一个人在非洲的大草原上追寻存在那虚幻而渺茫的意义。翰文觉得自己又像很多夜晚那样，被一种不可名状的孤独包围。阳光明媚的天空似乎也暗淡了下来。

7
会讲汉语的小贩

雪颢坐在一辆绿色的越野车里，脖子上挂着一支双筒望远镜。她今天穿着一件白色的T恤衫，左胸前印着两头小小的大象。一条薄薄的快干冲锋裤和一双登山靴让她看起来像是要去攀登远处高耸的肯尼亚山。

远处的草原上是一群大象，一边吃草一边往前走。个子最大、象牙最长的母象就是大象之王萨陶的女儿阿沙卡。它走在最前面，是这群大象的族长。它身后跟着几头尚未成年的公象和母象，其中一头母象旁边走着一头小象。

小象是阿沙卡最小的孩子。它没有吃草，而是调皮地跑来跑去，时而伸出小长鼻子去卷其他大象的腿。有的大象会伸出长长的牙吓唬这头小象，而有的则不予理会，抬起腿挣脱小象鼻子的缠绕继续往前走。

偶尔小象跑得远了，阿沙卡便回头张嘴朝它呼喊，小象就会乖乖跟上来。雪颢听不见母象的叫声，但她知道大象会用人耳听不见的低频声波相互交流。如果大象发出的吼声大得震耳发聩，那多半意味着它对人类的靠近产生了敌意，你还是赶快开车逃之夭夭吧。不然它会冲过去用鼻子把你的车掀翻，再使劲踩上一脚。

小象出生才几个月，"拯救大象组织"还没有给这个调皮的家伙找到一个好名字。

一轮夕阳挂在山尖，黄昏的天空布满橘黄色的晚霞。这里海拔高达2000米，草原上空气清新，能见度极高，可以看见远处树顶上两只黑白相间的象犀鸟正在寻找落脚的地方。往西往南，更远处的地方，肯尼亚山雪白的山顶若隐若现。

桑布鲁气候干燥炎热，不像内罗毕和马赛马拉地区那样湿润多雨，好在肯尼亚雪山流淌而下的埃瓦索恩吉罗河为这一地区提供了部分水源。河流两侧是红土地，灌木和草丛都呈现淡淡的金色，景色跟南边的葱绿草原很不一样。

千百年干旱的气候让这片土地进化出了与众不同的动物，有黑条纹比白条纹粗的葛式细纹斑马，有花纹与其他长颈鹿不一样的网纹长颈鹿。还有脖子长得可以和长颈鹿媲美的长颈羚，它们常常前腿搭在树枝上，伸着长长的脖子摘树梢上的叶子吃。

"拯救大象组织"的总部就设在桑布鲁，道格和他的助手以及一些当地员工长年在这里生活。他们通过地面、空中监测和无线电跟踪技术对在这片地区生活的大象进行监控保护。

在桑布鲁营地时，雪颢最喜欢的一件事就是和同事一起去野外巡护大象。他们带上干粮、饮用水，开着越野车，远远地跟在大象家族后面，通常一去一整天。偶尔也会出去两三天，晚上找一个安全的地方搭帐篷过夜。随行的桑布鲁武士会手持长矛为大家站岗放哨。在空旷的荒野中，伴着远处偶尔的狮吼，雪颢痴迷于长时间仰望南半球的璀璨星空，曾经多次看见流星划过夜空。

微风吹拂，空气中飘来了青草的芳香，还夹杂着一丝丝泥土的土腥味。远处，象群在一片茂盛的草地上停了下来，看来它们准备今夜在这里过夜了。这里离灌木丛较远，地势开阔平坦，有利于象群在夜间阻止狮子、豹子等夜视动物对小象发起攻击。

雪颢想起了她在伦敦倚窗等待明朔归来的那些傍晚。她倚靠着窗户，看着夕阳在高高低低的楼房上投下斑驳的光影，看着车辆在路口等待红灯转绿，看着男男女女拎着包匆匆走过，心里满是等待的愉悦。等待，未必只有焦虑，也可以很愉悦，如果你知道等待的人一定会在路口出现，他会跑步走上台阶。你打开房门后，他会给你一个深情的拥抱。

明朔，他还好吧，和他的香港女友在伦敦过得很幸福吧？不知道他学会了讲粤语没有？听说那位女孩不会讲普通话，或者他们只用英语交谈？

同伦敦相比，这似乎是另一个星球的黄昏。这里没有栉比鳞次的高楼,没有人流踵踵的街道,没有流光溢彩的夜晚,没有咖啡的香味,没有威士忌的浓烈,没有电子舞曲的激昂,也没有等待的愉悦和深情的拥抱。黄昏之后,便是星空、月色、虫鸣和空无一人的寂静。

在伦敦上学的时候,雪颢从来没有想过自己有一天会在人迹罕至的非洲草原上与大象为伴,但她并不为失去的爱感到悲伤,也不为自己的选择感到后悔。偶尔,像这样美好的黄昏,还有在夜晚的旷野中,她会想起和明朔一起从北京到伦敦这几年的点点滴滴,想起他温暖的大手,想起他有力的臂膀,想起他明亮的双眸。在这些时刻,雪颢才发觉,明朔一直生活在她内心的某个角落,从未曾离开过。

不知为何,雪颢又想起了翰文。她很高兴他愿意为保护大象做点事情。不过,她总觉得这个比自己大十多岁的记者大哥身上隐藏着很多谜团。他身材修长,面庞坚毅,两眼炯炯有神,看人的时候嘴角总是带着一些笑意。他性格很温和,不急不躁,待人接物彬彬有礼。她承认,他是个很有魅力的男人,对女人很有吸引力。

然而,她感觉到他同别人,还有这个世界始终保持着一段可观的距离,他的眉间藏着一丝若有若无的忧郁,他的心灵也仿佛包在一层厚厚的茧壳之中,无论是谁都无法触摸得到。那天,她看见他的眼睛里闪过一抹深深的痛苦,就像用刀刻上去一样挥之不去。他有着什么样的过往?他只身一人来到非洲,甚至不惧生死去做战地记者，为的又是什么？

"Hey, Malaika, what are you thinking? We shall go home now."有人敲了敲车窗，把她从沉思中惊醒。这个皮肤黝黑、头发卷成颗粒、身披红色束卡的帅小伙名叫纳姆朱，刚才在附近的小山包上拍摄大象的活动。他是桑布鲁地区一位酋长的儿子，在当地上过高中，英语说得比其他桑布鲁人要好。按道格的说法，他在"拯救大象组织"的工作只是暂时的，将来他会回到部落中去，娶更多妻子，生一大堆儿女，然后继承父亲的酋长之位，领着一大群桑布鲁武士在草原上放牧牛羊。

纳姆朱喜欢把雪颢叫作Malaika，意思是天使。他说性格活泼外向的她是一位从北方天空降临的天使，给他们这个男性为主的野生动物保护组织带来了欢声笑语。他曾经问雪颢娶她需要多少头牛作为聘礼，他想娶她为妻，生一大群中非混血宝宝。雪颢只好说如果他能把500头牛赶到北京去，她就嫁给他，而且他得先把家里的三个妻子休了，终生不能再娶其他女人，否则她就会用长矛在他身上戳99个窟窿。纳姆朱认真想了想，觉得赶着500头活牛去北京实在是难如登天，而且作为酋长的儿子，如果他只娶一位妻子肯定会被人笑话，便放弃了这个念头。

最近，纳姆朱又说，等他继承了酋长之位，他可以在埃瓦索恩吉罗河的岸边送给雪颢一小块土地，她可以盖座中国式的小房子，将来回北京了也可以经常带着家人来这里度假，顺便教他的孩子们学中文，也许将来他可以把他们送去中国上大学。雪颢问他什么时候回去继承酋长之位,她等不及想去看自己的土地了。纳姆朱说父亲健康得很,恐怕还得等二十多年。雪颢只好长叹一声,告诉纳姆朱以后不要再说这些不靠谱的事情了。纳姆朱则反问她为什么就不能像非洲黑人一样耐心一点,即使上帝也需要时间为他的子民准备丰盛的果实。

雪颢打开车门,帮纳姆朱把摄像器材放进后备厢,然后开着越野车,载着这位喜欢以活牛为聘礼的未来桑布鲁酋长,朝着夕阳西下的方向驶去。

这段时日翰文很忙。位于非洲心脏,盛产钻石、黄金和木材的中非共和国的内乱愈演愈烈。"塞雷卡"反政府武装已经逼近首都班吉市,正和政府军在郊区的机场、汽车站等地方激烈交火。

华夏电视台本打算派会说法语的壮小伙杨阳和另一位同事去班吉做战地采访。翰文主动请缨和杨阳一起去。他不喜欢甚至有点害怕在内罗毕过着上班下班的平静生活。正因为如此,他当初才会主动要求从北京来到非洲做战地记者。在那些枪林弹雨、动荡不安的地方,他反倒能够找到心灵的平静。而一旦安静下来,特别是晚上独自一人待在公寓里,他便觉得被无法逃离的孤独重重包围。

翰文和杨阳每天扛着摄像机、顶着酷热、冒着被流弹击中的风险在班吉市里四处采访。在当地导游的帮助下,他们还靠近郊区政府军和反政府军交战的地方,躲在小山包后拍了不少相互对射的场景。

每天中午,他们都会和远在北京的中文主播做现场连线直播,晚上还要和在内罗毕的翠丝做英文直播。

班吉的互联网信号非常差,他们改用海事卫星系统做现场连线也不稳定,经常掉线,或是只有声音没有图像。

尽管如此,这几期关于中非共和国内乱的节目仍然获得了很高的收视率。翰文和杨阳冒着生命危险拍摄的那些令人震撼、充满冲击力的画面让遥远的非洲大陆再次引起了人们的关注。

期间,翰文请恩加里教授来电视台做过一次北京、内罗毕和班吉三地连线的嘉宾访谈,请他从一个非洲人的角度谈谈非洲这片大陆为什么总是被战火和动乱蹂躏。

"我们非洲人习惯抱怨这都是别人的错。以前老是抱怨一切都是殖民主义者的错,现在则是抱怨美国佬、欧洲佬给予我们的援助太少。"恩加里说,"可是我要说,如果我们只是膝盖站起来了,而思想上仍然跪着,我们就永远不可能像中国人那样主宰自己的命运。

"殖民主义者如果不来,我们还住在树丛里,光着身子,用野果子充饥。而殖民主义者走了五十多年了,我们仍然守着地球上最富饶的土地、最丰富的资源哭喊着要援助。我们对殖民主义者是又羡慕又害怕,而对待跟自己同样肤色的人却是既厌憎又凶狠。

"如果我们不能改变自己的思维范式,也许很多年后非洲仍然会跟现在一样,继续在贫穷、内斗、疾病的泥潭里挣扎。"这是恩加里的结论。不出所料,这段话在播出前被坐在北京办公室抱怨空调的编辑剪掉了。

从班吉回到内罗毕不久,翰文接到恩加里的电话。恩加里问翰文是不是还想做关于大象盗猎的节目。翰文说那当然,他一有空就四处问有谁知道大象盗猎的事。当然华人是不愿意跟他谈这个问题的。令他感到意外的是,问到的肯尼亚人也不愿意谈这件事,或者用奇怪的眼光看着他,然后转换了话题,当他从没提过tembo(大象)这个词。

"那很自然啊。你是个记者,跟你说的任何话都有可能被你做成节目播出去,他们当然不敢和你聊这件事。"

"那我该怎么办?"翰文觉得自己有点抓瞎。这种情况他在东部非洲还是第一次遇到。通常,他只要用流利的斯瓦希里语同肯尼亚、坦桑尼亚、乌干达的当地人打招呼,他们都会称他为rafiki(朋友)或是kaka(兄弟),然后搂着他的肩膀对他知无不言、言无不尽。

"我找到了一个参与过盗猎大象的人。那天我跟在内罗毕大学教中文的张光明教授说有一个中国记者想做大象盗猎的纪录片。他说有一个卖木雕的小贩经常来他班上旁听汉语课。这个小贩叫卡茅,曾不小心对张教授说起他以前干过猎杀大象的事。"

"卡茅在哪里?请把他的电话号码给我。我现在就去采访他。"

"不行。我和张教授一起跟卡茅通了个电话。他无论如何都不愿见你,他说以前的事如果传出去,他一家老小就会有生命危险。"

"那怎么办?"翰文心说,教授你还不如不打电话告诉我这事呢。

"卡茅在内罗毕市中心的城市市场里卖木雕,他的铺位是09号。你可以去找他,说是张教授介绍你来买木雕的。你看能不能想办法让他跟你单独聊聊。你最好从他的店里买几个木雕,赢得他的好感。他做的木雕还是不错的,尤其是大象,就像马上要活过来一样。"

"那我星期五下午去吧。"

"千万要小心,不能给他带来麻烦。卡茅虽然干过猎杀大象的事,但他已经洗手不干了,家里还有多病的母亲和一群弟弟妹妹要养活。"

星期五下午,内罗毕市中心,交通拥堵得一塌糊涂,甚至比北京都有过之而无及。翰文开着车,在一大堆破旧的公交车、二手的丰田车还有一路冒黑烟的"马塔突"小面包车中穿行了很久,才到达城市市场外面的碎石停车场。

虽然有些陈旧,却仍然能从广阔的空间、高大的拱顶看出这幢建筑昔日的恢宏气势。据说城市市场曾经是殖民时代的市政厅,后来废弃不用,被小贩占据,成了一个巨大的自由集市。这幢楼分上下两层,由一家家小店组成,一半摊位贩售鱼、肉、蔬菜和水果,另一半则贩售非洲木雕、串珠、面具等手工艺品。

翰文穿过几只比人还高的长颈鹿、一排鬃毛高耸的狮子和伏地欲跃的猎豹，找到了卡茅卖木雕的摊位。厚嘴唇的黑人面具挂在砖墙的最高处，需用木叉才能取下。约2.5米高的木头搁架上摆满了手持长矛的马赛族武士人像、羚羊、斑马的木雕。数量最多的还是大大小小的大象雕像，搁架上放不下，便密密麻麻地摆在了水泥地上。翰文仔细看了看，还真如恩加里教授所说，大象的雕工很不错，有点活灵活现的感觉。

"请问卡茅在吗？"好几个黑人青年蹲在地上围成一圈，一边盯着一段没有雕刻过的黑木翻来覆去地看，一边用斯瓦希里语热烈地讨论。翰文不知道谁是卡茅，便冲着他们用斯瓦希里语问了一句。

一个身材瘦削、穿着黑色T恤衫和灰白牛仔裤的青年站了起来。他看见来了个中国人，马上露出满脸笑容，用发音不正的汉语说："你好，我是朋友卡茅。要买木雕吗？大象、长颈鹿、斑马，什么都有。可以砍价，随便砍，没问题。"

翰文没有用汉语回答，他知道很多游客都会被非洲小贩这几句顺溜的汉语惊得目瞪口呆，然后就忘了讨价还价这回事。其实，多数小贩都只学会了几句做买卖的日常汉语，再深入交流，他们就不知道如何表达自己了。

翰文说的是纯正的斯瓦希里语，发音甚至比一些没有上过什么学的肯尼亚人还要标准。"我是张光明教授的朋友，在肯尼亚做生意，要帮中国一家博物馆采购一批上等的木雕。他说你的木雕做得很好,我今天过来看看。"

"张教授的朋友就是我的亲兄弟啊。你想要什么样的木雕我都能给你找到的。"卡茅还是说汉语,看来他学得还不错。

卡茅热情地拍了拍翰文的肩膀,递给他一头大象木雕,说:"你看看这雕工,多么精细,放在中国的博物馆里肯定有很多人去看。"

"这头大象,还有这只小象,我今天先买下了。等你收工后我们单独聊聊大批量购买的品类和价格?"

"好啊,我最喜欢你这样的中国老板了,大手笔,真土豪。价钱好商量。"

"那我在旁边的烤肉店里等你。"

"Sawa Sawa(好的好的)。"卡茅说。

付完钱后,翰文抱着两只大象木雕离开了市场。

翰文在烤肉店找了一个僻静的角落,点了两瓶塔斯卡啤酒、一盘烤鸡腿、一盘白玉米面做的乌嘎利,还有一盘肯尼亚特有的蔬菜斯库玛。这些都是非洲人的最爱。一瓶啤酒和几只鸡腿下去,也许他们会把哪里有金矿都告诉你。当然,你最好听听就罢了,他们守护一生的秘密其实来源于民间传说,没有任何科学根据,也没有做过任何勘测。

围着白围裙的侍者端着啤酒和一只杯子过来时,翰文告诉他再加一只杯子,其他食物等他的朋友到了再上来。

过了一会儿,卡茅走了进来。他在翰文对面坐下来,看到服务员端上桌的烤鸡腿和啤酒，满面笑意，像中国人一样双手合十对翰文表示感谢："老板，你太大方了，跟着你肯定能发大财。"

翰文倒了一杯啤酒放在卡茅面前，笑着说："一定会的，我们一起发财。"

翰文陪着卡茅啃鸡腿、喝啤酒，也随便聊了聊木雕的市场价和批发价，看看吃喝得差不多了，就压低声音说："卡茅，我实际上是华夏电视台的记者，想向你了解一些大象盗猎的情况。"

"What? I know nothing about this.（什么？我啥也不知道。）"卡茅一脸惊愕，站起来想走，翰文赶紧摁住他的肩，让他重新坐在椅子上。

"放心，我不是来做采访的，也不会跟警察说。我没有在某个你看不见的地方安放摄像机，今天我俩的谈话我也不会录音。"翰文怕卡茅不相信，又取出手机关掉了电源。

"对不起，我已经洗手不干了，也不会再干这些事了，你能放过我吗？"卡茅都快哭了。

"你是洗手不干了，但其他盗猎分子还在不停残杀大象，难道你忍心看着大象灭绝吗？"

卡茅低着头不说话，也没有离开。他的内心一定在经受着煎熬。

"你为什么要学汉语？"翰文转换了话题。他觉得这个小伙子很有意思，曾经是个连当地人都无比憎恨的盗猎分子，现在居然一边在城市市场卖木雕一边学习一种他也许永远都没有机会去的遥远国度的语言。

"一年前,张教授来我这里买木雕,说要送给他的朋友。他说要想做中国人的生意就要会说汉语。我问他在哪里可以学,他说他在内罗毕大学孔子学院教书,我可以去上课。可是,我没有钱,交不起学费,只能在不卖木雕的时候偷偷去蹭课。好在张教授还有其他老师看在我便宜卖木雕给他们的分上,并没有赶我走。"

"会说汉语对你的生意有帮助吗?"翰文接着刚才的话题问。

"确实有帮助。中国游客听见我说汉语觉得很亲切,在砍价时就不会太狠,而且会介绍他们的朋友来买我的木雕。当然,我的木雕价格很公道,因为汉语老师告诉我公道的人才能做更多生意。"

"你现在挣的钱多吗?"

"还不错。但比盗猎象牙的时候少多了。"卡茅啃了一口鸡腿,又喝了一大口啤酒说。

"那你为什么洗手不干了,是害怕被抓住坐牢吗?"翰文问。他感觉到卡茅应该愿意开口谈盗猎往事了。

"不是。你不知道我们国家的法律吗?猎杀大象不会坐牢,只会罚款三万先令,或者被拘留两周就出来了。"三万先令相当于两千多元人民币,这样的处罚实在是太低了。

"真的?这个我还真不知道。我以为会像中国一样坐牢呢。你能说说当初为什么加入盗猎团伙,他们都是些什么人,是如何

93

猎杀大象又把象牙走私到国外的吗？"翰文给卡茅面前快空了的啤酒杯斟满酒。

卡茅扭头看了看四周，烤肉店里人不多，没有人坐在他俩周围，就对翰文说：

"我可以讲给你听，但你一定要保密，不能跟其他人特别是当地人讲这些事。这些人真的是一些心狠手辣的家伙，而且他们在这个国家甚至整个东非地区都神通广大。他们要是知道你在调查他们，我又给你讲了他们的事，你会有极大的危险，而我肯定会没命的。"

卡茅抬起左手给翰文看，翰文才发觉他的左手只有四根手指，小指不见了，根部是一个圆圆的肉瘤。

"这是我退出的代价。他们斩掉了我的小指，说如果我敢跟任何人提起他们的名字和所做的事，他们就会斩掉我其余的手指甚至是砍下我的脑袋。"

"我保证不向其他人提起你讲的事情。不过你要是害怕也可以不说，我完全能够理解。"实际上，翰文很想听卡茅讲下去。他想了解这个隐秘而残忍的盗猎团伙是怎样运作的。也许他真的能拍出一部让人看了再也不会想买象牙的纪录片。

"其实我很想讲出来，不想再一晚又一晚被可怕的噩梦追赶。"卡茅一口气喝光了一大杯啤酒，开始讲述他的故事。

8 我看见了大象的心灵

卡茅并不是像翰文所想的一直生活在偏远的部落里。他出生在雪颢和翰文开车经过的内罗毕基贝拉贫民窟，成年之前甚至没有见过除鸡、猫、狗、牛和山羊之外的其他任何动物。

卡茅说，基贝拉的意思是森林，这片山谷原本用来安置第一次世界大战参加英国军队的非洲士兵。后来随着内罗毕城市的扩张，基库尤、卢奥、卢希亚、卡伦金等各个部族的人都拥入城市寻找工作。找不到地方居住的穷苦劳工在这里搭起各式各样的棚屋。人越来越多，搭建面积越来越大。时至今日，这片山谷密密麻麻布满了锡皮棚屋。入不敷出的政府没有钱提供电力、清洁水和公共厕所，里面污水横流，垃圾成山，哪有森林的样子，生活环境甚至比那些草原上的原始部落还要差。

95

翰文说他曾经去基贝拉做过采访，他很同情那些终日生活在贫穷、疾病、肮脏、混乱之中的可怜人们。

贫穷、疾病、肮脏、混乱的确是基贝拉贫民摆脱不了的梦魇，但他们的生活也不是完全没有快乐、激动和希望。卡茅的语气很有点为贫民窟辩解的味道。小时候，他会为摘到几根半熟的香蕉高兴半天，他会为分到一只捐赠的旧足球兴奋得又蹦又跳，和小伙伴们在泥地里踢个没完，天都全黑了还不愿意回家。

翰文想起了自己镜头下的基贝拉儿童，尽管穿得破破烂烂，脚上的旧鞋子沾满了黄色泥浆，他们的脸上却总是带着纯真的笑容。如果游客给他们几块糖或者几个硬币，他们会不停地说Asante Sana（非常感谢）。但令游客感到尴尬的是，如果给了一个小孩东西，就会围上来一大群，让人半天都脱不了身。

卡茅共有五个兄弟姐妹，这种家庭在基贝拉贫民窟里非常普遍，有的家庭甚至有十多个小孩。卡茅断断续续上完了小学便辍学了。基贝拉80%以上的年轻人都找不到工作，何况他一个啥也不会的小孩子。他只能天天在街头流浪，靠偶尔打零工赚点小钱，帮助父母养活弟弟妹妹。他当过搬运工，跟着大人一起给新来的人家搭建棚屋；他也当过小贩，手里拎着串珠和项链向路过的游客兜售，还干过很多其他杂七杂八的工作。

几年前，卡茅在贫民窟外的马路边上兜售肥皂石雕刻的手工艺品时遇到了小学同学马伦巴。身材健壮的马伦巴穿着崭新的衬衫和黑亮的新皮鞋，手腕上还戴着一只金光闪闪的手表。

卡茅问马伦巴在干什么赚大钱的好工作。刚开始马伦巴不愿告诉他，在他再三恳求下，马伦巴认真打量了他一番，才说下次可以带着他一起去，但他要发誓回来后啥也不对人说，否则就别怪他们翻脸，把他头朝下扔进臭水沟。这样的话他从小到大不知听了多少遍，他想都没想就答应了。

几天后，卡茅跟着马伦巴坐在马塔突上颠簸了好几个小时，在一个前不挨村后不着店的路口下了车，又沿着小路走了很久，到了察沃国家公园一个偏僻的山脚下。

马伦巴带着他走进了一片茂密的树林。卡茅看着这片荒无人烟的地方，感到非常纳闷，这里能赚什么钱呢。马伦巴掀开树枝，走了进去。卡茅仔细一看，才发觉这是用树枝搭成的一座帐篷，远远看去就像一堆灌木，人藏在里面绝不会被发现。

卡茅跟着马伦巴走进帐篷，吓得两腿一软差点倒在地上。昏暗的油灯周围坐着好几个抱着AK-47步枪的大汉。他们全都用凶狠而又防备的眼神看着卡茅。如果他有一点不正常，说不定其中某人就会举起枪给他一梭子。

马伦巴扯着卡茅的胳膊，走到一个蓄着大胡子的大汉跟前。马伦巴称呼这个大汉为kiongozi（意思是首领），他说卡茅是他的小学同学，他们俩从小就在一起玩耍，非常可靠。卡茅很想赚钱，请首领给他一个机会。

卡茅点点头，弯下腰谦卑地向首领伸出右手。首领没有跟他握手，而是用疑惑的目光看了他一会儿，问道：

"你会开枪吗?"

"不会。"

"你会射箭吗?"

"不会。"

"他到底会干什么?"首领扭头看着马伦巴,语气很不满。

"他杀过鸡和山羊,而且他力气很大,能够扛很重的东西。"马伦巴赶紧替卡茅回答。

"那你先用刀吧。"首领从背后抽出一把雪亮的砍刀,扔到卡茅面前,"马伦巴,你要尽快教会他打枪。雨季就要来了,我们得多干几单,赶在洪水冲毁道路前回家。"

卡茅以为这伙人是来山里打猎,打点羚羊、野猪、斑马什么的,把肉带回去卖钱,便跟着首领和马伦巴他们一起沿着山脚往前走。队伍停下休息时,马伦巴会带他到无人的地方,教他使用AK－47。马伦巴让他先熟悉枪的构造,再练习托枪瞄准,要求他举到胳膊发麻枪口也不能晃动。等他练得差不多了,才教他射击。马伦巴用白色石块在大树上画上圆圈,让他认真瞄准后再射击。子弹不多,每天只能打三发。要瞄得很准很准才能扣动扳机。

路上看见了好几群羚羊和斑马,他们都没有停下来,而是在首领的带领下继续走。首领不时停下来仔细观察路上的脚印、草被啃食的情况,还有粪便的干燥程度。

马伦巴说首领叫科斯盖,来自偏远山区的一个小部族。那个部族只有几千人,却因为生活条件艰苦,每个男人都骁勇善战,对于如何猎杀野兽有很多种极为有效的方法。科斯盖从小就在野外生活,所以对野生动物的生活习性和迁徙路线特别熟悉。

卡茅问他们到底在追踪什么动物。马伦巴这才告诉他,他们要猎杀的动物是大象,而且是只要整根整根的象牙。在这个公园活动的猎象团伙不少,科斯盖称自己的队伍为"金象帮",据说他家卧室里放着一尊纯金铸造的大象。

马伦巴说,他也是最近才获得科斯盖的同意加入了金象帮。如果卡茅工作努力,以后可以歃血入盟,会得到更多分红。卡茅听了很害怕。虽然他孤陋寡闻,没有听说过臭名昭著的金象帮,但是他害怕被狂怒的大象踩死,害怕被巡逻队抓住,关进阴暗潮湿的牢房。可是,他知道自己已经不能回头了,而且他很想赚钱,很想让疾病缠身的母亲和食不果腹的弟弟妹妹每天都有乌嘎利和鸡肉吃,他只能继续跟着队伍往前走。

猎杀大象并不容易。要花很长时间才能追踪到它们,还得等到大象到了人迹罕至的地方、附近又没有巡逻队的时候才能动手。察沃国家公园面积超过两万平方公里。在这里生活的大象为了寻找新鲜的青草、树叶和水源,总是成群结队在草原上不停迁徙,每天行走超过三十公里以上。卡茅跟着走了两天,科斯盖才指着路边一堆新鲜的大粪说他们快追上一群大象了。因为卡茅是新来的,他们把特别重的炊具、粮食等物品都让他背。每天天黑宿营时,他都觉得浑身像是被人暴打了一顿一样酸疼无比。

第三天上午,他们刚翻过一座低矮而浑圆的山包,科斯盖便抬手示意大家停下脚步。卡茅抬头看见远处一群大象正在草原上排成一列,一边往前走一边吃草。

走在卡茅旁边的马伦巴很兴奋地说这是一群公象,好几只都体型巨大,象牙很长,他们这次要发大财了。

科斯盖指着远处的一条小河说,大象中午可能去河边喝水,他们得在中午之前赶到河对岸的树林里设好埋伏。科斯盖带着他们抄近路快步前进,还警告他们一定要轻手轻脚,绝不可弄出任何响声,大象耳朵很灵,能够听见很远的声音。

蹚水过了河之后,科斯盖说一个人带着东西去前面的树林里等待,其他人在河边找地方隐藏。卡茅背着东西往树林里走,马伦巴拉住他说他刚来,要好好表现才能分到更多钱。卡茅只好把东西交给另一人,带着大砍刀和马伦巴等人分散开来躲在河边的灌木丛后面。

果然不出科斯盖所料,正午刚过,领头的大象就在河对岸出现了。它站在一块高坡上,向四周张望了一阵,然后回过身竖起鼻子吼叫了几声,但卡茅没有听见任何声音,只是从张开的大嘴看出它在吼叫。过了一小会儿,其他大象出现了,它们小跑冲下斜坡,冲到河边开始喝水,有的喝了一阵还用鼻子往身上喷水降温。

"砰"!一声枪响,一头正在河边喝水的大象摇晃了一下,趔趄着走了几步,但没有倒下,其他大象吓得四散奔逃,在灌木丛中扬起一阵阵沙尘。"砰"！又是一声枪响，这头大象头部又中了一枪，它前腿弯曲，跪在地上，但它还在竭力挣扎，拼命想站起来。砰、砰、砰，又连续响了几枪，那头大象轰然倒地，四腿使劲踢蹬，长长的鼻子在空中乱舞。卡茅看得很清楚，第一枪是科斯盖开的，打中了大象头部正中，第二枪是马伦巴开的，打中了大象右眼下方。其他几人各开了一枪，打的都是大象头部。

科斯盖让马伦巴和卡茅两个留下取象牙，便带着其他人跑步蹚过浅浅的河面，消失在灌木丛中。卡茅问马伦巴他们去哪里。马伦巴说受到惊吓的大象会四处奔跑，此时继续追击，更容易打中落单的大象。

卡茅跟着马伦巴和其他两人过了河，来到乱踢乱蹬的大象面前。马伦巴说科斯盖的眼光真好，这是一头高大的成年公象，象牙又长又白而且没有一丝裂纹，肯定会卖个很好的价钱。马伦巴让卡茅把象牙砍下来，说他自己得去高坡上站岗放哨。

卡茅拎着雪亮的砍刀，看着头上冒着鲜血、嘴大张着喘气的大象，又是震惊又是害怕，茫茫然不知从何下手。走到半路的马伦巴看见卡茅在发愣，快步折返回来，一把抢过他手中的砍刀，抬手一刀将大象还在挥舞的长鼻从中砍断，再在大象脖子的动脉处砍了一刀，大象的血像泉水一样喷涌而出。然后，马伦巴在大象的眼睛下方砍了一刀，对卡茅说象牙的根就在这里，他得赶紧把象牙从肉中剥离出来，扛着象牙离开，否则会有危险。

后来，卡茅才弄明白，留下取象牙是最危险的活。垂死挣扎的大象会用长长的鼻子或者象牙拼命攻击靠近它的人，巡逻队如果正好在附近听到枪响也会用最快的速度赶过来，其他愤怒的大象有可能返回来，甚至觅食的狮子和豹子也有可能闻到血腥味赶过来。盗猎团伙通常都把这个活给新来的人干，即使来不及逃跑被巡逻队抓住也因为是初犯会处罚较轻。

卡茅说他不记得那天是如何把象牙取下来的，又是如何扛着血淋淋的象牙回到河另一侧的树林中的，只记得当天晚上他似乎整夜都在做噩梦，梦中他被一群大象追赶，在灌木丛中奔逃，被刺藤挂得浑身鲜血直流。

第二天一早，他发起了高烧，头疼得像要开裂，走路左摇右晃，根本无法扛象牙。那个从小跟着科斯盖在草原上流浪的矮个子班达找来了一些野草，让他嚼了咽下去，到了傍晚他觉得头疼减轻了好多。

那一天，科斯盖带着这伙人一共杀掉了三头大象，扛回了六根近两米长的象牙。他们步行了两天，躲在山里一直等到天黑才偷偷走到公路边，把象牙装上早已等候在那里的小卡车上。科斯盖让大家把枪支、砍刀等武器都放在卡车上，然后在驾驶座上就着电筒光数了一阵子钱，分给每人一沓先令。他叫大家各自回家，下次有活再通知集合地点，并说如果象牙卖了好价钱再给大家多分点钱，而后，他带着矮个子班达坐上卡车，朝着蒙巴萨方向走了。

"你知道科斯盖把象牙卖给谁了吗？"

"我听马伦巴说过,他有好几个买家,其中最大的买家是一个姓罗的亚洲人。我不知道那个人的名字,只知道他的外号叫Yanlo。"

Yanlo?阎罗?翰文心中一惊,这名字听起来有点像个穷凶极恶的中国匪徒。以前跟着祖父学象牙雕刻的远房表叔也姓罗。祖父去世后,他们两家再也没有来往,后来听说罗冬临走私象牙被判了三年,出来后就杳无音信了。

"他是中国人?"

"我不确定Yanlo是不是中国人。听说他持越南护照,长期在越南、柬埔寨、泰国、印尼等东南亚国家活动。他主要做走私象牙、虎皮、犀牛角等珍稀动物制品的生意。由于怕被抓住,他从不在一个地方待太久,总是在东南亚一带不停更换住处。"

"他来过肯尼亚没?你见过他吗?手机里有没有和他的合影?"如果有Yanlo的照片,可以传给在北京的警察朋友看看,也许能跟踪这个家伙,破获一个走私象牙的大案,翰文心想。

"科斯盖很狡猾,除了那个从小跟着他的矮个子班达以外,他从不带我们其他人见他的买家,大概是怕我们抢他的生意。不过听说Yanlo前年夏天来过一次肯尼亚,科斯盖还陪着他去马赛马拉看动物迁徙。据说看见一只在草原上吃草的犀牛时,他指着犀牛的角告诉科斯盖如果能给他弄来,立马给科斯盖10万美金。"

"科斯盖把那只犀牛杀了?"翰文心里很惋惜,马赛马拉仅有的几只黑犀牛又少了一只。

"没有。那片区域差不多24小时都有巡逻队员持枪看守,科斯盖没能找到机会。不过,他花了很多功夫研究如何猎杀犀牛,一有机会他肯定会动手的。"

"科斯盖不是只猎捕大象吗?"

"不是。他是什么赚钱就猎捕什么。我跟着他们这伙人干了两年,打过猎豹,因为有买家想用猎豹皮装饰酒吧的墙壁,也打过狮子,据说狮子的牙做成项链挂在脖子上可以辟邪。"

非洲的野生动物真的都要消失殆尽了,全是因为我们人类稀奇古怪的嗜好。翰文叹了一口气。

"这么说来,他的确是一个心狠手辣的家伙。"

"科斯盖确实是个狠角色,但他也有个好处,很讲义气,跟着他干,分到的钱比跟其他人干都要多。"

卡茅继续讲述他们如何猎杀大象,翰文听得心惊胆战,觉得胃有点痉挛,刚才喝下去的啤酒似乎想要跳出来逃走。

科斯盖的确是个猎杀野生动物的高手。卡茅第一次见到的众人一齐开枪打死大象的方法其实很少用,因为那样动静太大,容易引来巡逻队的追捕。那次是因为在特别偏僻的地方,巡逻队基本不去,而且距离大象太远。

科斯盖最喜欢用的方法是毒箭。毒箭的箭头用草原上一种毒性巨大的植物汁液浸泡过。他们会静悄悄地跟着一群大象,在象群停下来吃草的时候同时瞄准几只大象的脖子一齐引弓射箭。刚中了箭的大象会没什么感觉,有的甚至还能用长长的鼻子把箭拔下来,继续低头吃草,跟着队伍往前走。科斯盖指派两三人一组,跟踪中了毒箭的大象。渐渐地,大象的步履越来越慢,不知不觉掉在了队伍的后面。等毒性侵入中枢神经的时候,大象会觉得两眼模糊,双腿发软,倒在地上就再也起不来。这个时候,他们就会冲上去,用砍刀把象牙取出来。中了毒箭的大象肉,即使是草原上最喜欢腐肉的鬣狗和秃鹫吃了都会中毒。每杀一只大象,都会有一批其他食肉野生动物跟着倒下。

科斯盖还会指挥他们在大象行经的路线上挖上巨大的陷阱,坑底埋上削尖的树桩,表面用树枝铺上浮土掩盖。大象一旦踩上就会掉进坑里,尖尖的树桩会刺穿庞大的身体,其他大象用长长的鼻子去拖掉下去的大象也无济于事。每隔十来天,科斯盖会派人去检查陷阱,如果发现血流殆尽、奄奄一息的大象就把它们杀死,取走象牙。

卡茅说他已经不记得两年多里他杀了多少大象,也不记得在山洞、草丛、水沟中度过了多少不眠不休的夜晚。有一次他们跟踪一只特别强壮的大象,它中了毒箭后还以每小时20公里的速度往前走,他们不吃不喝跟着大象在草原上奔跑了两天一夜,饿了只能摘路边的野果充饥,渴了只能喝泥坑里的雨水。

他从科斯盖那里分到了不少先令。家里的生活改善了,能够经常吃上鸡肉了,母亲也能去贫民窟附近的小诊所看医生治她的胃溃疡了。可母亲是虔诚的基督徒,看他经常离家半月不回,总觉得他在干什么见不得光的坏事,不愿要他的钱,还屡次跟他说上帝的眼睛无处不在,每个人都会受到审判。

"所以你不再去猎杀大象了?"

"不是,我对上帝没有那么强的信仰。如果真的有上帝,他就不应该任由我们在这个贫民窟里遭受饥饿、疾病、抢劫、强奸的折磨。但他什么也没有做,不是吗?"

"也许上帝需要时间,也许他觉得我们人类已经长大了,能够自己照顾好自己,他可以放个长假了。"翰文不是基督徒,对上帝没什么研究,只好随口胡诌安慰卡茅。

"随便你们这些姆松古(白人)怎么说吧,反正我不会像母亲那样每个星期天早晨都走好远的路去教堂祈祷的。我不愿再跟着科斯盖这伙人是因为我受不了大象的眼睛。"

"大象的眼睛?大象的眼睛有什么特别之处吗?"翰文对卡茅像其他黑人一样认为亚洲人也是姆松古并不觉得奇怪,让他感到困惑的是大象的眼睛有什么特别之处。

那是一个异常晴朗的下午,科斯盖带着他们跟踪五头大象。这是个小型的大象家族,一头母象和一头公象带着三只快成年的小象。它们都长着非常好看的象牙,在阳光的照射下像宝石一样闪闪发光。

因为地处察沃公园的深处,短时间内不会有巡逻队员来,科斯盖命令他们分别瞄准五头大象的头部一齐开火。一阵枪声响起,五头大象倒在血泊中。卡茅拎着大砍刀冲到了领头的母象身边,准备砍开大象的头部,取出象牙。突然,母象睁开眼睛看着他。

"那是一种我从未见过的眼神。无论是在人还是动物身上，以前我都没有见过。"卡茅说，"母象的眼神里有祈求，有渴望，有怜悯，也有慈爱，却没有仇恨，也没有愤怒。我当时觉得它的眼神在和我的灵魂对话，告诉我它不能死，恳请我让它活下去。我实在下不了手，便装作肚子疼去了草丛中。"

过了一会儿，卡茅回到现场，看见大伙围成一圈站在母象旁边。走过去一看，发觉母象两腿之间有一头小象正在往外挤。他瞬间明白了，母象马上就要分娩了，那眼神是恳求他让它活下去，好让刚出生的小象得到照顾。

科斯盖、马伦巴一伙人看着母象和刚出生的小象，脸上一副无动于衷的表情，卡茅突然觉得他们是那么可恶、可恨。他自己也一样，是屠夫、刽子手，双手沾满了无辜生命的鲜血。

那个时候，卡茅做了个决定，宁愿饿死也不能再跟着科斯盖从事这种罪恶的勾当了，即使不进监狱，即使没有上帝的审判，他也会一辈子带着这种罪恶的感觉生活。那头母象的眼神实在令人无法忘怀。

回来后，很长一段时间卡茅每晚都做噩梦。梦里那头母象用慈爱的眼神看着他，仿佛在问他为什么任由科斯盖他们砍开它的头，取走它的牙。

"那头小象呢？"

"我们把它留在荒野里了。我们不可能扛着象牙，又抱着小象在草原上走来走去,而且我们根本不知道如何养一头小象,估计科斯盖他们也见多了这种情况,并不当回事。"

翰文在心里叹息一声。那头小象肯定早已死了,或者在母象的尸体旁边饿死,或者被鬣狗、狮子、猎豹等肉食动物捕食。

马伦巴再来找卡茅时,他便说要照顾生病的母亲,不能再去了。马伦巴不能勉强他,便神色严峻地警告他千万不要跟任何人谈起猎杀大象的事,否则他和家人都会有危险。

一周后,科斯盖身边的矮个子带着两个卡茅不认识的人找到了他。他们把卡茅带到贫民窟附近的一片树林里,问他为什么不跟着他们去干活,是不是想向警察举报他们。

在他们再三追问下,卡茅只好说他受不了猎杀大象的血腥和残忍,他以上帝和基督的名义发誓他绝不会向任何人提起他们一起干过的事。

矮个子用恶狠狠的眼神盯着他看了很久,问他知不知道他们金象帮的规矩。

卡茅说不知道。矮个子让他把手伸出来。站在矮个子身后的一个人抓住他的左手摁在石头上,另一个人掏出一把锋利的短刀。只听咔嚓一声,卡茅左手的小指齐根断落,掉在泥地上。他当场就昏了过去。这两人给他做了简单包扎,把他扔在了贫民窟附近。

"你为什么不向警察告发他们,把他们抓起来。"

"你以为警察能抓到他们。即使抓到他们,没有证据,过两天他们就出来了。听说科斯盖神通广大，和警察部门的某些头头，还有蒙巴萨的海关官员都很熟，恐怕我从警察局还没走回家，他们就会派人去我家找麻烦了。请问，我们一大家人能逃到中国去吗？"

"就这样让他们把你手指斩掉了？"

"这算是上帝对我伸出罪恶之手的惩罚吧。再说，我现在做木雕生意的钱也是靠猎杀大象积攒起来的。要不然，我今天只能在贫民窟里东游西荡，还不知道如何才能养活自己和家人。"

是谁说过罪恶的土壤也能生出善良的鲜花？走出烤肉店，跟卡茅在昏暗的街灯下挥手作别时，翰文突然想起了这句话。

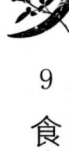

9
食肉兽餐厅

卡茅坚决不同意在摄像机镜头前讲出他的故事。尽管翰文一再保证会用技术手段遮住他的面部、改变他的声音,他在讲述时可以不提科斯盖、马伦巴等人的具体姓名,而且这部纪录片很可能只在中国播放,肯尼亚人根本就看不到,他还是担心自己和家人的安全,害怕惹来杀身之祸。

告别时,翰文要了卡茅的手机号码,留下了华夏电视台内罗毕办公室的电话号码,还有自己的手机号码。翰文请卡茅改变主意后就和他联系。如果卡茅听到什么有关盗猎的事,也请及时告诉他,也许他可以偷偷去港口或者其他地方拍摄一些盗猎的影像。

卡茅没有说Yes也没有说No,只是一再重复说不能把他的故事讲出去，特别是当地人，否则他就只能逃到乌干达或者坦桑尼亚去了。

翰文费了好长时间才打通了雪颢的手机。他给雪颢讲了盗猎者卡茅的故事。手机信号不好，中间断了好几次，他和雪颢的声音听起来都有点失真。

翰文说卡茅要是能够面对镜头讲出猎杀大象的残忍过程就好了，对国内那些相信象牙拔了大象还能活下去的人肯定非常有震撼力，说不定他们从此看也不看象牙一眼。很遗憾的是，他魅力不够，没能成功，要是雪颢在就好了，她肯定能够说服卡茅的。

"你觉得黑人小伙见到我就会两眼发直、口水长流，我指东他们不敢往西？记者大哥，难道你认为我是传说中的海妖赛壬，仅凭声音就可以让海船撞向礁石？黑人喜欢的是丰乳肥臀，我还达不到他们的审美标准。等我再多吃点乌嘎利长胖点也许就可以出山去妖形惑众了，哈哈哈！"

雪颢曾经说过她可以在疯癫、端庄、活泼、时尚多种模式中自由切换，看来现在的她是切换到了疯癫模式。其实，从女神到女神经病的距离从来就不遥远，也许只不过是一通电话的距离。

虽然牙尖嘴利，雪颢还是爽快地答应了等她最近回内罗毕时和翰文再去找卡茅一趟，看看能不能改变他的想法。毕竟是她把翰文生拉硬拽进大象保护这个旋涡的。

翰文想起了陪着雪颢去卡伦故居旁边的马术学校骑马的那

个下午。他找马术学校的管理员借了一把摇摇欲坠的木头椅子，坐在树荫里，看着雪颢骑在一匹栗色马上，在教练的指导下绕着黄沙铺成的马场一遍一遍地练习马术。

雪颢戴着黑色头盔、白色手套，上身穿着黑色马甲、白色衬衫，下身的白色马裤套在黑色真皮马靴里。她一手拉着缰绳，一手握着细细的长鞭，双腿跨坐在马背上，看起来是那么修长有力。

她满脸专注，就像一位要参加英国皇家温莎马术比赛的英国淑女一样认真进行训练。她听从教练的口令，一会儿松开缰绳让马儿快走，一会儿收紧缰绳让马儿慢走。她忽儿走在树荫里，忽儿走在阳光下，腰身挺得笔直，姿势无比端庄。

翰文举起相机，给雪颢拍照。他调整光圈，用镜头对准雪颢的头部。阳光照在她的脸上，能够看见她面颊上的细密汗珠和红晕。

马儿转了一个弯，朝着翰文走了过来。雪颢看见翰文用相机对着她，先是对着镜头嫣然一笑，然后伸出舌头，做了个鬼脸。

翰文突然觉得心脏像被一只小手轻捏了一下，血液呼呼地往身体各处奔涌。他按下快门，放下相机，望着湛蓝湛蓝的天空，想起了那些久远的往事，如花般绽放的笑脸，曾经拥有的甜蜜时光。天空飘过一朵白云，仿佛是那张如雕像般精致的清秀小脸。

白云飘过高高的树梢，隐没不见。翰文心中涌起一阵感伤。他站起身，走到后面的几排马厩之间，观看那些关在圈栏后面的马。

马厩用木头垒成，上面盖着非洲人常用的茅草顶。每个圈栏前都钉着一块木牌，上面写着马匹的名字，有的叫Thunder（雷电）、Speedster（极速），还有的叫Prince（王子）。

那些马儿看见翰文走过来，都从圈栏里伸出头来，摇头晃脑地和他打招呼。看见他无动于衷地走过，有的马儿用蹄子使劲踢门，有的昂首嘶鸣，还有的在圈栏里小跑转圈。看来它们整天关在圈栏里，早就不耐烦了，只等着有人来牵着它们去马场上，甚至是广阔的草原上风驰电掣。

马厩旁边是一块空地，四周竖着木头栏杆，里面养着几匹小马驹。小马驹们看见翰文过来，争先恐后地挤到他身前。他伸出手去抚摸站在前面那只小马驹的长脸。小马驹不让他摸，而是用鼻子在他手上嗅来嗅去，见他手上空无一物，就打了个响鼻，退出去走得远远的，看也不看他一眼。其他小马驹也都过来闻一闻，然后纷纷离开了。还真是没奶便当不了娘啊。翰文不禁苦笑。

"翰文，你来陪我去遛马吧！"翰文回过头，看见雪颢牵着马，站在马厩另一侧等他。马鞍已放在地上，马嚼子也卸掉了。

"教练说，骑手和马之间需要像恋人一样培养起深厚的感情，才能在赛场上发挥出最高水平。每次骑完后我都要带它散散步，让它放松绷得很紧的肌肉，同时让风把汗水吹干。"雪颢牵着缰绳，一边在树林里行走，一边对走在身旁的翰文说。栗色马老老实实跟在他们身后，四蹄踩在落叶上，嗒嗒作响。偶尔它会低下头啃路边的青草，雪颢和翰文便停下来等它。

"这匹马名叫Gody（果迪），现在七岁了。它可是一匹真正的赛马哦。"雪颢说这句话时尾音上翘，就像电影中的日本女星一样温婉动人，"三岁时就在内罗毕赛马会上获过铜奖。后来它腿受伤了，主人养不起它，只好把它卖给了这家马术学校。它从小受过良好训练，性情也很温顺，教练让我这样的初学者骑它。"

"像卡伦那样骑着马在非洲草原上散步，一定是件很美的事。"翰文想起了他读过的《走出非洲》中的情节。以前这附近的土地都是卡伦的吧？翰文的脑海中浮现起卡伦穿着猎装骑着马在这一带田野上走过、田里的黑人直起身来叫她"姆妈"的情形。

"学校后面有条土路，一直通到恩贡山的半山腰。下次你也租一匹马，我们一起骑着去恩贡山，那里的风景可好了。不会骑也没关系，可以让教练牵着马缰在前面走，你坐在马背上不乱动就不会掉下来。"

在树林里走了两圈，雪颢牵着马走到马厩旁的空地上。雪颢把缰绳交给翰文，从墙角拿来一个塑料桶，打开水龙头，放了一桶水，拎到果迪面前。它低下头大口喝水。雪颢又拿来一把刷子，在水龙头下淋湿了，帮果迪刷毛。

"你对果迪真像对恋人一样温柔。"翰文说。

"果迪是母马。我们是好姐妹。可惜我常常待在野外，不能常来跟它一起玩耍。"

刷完毛，雪颢让翰文站着别动，走到了马厩另一侧。不一会儿，她回来了，手里拿着一袋胡萝卜。

"你从哪里偷来的胡萝卜？"翰文看着雪颢拿着胡萝卜喂果迪，有点惊讶。

"哪是偷来的。我今天出门在路边的菜店里买的。果迪可喜欢我的胡萝卜了。要是我哪次忘了带来，它会缠我半天，不让我走。"

刚才翰文看到马厩里干草是主要饲料。这里养的马匹不少，肯定不是常有机会吃到甜嫩可口的胡萝卜，果迪当然很喜欢了。两排马厩里的其他马儿都伸出头来，羡慕地看着果迪。

果迪吃完胡萝卜，雪颢解开缰绳，拍了拍马屁股，它甩着尾巴跑到了空地中间。

"它不会跑掉吧？"

"不会。除了那些不懂事的小马驹以外，这些经过训练的成年马，没人陪伴哪里也不会去的。它们清楚得很，草原上的狮子和豹子不是吃草的，它们出去就会成为口粮。而且树林后面还围着铁丝网，即使有个别小马驹逃出去也走不远的。"

"果迪又把自己弄脏了。"看见果迪躺在一片沙土上打滚，翰文忍不住向雪颢报怨。

"没事。它开心才会这样。今天做了运动，洗了澡，又吃了胡萝卜，它当然很开心了。"听得出，雪颢的心中也满是快乐。

雪颢去了桑布鲁的野外之后，翰文有好几次开车经过卡伦马术学校门口，但都没有进去。也许等她回来，可以一起去看果迪，还可以骑着马到恩贡山上去看看半山腰的绝美风光和内罗毕的全景。

翰文心里有种期待，可是他非常害怕这种期待。他集中精力投入采访报道的工作当中，关注非洲这片古老大陆每天发生的细微变化，竭力不再想已经远在中国且已随风而逝的过往，也不想雪颢哪天会回到内罗毕。

两周后，在肯尼亚开建筑公司十多年的华人企业家、华商会会长武海鸣打电话给翰文，请他去食肉兽餐厅（The Carnivore Restaurant）吃烤肉。

食肉兽的名字听起来有点吓人，其实这家店不过比其他肯尼亚的烤肉店装修得好一点而已。这家餐厅位于内罗毕郊区的威尔逊机场附近，具有浓郁的殖民时代风格，是一个著名的旅游景点。华夏电视台的领导来非洲考察分台的建设情况时，翰文曾经陪着代表团去过。

翰文在院子里停下车，朝着餐厅走的时候，看见剃成光头的老武已经站在门口等候。他的左手还牵着一个四五岁的小女孩。小女孩披着长长的鬈发，面部黑黑，五官清秀。

这个女孩一看就知道是华人和当地黑人的混血儿，因为当地黑人的头发通常长不长，都是又细又鬈又蓬松。在内罗毕大城市生活的成年黑人女性大多戴假发，富人戴的假发是用真发做的，穷人戴的假发是用化纤做的，而马赛、桑布鲁等部落妇女则是剃成光头。这个小女孩拥有一头长长的自然鬈发，肯定让当地爱美女性羡慕不已。

这不是翰文第一次见到老武，他俩曾经在好几次华人聚会中聊过天。翰文也从别人口中听说了不少关于老武的传奇故事。

老武原本在国内的国有企业工作，来肯尼亚旅游一趟后就爱上了这片神奇的大陆，不顾人过中年，毅然决然辞职来到肯尼亚重新开始。他先是在一家华人老板的房地产企业里工作，做经理人，管理建筑工地的所有大小事情。

积累了经验后，老武向老板提出想自立门户，成立建筑公司单干。好在这位老板够开明，不但没有大光其火，还向老武的公司注了资，成了他的合伙人。

而今，老武仍然兼任那位华人老板公司的总经理，自己的建筑公司也承包了不少中资企业和肯尼亚政府的小型建筑项目，干得有声有色，雇用了十多个中国人，还有一百多个当地黑人员工。

更为传奇的是老武的私生活。他刚来肯尼亚的时候，妻子留在国内，陪女儿上中学。他耐不住寂寞，与一名黑女人好上了，还生了一个女儿。妻子得知了这个情况，立马买了机票，独自一人冲到肯尼亚来，找老武大闹了一场，把老武本就稀少的头发抓掉了不少。据说老婆抓住头发扯得他撕心裂肺的疼是老武下定决心剃光头的真正原因。

不过，奇怪的是，老武的老婆并没有跟他离婚，而那位黑美人也没找老武大哭大闹。她觉得自己年轻,还可以过自由自在的生活,即使有小孩也不影响她跟别的男人约会。她只是要求老武每月按时给她们母女俩生活费,每周都要陪女儿一天。

老武的老婆带着女儿小梅一起搬来了肯尼亚。小梅上了英国人办的国际学校,现已考上英国一所大学,去约克郡学习建筑设计了。老婆又冒着高龄风险,逼着老武夜夜和她欢好,两年前又生了一个聪明调皮的儿子。

有人说,人类起源于肯尼亚并非上帝的旨意,而是大自然的选择。这里气候宜人、生机勃勃,玫瑰花一年能开好几次,野生动物繁衍也很频繁。不孕夫妻如果来这里疗养生息,也许不用几个月就能怀上一个健康活泼的宝宝。

有人多次在西门商场遇见老武一家人。他左手牵着黑黑的混血女儿,右手牵着小儿子,中年发福的妻子跟在身后,真是一幅其乐融融的画面。但大家都没有见过那位黑女人,想来妻子也许能容忍他带着可爱的混血女儿一起外出用餐,但难保见了那位黑女人不上前大打出手。

眼前这个小女孩,肯定就是传说中的老武和黑女人所生的混血女儿。

"Alice,跟翰文叔叔说Hello。翰文叔叔是大记者,在电视台工作。"老武对女儿说的是英语。

"Hello, Alice, nice to meet you."翰文蹲下身,向Alice伸出手去。Alice没有同他握手,而是答了句Hello就躲到爸爸腿后面，然后伸出头来，圆溜溜的大眼睛盯着翰文上下瞧。

"女孩子比较害羞。我那小儿子就不一样，肯定一见你就扑上来了。"老武一边领头往里走一边说。

进门的地方是一个砌成大圆台模样的巨型火炉。木炭烧得旺旺的，不时蹿出小小的火苗。上面架着一排排串着不同肉类的铁钎。在高温炙烤下，肉块发出滋滋响声，散发着扑鼻的香气。

他们在走廊上找了张桌子坐了下来。老武给爱丽斯点了一杯果汁，给他自己和翰文点了两杯当地有名的达瓦酒。老武说，达瓦酒是食肉兽餐厅的发明，当地黑人称这种酒具有壮阳作用，其实不过是由伏特加、蜂蜜、青柠檬、白砂糖和冰块调和而成，喝起来口感清爽，至于能否壮阳就无从得知了。

翰文想起刚来的时候常有黑人找他要中国绿茶。他很高兴黑人兄弟能够喜欢中国的茶文化。后来发觉他们是嚼着吃，便问为什么。他们回答说中国绿茶有壮阳作用，嚼碎全部吞下去效果更好。翰文当时都傻了，他没想到去火清心的中国绿茶到了非洲却成了壮阳圣物，不知道是不是某位急于向非洲黑人兄弟推销绿茶的中国商人想出来的鬼点子。

看着爱丽斯安静地坐在老武旁边，不吵也不闹，翰文说：

"中年得子，还是一儿一女，老武你真是太有福气了。"

"我从来没想到来非洲的收获还有这两个小家伙。都是瞎胡闹，让大家见笑了。爱丽斯对我来说就像天使一样。她平常主要跟她妈妈一起生活，我每周都会抽出时间陪陪她。"

"她能听懂中文吗?"翰文问。

"一点点。她和我小儿子在一起玩耍的时候是中英文混着用。我想等她上了小学就系统地教她学习汉字的听说读写,在这里读完中学后送她回中国留学。"

"这个主意不错,她将来可以从事文化交流的工作,增进中国和非洲民众之间的了解。"

"不,我希望她将来参选肯尼亚的国会议员,保护我们这些华人还有印度人等少数族裔的权益。你知道,我们这些华人虽然在经济上取得了成功,但常常得不到很好的保护,经常面临警察的盘查、税务部门的刁难还有各种歧视性规定。得有人为我们的权益说话。"

"你真是雄心勃勃。爱丽斯将来肩上的担子很重啊。"小女孩怡然自得地喝着果汁,还不知道她的华人父亲已经为她设计了一个宏大的未来,要让她成为威震非洲的女政治家。

餐厅的服务员举着串着大肉块的铁钎过来了。服务员将铁钎竖在翰文面前的空盘子上,用汉语说"牛肉",翰文点了点头,服务员便用右手握着的尖刀削了一片下来,又举着铁钎去了老武那边。另一个服务员举着一串白色的肉过来了,说的还是汉语,但音调不准,说了两遍翰文才听清是"鳄鱼",翰文摇了摇头,他便走开了。

老武说好几年前在这个餐厅还可以吃到斑马和羚羊的肉,后来注重野生动物保护,便取消了。现在,除了牛羊鸡等家畜外,餐厅还有鳄鱼和鸵鸟肉，但不是野生的，而是在农场饲养的。

老武说，他和其他来非洲的中国人想法不一样，那些人总说早晚要回到中国去，而他认为非洲巍巍的青山、广阔的草原就是他的家。他准备在这里看着金合欢树梢的夕阳，还有自由奔跑的野生动物终老一生，因此他得像当地人一样思考，甚至必须想得比当地人还要周全。他在公司里特别强调依法规范经营，即使有一些肯尼亚的法律不合理，也要遵守。公司要想在肯尼亚长期发展，不但要雇佣、培养当地的管理人员，还要和当地民众搞好关系。他坚决禁止公司员工与野生动物制品沾边，每年都会带领公司员工一起做社会公益事业，比如帮助当地农民打水井、干旱时送粮食给受灾民众、资助当地贫困家庭的小孩上学等等。

老武说他公司的中肯员工关系非常融洽，有个英俊的黑人小伙在追求公司的女会计，不过女会计说这小伙不改掉每周领了工资就去酒吧花个精光的习惯她是绝对不会搭理他的。还有一个叫王晓峰的经理在和华夏电视台的一个当地女主播谈恋爱。

"你说的是翠丝吗？"翰文想起前不久他在电梯里遇到翠丝，她说她的男朋友叫Feng，在一家中国公司工作。原来是老武公司的经理。

"正是。如果你们电视台允许，我准备请翠丝做我们公司的形象代言人，和王晓峰一起拍些平面广告。你觉得如何？"

"哈哈，你真是很有生意头脑，员工的恋爱事件也变成了你们公司的营销策略。"

"这不是跟国内那些电商公司学的嘛。我们虽然身在非洲,也要努力学习国内的先进玩法,而且还要活学活用。"

"那你为什么不亲自去拍广告?带着那位黑美人和你们的女儿,讲述一个中非融合开花结果的美好故事,说不定效果更好。"翰文调侃老武。

"这个也不是没有想过。我老婆肯定不会同意,又要对我大打出手,还是算了。"老武挠了挠光头,笑了笑说。

"那你觉得在非洲经营企业最大的挑战是什么?"翰文觉得这顿饭有点像在做采访。也许他真的应该做个有深度的访谈节目,采访那些长期在非洲的中国人,看看他们如何工作、如何生活、如何恋爱,遭遇了哪些悲欢离合,又有哪些不为人知的酸甜苦辣。

"安全。在非洲做生意,人身安全始终是最大的挑战。"老武撩起衣袖,给翰文看他胳膊上的一长条伤疤。他说那是三年前的春节,因为比国内晚5个小时,他们上了半天班就放假了。他订了一家中餐馆的大包间,请所有中国员工一边吃饭一边看春节晚会直播。他最后一个离开办公室,拎着装有现金的公文包在院子里上自己的越野车时,黑人保安拿着一把长刀从背后砍了他一刀,然后抢过包逃走了。那个春节他在医院里躺了好几天,员工们也没有过安逸,大家轮流来医院照顾他。

"好在那个保安没有朝你脖子砍一刀。要是像南非那样先把人弄死再抢东西你就惨了。"

"估计是因为我平时对他还不错,所以他下手时留有余地。这家伙现在成了通缉犯,听说到处东躲西藏,也找不到工作。真是一时恶念,终生受罪。"

"我们记者出去采访时也常常遇到抢劫事件,有的还被枪顶过脑袋。"翰文没有细述自己在科特迪瓦的生死历险,像老武这样在非洲待了很多年的人,肯定听过不少类似故事。

"我这算比较走运的。我朋友公司的副总经理,去银行取了一箱现金回来,准备第二天给公司员工发工资。刚走到家门口就被人从后面袭击了。脑袋被棍子敲得肿得像篮球一样,在医院里昏迷了两个星期。后来回国治好了,但走路常常不辨方向,叫他向左偏向右,现在只能在家养着。"

老武叹了口气,说:"我们很喜欢这些朴实的黑人兄弟,但对那些犯罪分子,实在是恨之入骨。个别警察部门,既腐败又无能,破案率很低。现在我们几家公司都尽量避免使用现金,工资通过银行发到工人的银行卡上,去西餐馆吃饭用信用卡,去华人餐馆则是签单,一个月写张支票寄给老板。"

翰文正要说话,手机收到雪颢的短信,说她下午回内罗毕,带了一些器材,问翰文能不能开着车去威尔逊机场接她一趟。翰文回信说,他正好在机场附近吃午饭,一会儿就去机场等着她。

10 飞越东非大裂谷

"你晒黑了,不过黑得很有格调。"翰文看着站在面前的雪颢说。

"我是不是看起来和当地的黑妹妹一样丰满动人了?"雪颢放下两只手拉着的拉杆箱,张开双臂转了一圈,笑意盈盈地问翰文。她头顶架着一副防紫外线的墨镜,短发长长了稍许,许久都没有修剪,看起来有点乱。也许是山区气温偏低的缘故,雪颢今天在"拯救大象组织"T恤衫和紧身长裤外套了一件米黄色风衣。转身之间,衣角飘飞,翰文觉得他内心深处某个隐秘的水塘被投进了一颗小石子,荡起了一圈圈涟漪,直至最坚硬的外壳。

"哈哈,还差那么一点点。当地人说最美的黑妹妹要能做到站立时在臀部放得稳一杯牛奶。我带你去吃烤肉和乌嘎利,继续你的增肥计划怎么样?"

翰文想起了有一次带着查洛一起去内罗毕大学孔子学院拍摄汉语演讲比赛的情形。比赛选手中有好几位黑人姑娘,有的会唱汉语歌曲,有的会用汉语演讲,还有的穿着红色的旗袍。翰文问查洛最喜欢哪位选手。查洛选的是最胖的那位,而翰文自己心里则觉得那位来自蒙巴萨、身材苗条、肤色较浅的姑娘最好看。

"不要,我在野外吃太多烤肉和乌嘎利了。我最想念的是小河咖啡馆放了肉桂粉的摩卡咖啡,还有松花江中餐馆那位东北大姐做的水饺、豆腐白菜汤和延边泡菜。"

真是个特立独行的姑娘。翰文把箱子放进丰田越野车的后备厢,拉开前排左侧车门,请雪颢上车。他把车开出机场外的停车场,往城里方向开。路口遇到一个当地人赶着一群羊过马路,他不得不停下来耐心等着羊儿们一只接一只地过马路。

"那我们顺路去中餐馆买上水饺,带到小河咖啡馆,就着咖啡吃水饺如何?"

"记者大哥,你的混搭品味果然不同凡响。不过我们还是改天专门去吃水饺吧。在车上放久了,水饺会板结在一起,就不好吃了。我们直接开车去小河咖啡馆,那里的意式通心粉也不错的。"

越野车穿过内罗毕市中心,沿着蜿蜒的山间道路往城东北的基格里区开去。道路两旁,绿树参天。夕阳斜照,能够看见有些树枝上已经冒出零零星星的花骨朵。东非大地快要进入雨季了,又将呈现一派繁花似锦的景象,让人产生每一天都是春天、每一刻都在伊甸园的错觉。

翰文打开车载收音机,播放的是莎拉·布莱曼演唱的Only an Ocean Away(召唤海洋之心)。

翰文正为布莱曼那优美的声线陶醉时,雪颢说话了:"如此美景,这么忧郁的歌曲多不合适啊。换个台吧,记者大哥。"

翰文换了个台,播放的是Lady Gaga的 Poker Face(扑克脸)。

"嗯,这该符合你们小女孩的口味了。"

"这个勉强可以,其实我更喜欢泰勒·斯威夫特和玛丽亚·亚瑞唐多。"

"我还真没有这两位女神的歌曲,回头去买两张碟放在车上给你备着吧。"

"你喜欢什么样的歌手?"

"如果我告诉你我喜欢布莱恩·亚当斯、菲尔·科林斯,还有埃里克·克莱普顿,你会不会觉得我和你有很深很深的代沟?"

"不会啊!我还喜欢披头士和鲍勃·迪伦呢!"

"很好啊!改天一起去松花江中餐馆的卡拉OK唱'随风而逝'吧。"

"夜深时分,在野外的帐篷里,我喜欢一个人戴着耳机,听古典交响乐。在空旷无人的非洲大草原上,听那种史诗般的旋律真的是种奇妙无比的感受,比坐在国家大剧院听现场演奏都要棒一百倍。"

"晚上独自一人在公寓里剪辑视频时,我喜欢听卡努纳什的'漫游者'、奥马尔·阿克拉姆的'像鸟一样自由'、费罗伦·波尔的'再梦一次'等新世纪音乐。在那种音乐氛围里,我能够放空心灵,专注做好工作。"还有一点翰文没有说,在听这种音乐时他才不会受过去痛苦的困扰。

停好车,穿过一排用铁丝做成的动物雕塑和一片种着各色小型绿植和花草的盆栽,翰文和雪颢在用高高的木柱子架起来的茅草棚下坐了下来,点了咖啡、意式通心粉和牛油果蔬菜沙拉。

"真是一个闹中带静的好地方。"翰文说,"一百多年前,这条小河边也许有大象在喝水,山坡上也许有羚羊在吃草,那边的大树下也许有狮子在睡觉。"

"如果没有我们这些聪明的人类,从这里到白雪皑皑的乞力马扎罗山,都将是动物的天堂。没有地球,人类就活不下去;没有了人类,地球也许会更好。"

"你这个想法有点极端。我们人类毕竟给地球带来了文明,让这个蓝色的星球变得更加多姿多彩。"

"关于文明?你是指冒着黑烟的蒸汽火车?还是高高耸立的石油钻井?或者是今天我们一刻也不能离手的手机?这些东西,如果从地球的角度来看,不但毫无用处,还带给它无穷无尽的污染。"

雪颢灼灼的目光让翰文感到心慌,好像自己坐在木头椅子上喝着香醇可口的阿拉比卡咖啡就是在干毁坏地球的勾当。

"我非常赞同你的观点,可是人类的存在是一个事实而且这个事实还将维持很长时间。我们不可能劝服人类搬离地球,只能尽力劝说人们爱护动物,爱护环境。所以,我可敬可佩又可爱的野保天使,我相信王阳明的知行合一,你能尽最大努力,帮我说服卡茅站在我的摄像机前面,拍一段冲击力特强的视频吗?"

"好,我现在就给他打电话,要是他愿意我们一会儿就去见他。你把他的号码给我。"

"还是用我的电话打给他吧。你用陌生号码打过去,也许他会害怕,不敢接。"翰文拨通了卡茅的电话,问他最近木雕生意怎么样,然后说一个做野生动物保护的美女想和他通个话。

雪颢先用斯瓦希里语向卡茅问好,然后改用英语赞扬他出于良心停止猎杀大象,最后问他是否方便见个面聊聊。雪颢的语气非常甜蜜,声调非常温柔,仿佛是在劝说一个老是守在游戏机前面的英俊男孩出来和她约会。

卡茅就要说Yes了,翰文想,这么温柔甜蜜的声音,谁能拒绝呢。

出乎他俩意料的是,卡茅的回答是No,他说跟翰文讲完那些连家人都不知道的经历之后,他现在非常后怕。如果翰文报道出去,他和他的家人都会面临生命危险。

雪颢没有放弃,继续试图说服卡茅。卡茅问她为哪家野保组织工作,雪颢说是"拯救大象组织"。卡茅说他没见过道格,但听说过他的故事,很多肯尼亚人都说他是一个真正的好人,不像有些口是心非的"白魔鬼"。尽管如此,他仍然不敢和他们见面,很遗憾。

"别着急,多给卡茅一些时间,他会愿意站在镜头前面的。"翰文看见雪颢一脸不高兴地挂断电话,便安慰她。

"盗猎分子是不会多给大象或者我们更多时间的。我们做得越少,大象灭绝的速度就会越快。"

"是的,我再想想别的办法吧。"

雪颢没有回应,两眼直视着翰文,但目光似乎穿透了他的脑袋,落入后方的虚空里。

"Hello, Are you OK?"翰文伸手在她眼前晃了晃。

雪颢说:"我想到了一个主意。你原本打算以盗猎分子为主角拍一部纪录片,向世人展示精美牙雕背后血淋淋的残酷,可是卡茅不愿意出镜,其他盗猎分子一时半会找不到,即使找到肯定也不愿接受采访。我在想,为什么我们不能转换角度呢?"

"你的建议是?"

"你为什么不拍一部大象家族的故事呢?主角就是萨陶,还有它遍布肯尼亚的家族成员。"

"萨陶?你是说大象孤儿院小象江波的父亲?那个生活在察沃国家公园、牙特别长的萨陶?"

"是的。在非洲,只有一头大象叫萨陶。它已经四十多岁了,是肯尼亚野生动物的象征。就像我们人类一样,大象也以家庭为单位生活在一起。它们重视家庭,会照顾年迈的大象,也会多年抚养年幼的小象。可是,由于我们人类的贪婪,萨陶的家族还有其他大象家族许多成员都被盗猎者杀死了,它们的家族正处在分崩离析的边缘。把这样一个令人悲伤的真实故事展示给大家,也许能唤起人们的同情心,减少人们对象牙的渴求。"雪颢的眼里闪烁着亮晶晶的光芒。

"这是个好主意。"翰文在心里把以大象萨陶为主角的纪录片情节过了一遍,"中国人的家庭观念很强,从家庭的角度来讲述大象萨陶的故事更容易在观众心里引起共鸣。"

"记者大哥是同意以大象为主角拍一部纪录片了,真是太好了。我先代那些可爱又可怜的大象们谢谢你了。"雪颢伸出手拍了拍翰文的胳膊说,"改天让大象孤儿院的小象们亲自感谢你吧。"雪颢的声音甜甜的,就像这个黄昏的微风,吹得翰文心旷神怡。

"怎么谢?把我用鼻子卷起来挂在树枝上?"

"不是啦,它们会用鼻子给你全身涂上泥浆,让你洗个快快乐乐的泥巴澡。这是小象开心的时候最喜欢干的事情。"

"啊?!这个还是你自己享受吧。我给你摄像好了。"

"那我们先去桑布鲁拍萨陶的女儿阿沙卡一家吧。正好你也可以见一见大名鼎鼎的道格,我们'拯救大象组织'的创始人。"

晚上,翰文正在编辑视频的时候,接到了雪颢的电话。她说她刚刚得到一条消息，几个索马里人在东边的伊斯特利区利用一个便利店的掩护偷偷卖象牙制品，她想明天去探探虚实。

"你一个人去？那太危险了。如果他们认出你是'拯救大象组织'的人你就麻烦了。为什么不直接带着警察去，把他们抓住，让警察好好审审？"

"我最信任的瓦松加警官去蒙巴萨出差了。如果我告诉其他警察可能会走漏风声。我想明天先一个人去店里看看是不是真有象牙，然后再找瓦松加带着警察去抓他们。"

真是个天不怕地不怕的姑娘，翰文心说。他曾经去伊斯特利区做过采访。那里住着好多索马里的移民，他们喜欢贩卖各种货物，合法不合法的都有。他们民风彪悍，喜欢拿着弯刀挥来舞去，连肯尼亚的警察都怯他们三分。这个姑娘真是不要命了。

"这样吧，我明天陪你一起去。"翰文想了想说，"我俩假扮成来肯尼亚旅游的日本人，我是牙雕艺术家，你是我的助手。我们跟他们约定要买几根上等的整牙，三天后一手交钱一手交货，到时让瓦松加带警察埋伏在旁边，把他们都抓起来。"

第二天早晨，翰文找出一顶米黄色的帆布牛仔帽、一副平光黑框眼镜和一件平常不怎么穿的花衬衣。穿戴整齐后，还去浴室的镜子前照了照。他把一台小型摄像机塞进一个腰包里，用剪刀在腰包前面剪了一个小圆洞，露出镜头。他又打电话叫查洛今天陪他去伊斯特利区一趟。

从宿舍楼里走出来的雪颢看见翰文的越野车里坐了个黑人，

眉头皱了起来，用眼神问站在车旁的翰文这是怎么回事。

"查洛是我在电视台的助理，他也是个环保主义者，跟你一样痛恨那些盗猎大象的人。我们带上他，如果有什么事，毕竟他是当地人，能帮上忙的。"

雪颢的眉头舒展开了，"那今天他当司机兼导游吧。你这样还真有点像日本游客，要是在上唇贴上一条小胡子就更像了。"

雪颢今天没穿那件"拯救大象组织"T恤，也没穿她标志性的骑马装，而是像个普通游客一样戴着棒球帽、穿着圆领T恤、运动裤和跑步鞋。

是想待会儿被坏人追赶时跑得快吗？难道她不知道非洲人天生就是跑步高手吗？翰文看着雪颢的装扮暗暗想笑，旋即又后悔自己今天穿了又厚又沉的登山靴出门。在非洲游客中广泛流传的一个笑话是，你不需要跑得过狮子，但一定要跑得过你的同伴。看来，自己是未跑先输了啊。

查洛开着车，穿过内罗毕的主干道，拐上一条坑坑洼洼的土路，又穿过老旧的窄轨铁道，经过一片破破烂烂的棚户区，走上了一条稍微干净一点的街道。

"快到了。就是那家Mogamatt。"雪颢指着右前方的街对面说。

"商店名字就叫Mogamatt，摆明了是摩加迪沙来的索马里人开的。"翰文说，"是想吓唬警察走远点，千万别惹我吗？"

不过，除了Mogamatt那白底蓝字的招牌外，这家商店外表跟其他内罗毕的小商店没什么区别。外墙是褐色的石块垒成，木头门涂成浅绿色，门口竖着一块深绿色的广告牌，除了上面整齐的"safaricom"是印刷体，其他"bread（面包）"、"water（水）"、"daily goods（日常用品）"、"souvenir（纪念品）"等都是用白色的白板笔手写的。

查洛把车停在商店对面的街边，也要跟着他们下车。

"不，查洛，你把车往后倒一点，别让他们看见你。你就待在车里。要是听见有什么不对劲的地方就开车过来接我们。要是我们出不来，你就赶紧打电话给瓦松加警官，让他通知这附近的警察来救我们。"雪颢让查洛把瓦松加的号码输进手机，一旦有事就可以拨出去。

快走到门口时，雪颢才注意到翰文的腰包，"腰包里是什么？"她盯着翰文问，眉头又皱起来了。

"有些先令，还有一台小摄像机。"翰文说，"这是很好的素材，我得录下来。再说，我是日本人，带着摄像机到处拍不是很正常吗？"

"可是你怎么解释挖个洞偷拍？难道这也是日本人的爱好？"

"那怎么办？我们回去把摄像机放车里？"

"不行，来来去去他们会生疑的。你把腰包挪后面一点。"雪颢边说边帮翰文把腰包往后背挪了挪。

推开木门，翰文快速扫视了一圈，看见三面墙都是木头柱子和铁丝网做成的简易货架。货架上稀稀拉拉摆着一些面包、矿泉水、毛巾、牙刷等日常用品，还有一些印着动物图案和Safari字样的帽子和T恤、彩色的串珠项链和手链，看起来跟其他商店没有什么区别，并没有发现象牙制品。

坐在木头柜头后面的黑人青年没有像其他商店的店员那样站起来热情招呼，而是用冷冷的目光盯着他们。

"Jambo Bwana."翰文刚想用流利的斯瓦希里语跟对方套近乎，又想起对方十有八九是索马里人，可能听不懂斯瓦希里语，便改用英语说他们是游客，手机充值用完了，想买Safaricom电信公司的充值卡。他说英语时装出很费劲的样子，心说，也许有些日本人就是这样的吧。

黑人青年站起来，从抽屉里拿出一张绿色的充值卡，放在柜台上，对他们说："1000先令。"他的声音相当冷淡。

翰文正要掏钱递给他，雪颢按住了他的手。她说："你这里的纪念品看起来不错，我们也买点吧。你把那几串项链递给我看看。"

黑人青年取过几串项链，放在柜台上。雪颢一串串地试戴，挑了两串套在手上，示意这两串她买了。然后，她伸长脖子，低声对黑人青年说："你们有没有更好的纪念品，比如说象牙？"

"你为什么要问这个？"黑人青年警惕地问。

"这是我的老板。他是日本有名的象牙雕刻大师，祖祖辈辈就干这个。"雪颢说着举起翰文的右手在黑人青年眼前晃了晃，"你看他的手，是不是很灵巧？他会雕出活灵活现的动物还有人物。你要是让他帮你照张相,他就能把你的头像雕在象牙上,就像活的一样。我们想买些象牙回去。"

"不,不能照相。"黑人青年又问,"你们自己来的?"

"是的,我们本来有个导游,但我们今天没有带他来。你也知道,这种事,不能让太多人知道的。"雪颢故意装作很神秘的样子。还真不愧是中央戏剧学院内罗毕分校毕业的呢。

"那你们跟我来吧,但你们要是看了货一定得买点什么,否则我的老板会很不高兴的。"黑人青年掀开柜台的搁板,让他们进去。

他们正在想去哪里,只见黑人青年移动正中的货架,拉开一扇跟褐色墙壁一样颜色的门,走了进去。

翰文和雪颢跟着走进去,看见昏暗的屋里还坐着一老一少两个黑人,看见他俩既不起身也不说话。

黑人青年低声用索马里语对两人说了一阵。黑人老头站起来,摁了一下墙上的开关,屋顶的灯亮了。翰文这才看清有一面墙边摆着跟外面一模一样的货架,上面全是象牙制作的工艺品,有手镯、项链、动物、鸟类,还有黑人雕像和东方的神话人物。

翰文取下一些工艺品,故意低下头仔细观看,又侧过身子,好让放在身后一直开着的摄像机能够录到这些。

看了一个,他摇摇头,放回货架,又拿起一个,看完再放回去。

黑人青年有点紧张,转头问雪颢:"怎么啦?这么多象牙制品,他一件也不喜欢吗?"

"他是象牙雕刻大师。他认为你们粗劣的雕工把上等的象牙毁了。"雪颢说,"你们有整牙吗?我们可以买整牙,他的雕工比你们好得多。"

"有,但不在这里。你们要是愿意等,我们可以找人送过来。"

"多少钱一根?我们先谈好价钱。你们不能送过来再狮子大开口。"

"5000美金一根,换成肯尼亚先令是40万。"

"这么贵?"

"贵?你要是带回日本,能卖好几万美金呢?如果再雕成艺术品,还能翻好几倍。"

"你对日本的象牙市场还挺了解。可是我们没带那么多钱,怎么办?要不我们先交点定金,三天后我们带着钱回来取货,我们要三根整牙,又长又直,没有一点缺损的那种。"

"不能来这里。那你先交1万先令吧。你留个电话号码,三天后我们通知你城里某个地方取货。"

翰文伸手去掏钱,心想这1万先令先存你们这,三天后抓住你们就第一时间要回来。

"等一下。"一直没说话的黑人老头开口了,他说的英语带点索马里口音。

"怎么啦?我们都没还价,你不能涨价。"雪颢说。她怕夜长梦多,想赶紧离开,三天后让瓦松加兵分两路,把这个窝点也端了。

"你看起来很眼熟。"黑人老头走到翰文面前,仔细端详他。

"不,不可能。我们东方人看起来都一样的。"翰文用结结巴巴的英语回答,并把头扭过去继续看货架上的牙雕制品。

"我好像在哪见过你。"黑人老头揭了翰文的帽子,看了看他的脸,后退了一步说,"你是个记者。我在伊斯特利区医院的开工仪式上见过你。我们得搜查一下,看看你们想搞什么鬼。"

翰文心说坏了,怎么这么巧,他还真认出我了。雪颢赶忙靠近他,挽住他的胳膊,用身体贴着他,遮住正在摄像的腰包。她对黑人老头挤了个笑脸说:"你认错了。我们刚从东京来,他是象牙雕刻大师,我是他的助手,呃,还是情人。我们既来这里买象牙,也偷偷地约个会。你不知道,他的老婆很凶,在东京我们根本没机会在一起。"

这演得有点过了吧?他们不会要我们像情人那样亲个吻甚至干点别的什么吧?翰文心想。

"你们让我们检查一下腰包,还有护照。如果真是日本人,我们就继续做生意。"黑人老头还是一脸狐疑地看着他俩。

翰文心说要糟,让他们检查肯定露馅。他拉着雪颢的手,低声用中文说:"快跑。"然后快步朝褐色木门冲过去。

黑人老头用他们听不懂的索马里语对另外两人大叫,估计是抓住他们之类的。黑人青年伸手来抓雪颢。雪颢抬腿一脚踹在他膝盖上,黑人青年一个趔趄,倒在地上。等他爬起来,翰文和雪颢已穿过木门了。黑人青年跟老头还有另外一个拿起墙角的弯刀,跟在后面追。

雪颢经过货架时,把货架使劲往后一推,听见后面传来两声惨叫,他们没有停,掀开搁板,拉开木门,冲出商店,一边大叫查洛一边往车的方向奔跑。

三个黑人冲出屋子,举着明晃晃的刀在后面猛追。街上有不少黑人,还有妇女和小孩,但他们既没上来帮忙也没躲避。也许,这样的场景在这里是司空见惯。

眼看就要被黑人追上,查洛的车已到身边。翰文拉开车门,把雪颢推上去,自己刚跳进车里,就听见咔嚓一声,弯刀砍在了车门上。

"快开车!"雪颢对查洛大叫。查洛猛踩油门,车门还没关好越野车就飙了起来,翰文差点被甩了出去。

又听见砰砰两声,雪颢回头看,三个黑人追不上了,在朝他们扔石头。

"现在你知道城市里两条腿的动物比草原上四条腿的危险多了吧。"喘过气来的翰文对雪颢说。

"你当战地记者不是经常遇到这种事吗?我今天也体验了一把,还挺过瘾的。"雪颢笑盈盈地看着他说。

"那下次去战地采访带上你。枪弹横飞,炮火隆隆,你可不许吓得哭鼻子。"

"好呀,你负责在镜头前哇啦哇啦乱讲,我负责帮你拍摄光辉形象，怎么样？"雪颢说，"现在我得打个电话给瓦松加，请他派人去这家商店抓住这帮可恶的家伙。"

"等警察去，他们早把象牙制品转移，说不定连店都关了，空无一人。"

"我们的第一次卧底行动居然因为你的记者脸而失败了。下次我一个人去，说不定会成功的，人赃俱获，哼。"雪颢不服气地说。

"一定会的，我和查洛帮你在门口把风。"翰文拿这个倔强的姑娘没办法，"不过，在下次之前，我们还是去拍摄大象萨陶的家族故事吧。"

三天后，翰文和雪颢从威尔逊机场出发，乘坐一座双螺旋桨的小飞机飞往桑布鲁。这种小飞机在陆路交通不发达的非洲国家非常普遍，小的能坐十人，大的能坐三四十人。小飞机飞不高，遇到狂风暴雨就会瑟瑟发抖，像一片随风飘零的树叶。

翰文这次跟着雪颢去桑布鲁拍大象之王萨陶女儿阿沙卡一家的生活。他的旅行包里装的全是摄影摄像设备，胸前挂着单反相机，看起来和飞机上其他游客没什么区别。帆布牛仔帽被黑人老头抢走了，他又在机场的旅游商店挑了一顶绣着大象图案的。

雪颢则托运了好几只纸箱子。她说是为"拯救大象组织"采购的面粉还有矿泉水、饼干、牙刷、牙膏、洗发水等日常用品。她每次回内罗毕都要当采购队长，去超市帮小伙伴们采购各种东西。

小飞机穿过内罗毕城市上空,向北飞去。天气晴朗,碧空如洗,太阳在右后方。坐在靠窗位置的翰文能够清楚看见下面的大楼,还有街道上的汽车和行人。

房屋渐渐稀少,绿色次第增多。阳光下的森林绿中泛金,高大的树木旁是一大片一大片浅绿色的灌木,平平整整,有点像欧式园林景观。那是人工种植和经过修剪的咖啡园。为了方便工人手工采摘咖啡果,树不能太高,长到一人多高时就得把尖顶剪掉,让它横向生长。

一面陡峭的山崖突现,下面是平坦的草原,稀稀拉拉长着一些树木,也有农田和房屋,远处又是拔地而起、陡峭垂直的山崖。

"那是东非大裂谷,人们常说的地球伤疤。"坐在旁边的雪颢伸过头来,望着窗外对翰文说。

"只有从空中,才能看出东非大裂谷的壮观和宏伟。我以前开车沿着下面山坡的盘山公路下山,穿过平原去马赛马拉时也停下来站在悬崖边拍摄过大裂谷,没有现在这种震撼的感觉。

"马赛马拉草原其实是东非大裂谷中的一段平原。非洲有种种神奇,而这个大裂谷也许是最神奇的地方。你看见裂谷中那座圆圆的山峰了吗?那是一座火山,也许哪一天就会突然爆发。远处那片湖泊,是纳瓦沙湖,天然的淡水湖,有很多鱼还有巨大的河马,而再往前的埃尔门泰塔湖,却是咸水湖,是火烈鸟的栖息地。

"大裂谷谷底气候温和，物产丰富，难怪能够成为人类发源地，难怪时至今日还有成千上万种动物在这里自由自在地生活。

"但愿不会有一天它们全部消失不见，只剩下这个大裂谷孤独地趴在这里。"

小飞机沿着大裂谷边缘的山崖往北飞，经过碧蓝如玉的纳瓦沙湖，绕着一座山顶覆盖着白雪的山峰朝着东北方向飞翔。

"你登上过肯尼亚山的山顶吗？"翰文指着白雪皑皑的山峰问雪颢。

"还没有，有几个同事上去过。他们说登上这座赤道雪山并不难。我打算明年休假时去。"

"到时一起去吧。我再找几个朋友，人多安全一点，以免被豹子追着跑，还可以在雪山之巅喝威士忌。"

"一边喝酒一边朗诵卡伦的《走出非洲》。"

"在非洲的雪山之巅，我用斯瓦希里语给你们朗诵夏巴尼·罗伯特的诗歌会更为地道。"

"那你不应该喝威士忌，要喝当地酿的大象酒才更接地气。"

"大象酒甜甜的，味道有点像巧克力做的百利甜，更适合在餐馆饭后喝。站在雪山之巅，还是喝威士忌这样的烈酒更爽口。"

"好吧，你喝你的威士忌，我喝我的大象酒。"特立独行的雪颢不愿轻易妥协。那天从贩卖象牙的黑店死里逃生后，她心中对翰文涌起了一种莫名的渴望，希望他用温柔的眼光看她，希望他轻声细语对她说些体贴的话。

"你现在能用斯瓦希里语朗诵吗？"过了一会儿，雪颢问。

翰文用斯瓦希里语朗诵了一段。

"很好听，但一句也没听懂。讲的是什么？"

"这是夏巴尼最著名的情诗，更适合那些追求你的黑小伙朗诵。翻译成中文是这样：你该知道我的境况/我瘦了，像根绳索那样！/ 仿佛连气也透不过来/吃不下呵，睡不香/ 爱情将我折磨/愁思在心中荡漾。"

"哈哈，他们要追求我得自己写诗，不许朗诵别人的。你以前是不是在姑娘面前朗诵过这首？"

翰文没有回答她，而是指着肯尼亚山的雪峰说："你知道当地的基库尤人称肯尼亚山为Kere-Nyaga，意思是白色山脉。他们说这是基库尤族全能之神恩盖的家。"

"你看，那边山坡上有一个人影跑过。"雪颢指着雪山东侧一处地方说，"可能是你的恩盖大神。"

"哈哈，小姑娘骗人。"翰文伸手捏住了雪颢的脸颊，她没有挣扎，任由翰文捏着。翰文松了手，有点不好意思，又有点心跳加速。

螺旋桨转动，小飞机将白雪皑皑的肯尼亚山抛在身后，朝着东边的草原飞去。阳光照进舷窗，在他们的脸上洒下斑驳的光影。

11 大象的遗骨

不到一个小时,小飞机抵达了桑布鲁国家公园的机场。

从空中往下望,翰文发觉这个机场也像大多数非洲草原上的机场一样简陋无比。平坦的开阔地上,有两条笔直的土黄色道路,那是跑道。修建这样的机场很简单,在草原上画出两条比公路稍宽的跑道,除去杂草,把土夯实就可以了。在这样的机场,航空调度塔、夜航指示灯等设施一概没有。这种机场的土跑道太短、承受力也不够,只能降落小型螺旋桨飞机。候机室也很简单,多是用木头或石头柱子搭起来的茅草棚,四面透风,仅能遮阳避雨。

翰文跟着雪颢下了飞机,看见一个上身披着红色束卡、穿着登山裤的高个黑小伙从茅草棚向他们跑过来。

黑小伙走到雪颢面前，张开双臂给了她一个大大的拥抱，热情地用英语说他们都很想念美丽的天使，欢迎她回家。

"纳姆朱，这是华夏电视台驻非洲的首席记者翰文。翰文，这是桑布鲁未来的酋长纳姆朱。"雪颢说。

纳姆朱向翰文伸出他的大手，说："记者先生，欢迎来到桑布鲁。希望你多向中国的游客介绍我们这片草原。他们不能只是去马赛马拉，也应该来桑布鲁看看能上树的长颈羚、粗黑条纹的葛氏细纹斑马，还有网纹长颈鹿。"

"我这是第一次来桑布鲁。除了拍大象，也可以拍些风景、动物和你们部落的风俗，肯定有机会在电视台播放的。将来也许你的家都得让出来给中国游客住。"

"我很高兴把房子让给他们住。我们还可以在草地上给他们搭帐篷，晚上派武士给他们站岗，防止半夜母狮子来把他们拖走。"

雪颢拍了拍翰文手上拎着的摄影包，对纳姆朱说："翰文带了最好的摄影设备来，你要当好助手哦。在大象纪录片中，你会以大象巡护员和未来酋长的身份出现，肯定能在中国赢得很多粉丝。"

"能赢得一个像你这样美丽的姑娘吗？"纳姆朱说，停顿了一下，他转头对翰文说，"对不起，我是一个喜欢开玩笑的人。我很乐意协助你。我本来就是'拯救大象组织'的兼职摄影师，正好向你学习如何提高摄像技能。"

"相信我,纳姆朱,中国的姑娘都是女权主义者,不适合你这样的多妻酋长的。"一边说话,雪颢一边走去小飞机后面,从行李舱往下搬纸箱。纳姆朱赶紧走过去帮她。

三人把所有箱子都搬上停在茅草棚旁边的双排座皮卡车,其他人已经乘车离开了。纳姆朱开着越野车,一边开一边向坐在副驾驶位置上的翰文介绍桑布鲁国家公园的情况。

翰文去过肯尼亚的马赛马拉草原、纳库鲁湖等地方,他发觉同那些国家公园相比,桑布鲁显得非常独特。

马赛马拉草原更辽阔,雨水更丰沛,野草更绿更茂盛,每年七八月间数百万只角马都会从南边的坦桑尼亚迁徙来吃鲜嫩的草芽。

纳库鲁则是咸水湖。火烈鸟、鱼鹰齐飞,岸边森林茂密,狮子藏在树上,长颈鹿在树丛中若隐若现。

桑布鲁地势不像马赛马拉草原那样平坦,而是如同丘陵一样起起伏伏,从南边的肯尼亚山向北延伸,一直到无人的荒漠地带。这里的气候干燥炎热,草丛稀疏,草叶枯黄,难怪会进化出脖子长得离谱的长颈羚,因为它们想要够得着树上的绿叶。

看见远处几只大象在草原上排成一队行走,翰文让纳姆朱停下车,他拿着手持摄像机,对准大象进行拍摄。雪颢取出越野车里挂着的望远镜,看了一会儿说这不是萨陶的女儿阿沙卡带领的大象家族,不一定要拍摄。

翰文说纪录片以萨陶家族为主,同时也要拍一些其他大象家族的生活，还有其他一些素材，作为背景介绍。

拍完大象和周围环境，翰文调转摄像机，对着自己，说今天是某月某日上午11点，在桑布鲁机场附近拍摄，尚未见到阿沙卡大象家族。他解释说这是非洲战地记者的通常做法，情况紧急时拿出摄像机就拍，拍完了必须说一段话标记一下，不然编辑时就有可能搞错时间地点和拍摄对象。如果新闻制作中出了这样的糗事，记者生涯基本上就结束了。

纳姆朱说这是一个好方法，以后他跟踪拍摄象群活动时也可以这样做，便于编辑归档。

在起伏不平的黄土路上开了20分钟，他们抵达了"拯救大象组织"设在桑布鲁的营地。

远远的，翰文看见淡金色的灌木丛掩映着几幢茅草屋。茅草屋是非洲的一大特色。除了贫穷人家的住所，翰文也去过像茅草屋的五星级酒店，茅草顶下现代化设施一应俱全。他还在蒙巴萨海边见过七八层高楼，楼顶上盖着茅草，像一个个头戴草帽的巨人巍然耸立在海边。

和去茅草屋五星酒店不同，今天站在篱笆门前的不是一队拿着长矛唱歌跳舞的黑人，而是一位白发苍苍的老人。他身形瘦长，鼻子比一般白人还高。由于长年累月待在草原上，他的脸颊晒得红里发紫。

雪颢说那是道格，二十多年前放弃在牛津大学当教授的舒适生活，来这里创建了"拯救大象组织"。和达芙妮专注抚养小象孤儿不一样，道格多数时间都在草原上、丛林中研究大象，这个世界没有人比道格更了解野生大象的行为方式了。而今他的女儿莉莎也加入了他们的团队。当初道格选择这里建立营地是因为这里接近水源，而且这里位于桑布鲁的中心地带，从这里出发去观察各个大象家族都很方便。

道格热情地握着翰文的手说，他是第一个来这里做采访的中国记者，他为了这一刻已经等了很多年。翰文说很惭愧，迟到总比不到好，相信会有更多的中国人爱上大象，而不是大象的牙。

道格领着翰文一边走一边介绍营地的情况，说这边是工作区，那边是生活区。翰文发觉茅草屋虽然简陋，但屋子里并不落后，水泥地板打扫得干干净净，还有电灯、冰箱、电烤箱，以及太阳能热水器。道格说这些都是一点一点积攒起来的，有的是他们自己买的，还有的是支持者捐赠的。他们现在用的是柴油发电机，为了隔离噪音，安放在稍远的小山包后面，将来想改成太阳能发电，也许会从中国厂商买些设备，当然，如果有企业愿意捐赠就更好了。

他们走进一间大屋子，翰文看见几个人正围坐着一张长方形的木头桌子吃午饭，桌子上的盘子里摆着西红柿炖牛肉、蔬菜沙拉、乌嘎利、面包、烤玉米。另外几张桌子摆放着电脑、书籍和手持对讲机等设备。四面墙上挂着好几幅地图，还挂着一台液晶电视。翰文问道格这里能收到哪些电视节目，能不能收到华夏电视台的英文节目。道格说这里收不到任何电视节目，连接着室外天线和电脑的电视机是用来接收大象迁徙信号的。他们在一些大象身上装了GPS项圈,其中就包括阿沙卡家族的几头成年大象。但由于经费不足、人手不够,还没有给在这一带活动的所有大象都装上项圈。

午饭过后,翰文取出三脚架,架好摄像机,请道格讲讲他这些年对大象进行的研究,并现场演示一下如何追踪大象迁徙信号。

"跟人类有很多相似之处的动物非常稀少,大象是其中一种。"道格站在电视机前,像站在牛津大学的讲台上一样娓娓开讲。

道格说,大象是除狗以外无须训练就能理解人类手势的唯一动物。大象跟人、猿类和海豚一样具有自我意识,能从镜子中认出自己。大象能听懂其他语言,如人类的声音和手势。大象具有同情心,会使用象鼻轻抚处于困境的同伴,并发出柔和叫声。母象同人类母亲一样爱护自己的孩子,会认真看护小象,有时会对它们大声吼叫,就像人类母亲一样训斥孩子。它们非常警惕小象的安全,总是让小象走在自己腿部或者象鼻附近。大象能够感知死亡概念,会停留在同伴尸体旁边,用象鼻嗅闻、触摸和爱抚,还会卷来树枝盖住尸体。小象如果死了,母象会在尸体旁守候好几天,之后缓慢行走在象群最后面,很长时间不怎么进食。

"英语中有句谚语叫大象从不忘记,是说大象特别聪明,拥有超强的智力和长久的记忆力。它们能够从父母主要是母象那里学习知识,长时间地储存在大脑之中,并一代一代地传下去。虽然没有像人类一样进化成能够使用工具的物种,大象也进化出了远超其他动物的工作记忆能力。大象整个族群的移动、寻找食物和社会活动都同人类一样复杂。大象拥有识别彼此的能力,能够认出家族里的所有成员,甚至记住好几十年前养育或伤害过它的人,而其他动物则识别不出混进来的异类。年纪大的母象还能在干旱时回忆起几十年前通往有食物和水的地区的路线。"

基于三四十年的观察和记录,道格建立了一套研究和跟踪大象的方法。"就像我们人类一样,每一头大象的长相都是独一无二的。大象的耳朵很大,每一头大象耳朵上的小洞、图案、花纹都不相同。通过看耳朵,我们几乎可以分辨每一头大象,就像对自己亲人一般熟悉。我们会为经常遇到的大象取一个人类的名字。有的名字来源于非洲当地的人名,有的来自神话故事,还有一头大象的名字叫明,因为你们中国的篮球明星姚明曾经来这里参加保护大象的宣传活动。"

道格指着电视上一个小点说:"这就是明。我们在它身上装了GPS项圈,用无线电追踪它,发现它从桑布鲁去到马赛马拉,现在又到了坦桑尼亚的塞伦盖蒂。也许某一天,它会回到这里,还会组建它自己的家庭。"

道格示意雪颢移动电脑上的地图。他指着电视屏幕上桑布鲁地区几十个密集的小点说:"这其中就有阿沙卡家族,它们在往北几十公里的地方。我们今天做些准备,明天一早出发去寻找它们。"

道格让纳姆朱打开一张图表,挂在电视机旁的墙上。图表已经发黄，最上面有一行手书英文"Satao's Family Tree"（萨陶的家族树）。从上到下用手书英文标着不同的名字，旁边贴着大象的照片。

"萨陶是我在肯尼亚三十多年里不间断跟踪研究的大象之一。它的父亲据说体型比萨陶还要大，象牙更长。"道格指着图表最下面的一张手绘大象图说，"但我没有见过它，没有它的照片。据当地人说它是从刚果河边的森林长途迁徙而来的。"

道格的手指从上往下移至一张发黄的照片上，"这是萨陶，我在察沃国家公园第一次看见它时，它大约二十多岁，牙已经超过1.5米了，正和一头母象生活在一起。"道格指着萨陶左边的一张大象照片说，"我将它们命名为萨陶和贝拉。萨陶在当地语中是勇士的意思，贝拉是我在牛津大学读书时班上一位法国女孩的名字。"贝拉一定是位让道格心驰神往的美女，翰文心想。

"萨陶和贝拉生育了好几位子女，其中的苏古塔家族目前在乞力马扎罗山下的安博赛利国家公园生活，阿沙卡家族搬到了我们这里。走得最远的是公象卡莫克，已经穿过坦桑尼亚和赞比亚，快到津巴布韦了，也许它想去找长寿的穆加贝总统讨教怎样才能活得更长久。"道格指着萨陶上方的一排照片说。

"奥莉是谁？"翰文看见萨陶右边还有一张照片，写着Oli，便问道格。

"奥莉是萨陶的第二任妻子，比它年轻二十多岁。"

雪颢插话说："就是我们在大象孤儿院见过的江波的妈妈。"

"你已去过大象孤儿院？那你对萨陶家族并不陌生了。"道格说，"很不幸的是，萨陶的两任妻子都不是自然死亡，而是死于盗猎分子之手。贝拉十多年前为了保护象群迎头冲向盗猎分子被乱枪扫射而死。也许这是苏古塔和阿沙卡要带领各自家族一南一北分头迁徙的原因。"

"拥有非洲第一长象牙的萨陶岂不是时时刻刻都处于危险之中？"翰文问。

"同跟整家人生活在一起的母象相比，四处游荡的公象更为安全。不过，我们得再次想办法给萨陶戴上GPS项圈了。"道格说，"贝拉被杀之后，萨陶独自在草原上生活，脾气变得非常暴躁，即使是野生动物保护组织的人也很难接近，我们试了很多次，都没法给它戴上GPS项圈。直到几年前遇到奥莉，有了新的爱情，萨陶才稍微正常一点。可是，它们刚有了小象江波，奥莉又被盗猎分子杀死了。你可以想象萨陶的内心该有多的愤怒。"翰文看见奥莉上方有张小象的照片，写着Jambo。

"我们去给它戴GPS项圈也得小心点，别被它误伤了。"雪颢说。

"不得已，我们可能要用加大剂量的麻醉枪，然后在它身边扎帐篷，等它完全苏醒才离开。"纳姆朱说。

"这是我最不愿做的，麻醉剂会损伤它们的大脑。"道格手指移至最下边的一排照片，说，"这三名小象是萨陶的孙子和孙女，阿沙卡来到桑布鲁之后生下的。阿沙卡最近刚生了一只小象，我还没见过，咱们明天去给它拍出生照、起名字吧。"

雪颢在电脑上移动鼠标，很多大象的照片在电视机上显现，"我们用电脑存储了很多阿沙卡家族成员的照片，还有它们的视频，都可以拷给你制作纪录片，当然你得标注资料来源，在片尾特别鸣谢道格博士。"

"那是自然，还有你，中国在非洲野生动物保护第一人。"手工制作的大象家族图体现了道格对大象的热爱，于是翰文问道格："在野外跟踪大象这么多年，你交到了很多大象朋友吧？"他想起了大卫和达芙妮的故事，多年以后，当年养育的小象还带着一家人回来探望他们。

道格愣了一会儿，叹了一口气，说："我曾经有过很要好的大象朋友。那是四十年前我在坦桑尼亚做研究的时候。我给它取名卢克。它十分友好，对人类充满好奇。我在那里待了四年，它变得越来越温顺，我经常同它在野外散步。

"后来，盗猎活动日益猖獗，卢克的家族成员一个个倒在了盗猎分子的枪下。我再去找它，它不再向我靠近，而是站在远处看了很久，转身跑进了丛林之中。从此我再也没见过它。"

见翰文不知如何回答。雪颢插话说："这是我们做野生动物保护最悲哀的事。今天见到的大象活蹦乱跳，我们还给它们取了好听的名字，过几天却变成一堆残骸。我们其实害怕同它们交朋友，因为我们不能承受不断失去它们的悲痛。"

"现在，我们只愿意远远地观察，有时提供必要的帮助。"

道格说，"我不愿意它们跟人类亲近而遭遇危险，因为它们如果信任一个人的话，很有可能就会信任另外一个，这很危险。所以让大象保持野性是更好的选择。"

"很抱歉，我不该提起和大象交朋友这件事。"翰文说。大卫和达芙妮养大的小象也是被毒箭射中，更令人悲伤的是，大卫不得不亲手开枪结束它的生命。

"没关系，经过这些年，我的心脏越来越坚强了。"道格走过来拍了拍翰文的肩膀说，"我带你去拍摄大象遗骨室吧。希望你不要吓得晕过去。"

"那不会，我的心脏也很坚强，在西非被士兵用枪指着脑袋时也没有晕过去。"

纳姆朱主动扛起了摄像机，跟在道格和翰文后面拍摄。

道格走到了一间离居住区稍远的小茅屋，打开了门。虽然已有心理准备，翰文还是吓得倒退了一步。

整间屋子都堆放着森森头骨，有大的，也有小的，还有一小堆粗长的腿骨，但没有象牙。

"老年的大象在临死前，会找隐蔽的地方把自己藏起来，通常人们是找不到大象遗骨的。"翰文牵着道格的胳膊，让他拿起一块大象头骨站在屋子门口，并示意纳姆朱用三脚架支起摄像机，对着道格拍摄。

"这里的每一块大象头骨都有一个悲伤的故事，因为它意味着又一头大象被盗猎分子残忍杀害，象牙被取走。"道格看了看头骨上的编号，说，"我手里拿着的这块头骨是一头名叫蒙戈的成年大象的。它大约25岁，生前比较好斗，常和其他公象打架，左边象牙断了一截。即使这样，盗猎分子也没放过它。"

道格放下蒙戈的头骨，走到那堆头骨前，看着一个个编号，介绍说这是格里，那是贝丝。他们长年累月跟踪研究这些大象，对它们的家族成员、活动轨迹和繁衍新生都有清晰记录，而最近几年，他们对这些大象的研究常常戛然而止，最后一页总是血肉模糊的照片和中枪或毒杀的附注。

道格捡起另一块头骨，对着摄像机说："请注意看头骨上的这几个圆孔，这是AK-47步枪子弹穿过留下来的。盗猎分子总是瞄准大象的头部正中开枪，即使这样大象也不会立刻死去，盗猎分子还得补上很多枪。如果你喜欢象牙饰品，请你记住，每一根象牙背后都有一个血淋淋的悲剧。"

翰文想起了小时候祖父房间红木架上的象牙雕像。那时候他并不知道这些象牙从何而来，不知道祖父了不了解得把大象杀死才能取走它的牙这个真相。如果了解，祖父还愿意日复一日地精雕细琢那些带血的象牙么？

拍完大象遗骨室后，翰文请道格回去正常工作，他和雪颢去拍这个基地的外景，过一会儿回去拍"拯救大象组织"工作的场景。

黄昏时分，翰文、雪颢、道格坐上纳姆朱的车，去村庄里参加篝火晚会。

12 篝火、吉他、月光下的舞蹈

"小心这里的黑珍珠看上你,把你敲晕了拖回去做新郎。"雪颢对着专心调试摄像机的翰文说。

"还有这等好事?"翰文没抬头,他知道不工作时的雪颢姑娘已经开启逗乐模式。

"有啊。去年姚明来的时候,就有个很漂亮的黑姑娘对我说她喜欢他,问如何才能让他做新郎。我告诉他姚明已经结婚了。她说完全不介意当第二个老婆。我说姚明的老婆比她高两个头,而且能把大铁球扔出几十米,她才吓得讪讪而去。"

"姚明的老婆是篮球运动员,不是扔铅球的好吧。"

"说打篮球能吓住她?她要是趁我们不注意敲姚巨人一棒子那还得了。"

"那你怎么没被黑小伙敲晕拖走？"翰文觉得她是在讲笑话。他去过肯尼亚其他部落，当地人很温和很有礼貌，从没听说过把游客敲晕拖走的事。

"以前黑小伙来跟我搭讪我就问他们怕不怕纳姆朱的长矛。"

"哈哈，这些黑兄弟肯定认为你是纳姆朱的女朋友了。"翰文抬头看了看，问："纳姆朱哪去了？他不是说要跟我学摄像么？"刚才纳姆朱说他去停车，然后就消失了。

"他回家去见他的三个老婆了，待会儿还得以酋长接班人的身份领舞。今天哪有空跟你学摄像。道格去村里买玉米还没回来。只有我做你的得力助手了。"

"那好。你拿着这张白纸，去木柴堆旁边站着，我看看感光度够不够。"翰文塞给雪颢一张白纸。

雪颢走到木柴堆旁边，双手举起白纸，看见翰文移动摄像机镜头对准她，便闭上一只眼、伸出舌头对着翰文做鬼脸。

从镜头里望去，着白衬衣、黑马甲、白色紧身长裤和黑皮靴的雪颢看起来现代时髦，同木柴和背后那一排矮矮的土墙圆顶茅草屋并不搭调，却有一种让人惊艳的美。翰文觉得似乎有几只羚羊从自己的心脏狂奔而过。

夕阳最后的余晖穿过一把大伞似的合欢树，在茅草屋顶上划出一条条光影。

今天太晚了，临走前得再来一次，进这些茅草屋补拍桑布鲁人生活的场景。翰文想。

一位桑布鲁老太太过来了，拎着铁皮桶往地上洒水，想来是防止待会儿跳舞时尘土飞扬。她的头上缠着好多圈彩色珠子，额头上方垂着一个银色的树形坠子，长长的耳垂中间有一个大大的圆孔，吊着长长的耳坠。她的脖子上套着彩色珠子串起来的项圈，一圈又一圈，重重叠叠，都超过肩部了，手腕上也戴着层层叠叠的彩色手环。身上穿的是红蓝格子的束卡裙子，脚上没有穿鞋。

更多桑布鲁妇女出现了，有的还带着三四个孩子。同洒水的老太太一样，她们都戴着珠链首饰，穿着束卡裙子，所不同的是裙子的花色和图案。有的妇女穿着牛皮做成的凉鞋，有的光着脚，脚踝却套着好看的彩色珠链。她们围着木柴堆铺上毯子，坐了下来，中间留下一大片空地。有的小孩子乖乖地坐在妈妈身旁，有的互相追逐，还有几个胆子大的凑过来看翰文的摄像机，翰文调转摄像机对着他们，他们没有吓得一哄而散，而是对着摄像机露出纯真的笑容，看来经常有外国人拿着摄像机来这里拍来拍去。

"入乡随俗，你是不是应该像她们那样穿上美丽的民族服装啊？"翰文对回到他身旁的雪颢说。的确，同这些衣着艳丽的桑布鲁妇女相比，雪颢显得过于朴素了。

"你说我是穿旗袍，还是汉服好？穿什么都比不上她们的服饰好看，所以还不如穿着我的骑马装自在。"雪颢拍了拍翰文的肩膀，说，"记者大哥，我今天是来帮你拍纪录片的，不是来跳舞相亲的。改天我们去内罗毕的树屋酒吧时，我会穿得性感妖娆的。"

"很期待哦。"翰文是真的期待。自从认识她,他还没见过她穿裙子呢。

几个青年一人扛着一面非洲鼓放到了木柴堆旁。他们的穿着和桑布鲁妇女是同一种风格,不同之处在于他们的裙子更短更紧,脖子上的珠串项链不像女人那样宽松,而是紧紧贴着肉围成一小圈。他们上身斜披着一块深红格子束卡,露出半边肩和两条胳膊。

非洲鼓立在地上足有半人高,上大下小,较大的一端蒙着山羊皮,鼓身是整段凿空的树干,外部雕着精美的花纹,上半段套着编织绳,还漆着金黑相间的图案。

过了一会儿,来了一个少年,双手端着一个陶土盘,盘里是堆得冒尖的烤羊肉。他用磕磕巴巴的英语说是酋长派他给他们送来的。

雪颢说声谢谢,接了过来,四望无处安放,只好搁在翰文的摄影包上,然后抓了一根羊肋骨啃了起来。

"这羊肉很鲜嫩,不过没有盐味。"翰文也抓起一根羊肋骨,啃了一口说。

"这是刚才宰杀的羊,当地觉得越原味越鲜美。盘子边上有盐巴,还有切碎的小青椒。你可以洒在肉上。"雪颢一边说,一边抓起盐巴洒在羊肉上。

翰文试了试,果然不错,小青椒还挺辣。

少年又端来一盘乌嘎利和一盘斯库玛,翰文和雪颢只好一人接过一盘,端在手上。

等他们吃完了,少年收走了盘子,又给他们端来两只陶土杯,里面是褐色的水,闻起来有点酸酸的味道。翰文问这是什么,雪颢说是桑布鲁人用当地一种药草和茶叶混在一起熬制的,有助于消化肉食。

喝进嘴里,翰文觉得有点涩又有点苦,几分钟后回甘却是一股甜味。

夜晚降临,但并非伸手不见五指,明月正从远处的肯尼亚山后升起。一个青年点燃了篝火,木柴噼噼啪啪地燃烧起来。他回到非洲鼓旁,和其他青年一样将双手放在皮面上,由慢到快、由轻到重击打。非洲鼓声响起来了,鼓点越来越紧密,声音越来越雄浑,像是召唤人们赶快来参加星空下的聚会。

道格回来了,走在他身旁的是一位头戴羽毛冠、身披大红格子披风的老头,估计是纳姆朱的酋长父亲。他俩在全场仅有的两把木头椅子上坐下后,鼓声就停止了。

一个当地大汉走到篝火旁唱歌。没有麦克风,没有伴奏,他的声音却有着穿透人心的魔力。不过他唱的是桑布鲁语,翰文和雪颢都听不懂。雪颢问一直跟着他们的少年大汉在唱什么。

少年听了一会儿,解释说大汉代表部落在向万能之神祈祷,请求神保佑雪山之水长流不息,草原上的草嫩绿茂盛,牛羊长得膘肥体壮。停了一会儿,少年又说,大汉在祈祷神保佑小伙子和姑娘们今晚都能找到合心意的情人，共度良宵，远来的客人也能在这里留下美好的回忆。

"去吧，也许你能留下一段美好的回忆呢！我来帮你拍摄好了。"雪颢对翰文说。

"拍摄这么奇妙的篝火晚会本身就是美好的回忆。还是你跟着武士去跳骑马舞更有意思。"翰文谦让道。

鼓声重新响起，大汉退场，一队手持长矛的武士跑步进场，他们上身全裸，两条彩珠串成的绳子在胸前交会，下身穿着大红格子束卡短裙，赤着双脚。每个人的头上都戴着三根羽毛，还缠着一圈圈的彩珠。武士们发达的胸肌和壮实的肩膀在篝火照耀下油黑发亮，充满了雄伟的男性魅力。这要是在北京三里屯的酒吧里，还不得引起小女孩们的阵阵尖叫。

"那是纳姆朱。"

"哪个？"火苗忽闪，人影晃动，翰文看不真切。

"从左往右数第六个，头上有好多红色小辫。"

短发的纳姆朱戴上了红赭石染过的小辫假发，脸上还涂着白、红、绿等色彩，难怪认不出了。

武士们和着鼓声的节奏，一边围着篝火跳舞，一边放声歌唱。歌声一会儿粗犷有力，时不时冒出个特别嘹亮的高音。少年说是在歌唱草原打猎的情景。一会儿又婉转悠扬，少年说是猎人在金合欢树下遇到一位漂亮的少女，问能不能带着12头牛去她家提亲。

绕着篝火转了几圈后,武士们站成一排,开始唱另一首歌曲,鼓声也变得苍凉。少年解释这是在歌颂一位远古的勇士,他曾带领桑布鲁人打败从海边而来、手拿弯刀的敌人。每唱几句,就有一个武士往前跨一步,手举长矛,双腿直直地往上跳。全场的男女老少都会在武士蹦跳时发出嗬呀的吼声。

"据说桑布鲁男人在成年时必须去野外打一只狮子,才能成为一个合格的武士?"翰文问。

"那是以前的风俗。现在保护野生动物,政府不允许他们捕猎狮子。他们改为拿着长矛独自去野外生活十天,完好无损地回来就算合格的武士。"

"那也是很大的挑战呢!"

"其实并不难。草原上的狮子、猎豹等猛兽都怕身穿红衣、手持长矛的武士,所以他们出去只要能找到吃的,都能活得好好的。"

"下次你身穿红衣、拿持长矛去草原走上一天吧!如果活着回来就让纳姆朱的爸爸授予你荣誉武士称号,起码比那些在非洲瞎逛一圈回去称自己酋长的人强。"

"只有男人才能做武士,还是你去好了。我跟在后面帮你拍下徒手搏狮的生猛画面,啊哈哈。"

跟雪颢说话的同时,翰文并没有停下拍摄,他推拉摇移,既拍下武士围着篝火跳舞的全景,又拍下火光映照下纳姆朱的细微动作和表情。

在纪录片中，纳姆朱的人生会是一个很好的故事。他本来是一名捕猎狮子的武士，而现在却变成了一名野生动物保护员，天天在草原上巡逻，保护大象的牙不被盗猎者割走。住着茅草屋的桑布鲁人能改变，为什么那些开着豪车、戴着名表和钻戒的人不能呢？

武士停了下来，站成一排，纳姆朱向前一步，开始大声说话，用的是英语：

"今天，我们简陋的村庄又一次迎来了遥远中国的贵宾——华夏电视台的著名记者翰文，请大家热烈欢迎他的到来，愿他给我们带来好运。"

说完英语，他又说起了桑布鲁语，估计是重复刚才的话。所有人都哦嗬嗬地大叫起来，声音拖得很长。看来他们的欢迎不是鼓掌，而是这种叫声。

等所有人都停下来，纳姆朱又说："这里的每个人都认识雪颢。她是来自中国的Malaika，和我们一起在草原上住帐篷、啃玉米，我们的目的非常简单，就是保护大象不被盗猎分子杀死。愿神赐予我们力量。"大家又发出一阵大叫。

纳姆朱接着说："大家肯定不知道，我们的Malaika还会弹吉他，歌也唱得很好。欢迎她为我们表演节目。"又是一阵大叫。

刚才站在身旁的少年不知从哪里拿来一把吉他。雪颢一看，是她自己那把，便说："Gosh,肯定是纳姆朱偷偷放在皮卡车上的。"

"去吧。我录下来放在纪录片里,中国野保女孩在非洲草原上弹吉他,多么感人的场景。"翰文鼓励她。

雪颢走到篝火旁,将吉他挎在肩上,抬起头来说:"谢谢纳姆朱,也感谢道格邀请我来非洲做野生动物保护工作。我从小生活在大城市,以前见过的动物都是关在笼子里,因此对大自然没有什么感觉。但在桑布鲁生活一年多后,我觉得这里就是我的家,草原上的花草树木、奔跑的动物还有你们,这些亲切纯真的笑脸,都是我的家人。"

停了一下,雪颢说:"我给大家演唱一首刚学会的Set Fire to the Rain。这首歌可能跟今天的皎皎明月不太搭调,但我真的非常喜欢。"

吉他声响起,前奏过后,雪颢开始唱:"I let it fall,my heart,And as it fell,you rose to claim it……"雪颢的声音偏清亮,没有阿黛尔那种沧桑凄凉的味道。但翰文能感觉出她是在用心唱这首歌。也许在她内心最深处,伦敦的雨正在熊熊燃烧。

过去,深藏在日常生活的风平浪静之下,时不时会掀起波浪。她是如此,他也一样。翰文一边认真拍摄,一边不禁想起了如烟往事。微笑、牵手、拥抱、亲吻……似乎是在昨天,又似乎是在一千年以前。

雪颢唱完歌,大家又是一阵大叫。鼓声重新响起,男女老少都拥进场里跳舞。道格和酋长也进场了。纳姆朱过来邀请翰文和雪颢。他们跟着人群绕着篝火转圈,模仿当地人左右摇摆,挥手抬腿，扭着屁股往前走。

当地人手牵手，面朝熊熊火光，用桑布鲁语唱歌，歌声激昂高亢。雪颢向翰文伸出手，他握住她的手，感觉到她的手柔若无骨，透着微微凉意。

篝火晚会后，纳姆朱说他今晚住在家里，明早出发时顺道接上他。道格开着车回营地。圆月清辉，草原一片寂静，只有他们这一辆车在土路上蜿蜒前行。这片草原，就像一片处女地一样淳朴，但愿它能永远保持这种淳朴自然的样子，翰文心想。

第二天一早，翰文钻出茅草屋，看见道格、雪颢还有两个白人同事正在往皮卡车上搬GPS设备、帐篷、干粮和水等物品，他上前帮忙。道格说今天会去两辆车，他们一会儿坐另一辆越野车，皮卡车主要用来装设备。

早餐后，道格开车接上纳姆朱。纳姆朱接过方向盘，两辆车一前一后向草原深处进发。今天又是艳阳高照的晴天。这里空气干燥，能见度非常好，翰文看见远处山坡上三只长颈鹿在啃合欢树叶吃，便取出摄像机，准备拍摄。坐在副驾驶座的道格站起来，说这种越野车是专为非洲狩猎之旅订制的，整个顶棚可以用撑杆架起来，方便游客站着看动物，翰文可以站着拍摄，角度会更好。

坐在翰文旁的雪颢和道格一起把顶棚推上去，架在撑竿上。翰文架起三脚架，放上摄像机，转动镜头，拍摄草原的景色，以及跟在后面的皮卡车。

拍了一会儿，翰文发觉车太颠簸，拍出来的镜头观众看了会难受，便问可不可以停下来。道格指着长颈鹿站立的山坡说那里视野更好，可以下车拍草原全景。

两辆车慢慢爬上山坡，长颈鹿并不害怕，只是往旁边挪了几步，继续伸出长长的舌头从金合欢树上卷下树叶往嘴里送。

翰文把三脚架并在一块，扛起摄像机就要下车，雪颢拉住他，说这山坡上树多，可能有豹子活动，让纳姆朱先下车看看。纳姆朱下了车，从后备厢取出一支长矛，在附近转了两圈，给他们做了个OK的手势。

翰文选了一块平整的草地架好摄像机。道格指着远处高耸的白色山峰，说那就是肯尼亚山。翰文看了看雪山、手持长矛的纳姆朱以及白发苍苍的道格，心里有了主意。

对着草原、雪山还有近处的长颈鹿拍了几个空镜后，翰文让道格站在摄像机前，以雪山和手持长矛的纳姆朱为背景对这片草原作个介绍。

道格多年来习惯了面对摄像机，他没有拒绝，站在镜头前准备说话。雪颢说等等，她去车里取出一块红色格子束卡，跑过去披在纳姆朱身上，再让纳姆朱转过身，面对山下的草原和远处的雪山。

从镜头里望去，纳姆朱手持长矛眺望雪山，身上红色束卡随风飘扬，成了一名守护桑布鲁草原的武士。

"这是一片千万年来未曾改变的草原。这里的雪山、草原、河流,仍然保持着千万年前的样貌。这里的长颈鹿、斑马、羚羊,仍然像千万年前一样自由自在地生活。在这里,千万年前就有人类生活,今天他们的子孙仍然生生不息。"道格回头指了指纳姆朱,"千万年来,桑布鲁人一直和大自然、动物保持着微妙的平衡。他们不捕杀野生动物,也不砍象牙做装饰。他们吃的是家养的牛羊鸡肉,喝的是牛血。在今天,为了保护草原的生态,他们甚至放弃了成年时捕杀狮子的传统。

"然而,今天,这里的草原、动物还有人类却面临着前所未有的危机。不仅是盗猎象牙的活动日益猖獗,盗猎豹子皮、斑马皮甚至羚羊角的行为也在不断增多。如果这些动物都消失,桑布鲁草原的生态将会遭到毁灭,这里有可能变成第二个撒哈拉沙漠。

"年轻时,我从没想过会在非洲的草原上度过一生。我的理想是在牛津大学教书,课后去旁边的小咖啡馆听听爵士乐,谈谈诗歌和哲学。数十年过去,令我感到悲哀的是,一次非洲大象考察之旅改变了我的人生,却没有改变非洲大象的命运。今天,我们很高兴有雪颢这样的中国女孩加入我们的野生动物保护队伍。"

道格招手让雪颢过去站在镜头前。他扶着雪颢的双肩说:"但愿遥远中国的人们能够转变观念,一起来为那些可怜的大象做点什么。你也对你在中国的朋友们说点什么吧,颢?"

雪颢说:"无论你是谁,无论你在哪里,如果你看到这部纪录片，请你传播一条信息：不要购买象牙，也不要购买其他野生动物制品，它们在这个星球上的生活已经非常艰难，我们不能眼睁睁看着它们走向灭绝。"

停顿了一下，雪颢又说："我在非洲的草原上欢迎你，这里的大象也欢迎你来参观。你肯定会像我一样爱上非洲和这里的大象的。"

下一次拍摄时，可以让纳姆朱站在镜头前，讲讲从桑布鲁武士转变成野生动物保护者的感受。翰文从三脚架上取下摄像机时想。当然，雪颢还需要讲更多，她的人生经历对于那些在中国衣食无忧的年轻人会很有启发性。她肯定愿意在镜头前讲出夜晚在草原上看流星划过天空的美，但她愿意讲出伦敦的雨还在心里熊熊燃烧的痛吗？

回到车上，道格打开平板电脑，连上卫星电话，在屏幕上搜索了一阵后告诉翰文和雪颢，大象阿沙卡家族正沿着埃瓦索恩吉罗河往东南方向迁徙。他们需要再往前开数十公里。如果大象今天走得不快的话，下午晚些时候应该能够跟上它们。

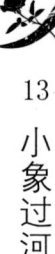

13 小象过河

两辆车在草原的土路上蜿蜒前行,翰文发现荒草逐渐变绿,灌木也在增多,看来快接近水源了。

"那就是埃瓦索恩吉罗河。"纳姆朱指着前方隐约可见的河流说。

"埃瓦索恩吉罗是桑布鲁语,意思是褐色之水。"雪颢指着草原上奔跑的动物介绍说这些黑纹比白纹粗的是细纹斑马,那些脖子长长的是长颈羚羊,那几只角像宝剑的是东非剑羚,还有那长着蓝色长腿的是索马里鸵鸟。"要是没有这条河,桑布鲁就不会有这么多独特的动物。"

走近一看,翰文发现了褐色之水的缘由。桑布鲁的土壤呈红色,河床也是,映着缓缓流淌的河水,便成了褐色的波光。其实,这里的河水还是蛮清澈的。

道格看了看平板电脑,说GPS显示阿沙卡家族就在前面不远处,但似乎是在河对岸,他们得开车过河,再往下游开。

"这附近没有桥,我们得找个安全的地方过河。"纳姆朱一边沿着河岸往前开,一边说,"这里的河水虽然不深,但有很多地方是淤泥,车子一下去就会陷在里面。"

他们看见一群细纹斑马和几只长颈鹿在河边喝水。长颈鹿个子太高,得先叉开两条前腿成大八字,再探出长长的脖子,伸头到河里喝水。翰文架上摄像机,拍摄长颈鹿喝水的场景。

看见车过来,警惕性很高的细纹斑马转身逃进了灌木丛中。长颈鹿却总是那样优雅,不紧不慢地喝足水,一只接一只蹚水走到河对岸去吃合欢树上的叶子。河水不深,刚刚没过长颈鹿的脚背。

纳姆朱停下车,仔细观察长颈鹿蹚水的河面,又下车去到河边使劲在沙地上踩,然后回到车上说这里的土太松软,还得往前走。

车子沿着河边继续行驶。转过一个弯,纳姆朱突然急刹车,并且熄了火。站着拍摄的翰文身子前倾,眼看就要摔倒,雪颢站起来,一手搂住他的腰往后拽,一手抓住三脚架,他才没倒下去。后面的皮卡车也紧急停了下来。

纳姆朱回头轻声说Sorry,然后指了指前面。

翰文抬头望去,两百多米远的河对岸,十多头大象正在河边喝水。只见一头大象用鼻子伸入河中吸水，再昂起头，卷起鼻子把水送入口中，还有部分水沿着嘴角漏了下来。

翰文将摄像机对准象群拍摄。他发觉这群大象同以前看过的所有大象都不一样，成年大象的牙都特别直特别长，在正午的阳光照耀下闪烁着白色光芒。

翰文想起了二十多年前摆放在祖父房间红木架上的象牙，也是这么长这么直。小时候他喜欢坐在木地板上长时间地看那些牙雕，惊奇这么精美绝伦的人物和动物雕像是怎么雕出来的。那时的他不知道，每一根象牙的背后都有一个悲伤的故事，想必祖父也不知道。祖父痴迷于象牙雕刻，但他并不是一个内心残忍的坏人。相反，他是一个天性仁慈的佛教徒，在"文革"中饱受摧残也没有指证其他艺术家，晚年长期吃素，还定期给院子附近的流浪猫狗送吃的。

道格指着象群中个头最大、象牙最长的大象对翰文说那就是阿沙卡，非洲大象之王萨陶的女儿。

雪颢说阿沙卡是她姐姐，年龄比自己还大两岁。

翰文拉近镜头，看见阿沙卡的脖子上戴着一条宽宽的皮带，下端扣着个小盒子，应该是GPS项圈。

阿沙卡脚边有一头很小的小象四腿跪在河边，鼻子和嘴都伸进水里，翰文转头对雪颢做了个询问的表情。

"那是阿沙卡最小的儿子，刚出生几个月，没学会用鼻子，只好将头伸进河里喝水。"雪颢说，"我们还没给它起名字呢。"

"就叫它Haobro好了，"纳姆朱说，"意思是颢之弟。以后谁在草原上见到它，就知道这是由颢照顾长大的大象。"

"谢谢纳姆朱，听起来不错。不过我想用一个中国神话人物给它命名，弯弓射太阳的后羿、在月宫中砍树的吴刚、手持金箍棒的孙悟空，你们觉得哪个更好？"

"好像都跟大象这个种族不太搭界，你们的神话中有像赫拉克勒斯那样的大力神吗？"道格问。

"中国古代神话中有很多力气巨大的天神，如撞断天柱的共工、铜头铁额的战争之神蚩尤、力能举山的夸娥，不过他们的名字用英语读起来非常拗口，他们的故事在英语世界也鲜为人知。"翰文说。

"共工？蚩尤？夸娥？我一个也不知道。"道格说，"咱们再想想，也许在拍摄结束之前我们能给小象找到一个好名字，帮助它在中国获得成千上万的粉丝。他们愿意来这里看它，而不是去工艺美术商店买昂贵的牙雕。"

翰文正要说话，纳姆朱又用手指了指河对岸。翰文调整镜头，重新对准象群。只见阿沙卡伸出长长的象鼻，在河中探了探，伸出一条前腿踩在水中，踩稳了又伸出另一条前腿，接着两条后腿轮流下水。它在水中走了两步，回头扬起鼻子呼唤，但翰文听不见声音，估计如道格所说，大象之间的交流用的是人类听不见的低频声波。

最小的小象小心翼翼地踏入了水中，跟着妈妈往前走。其他大象也一只接一只地下水了。大象的确是很有灵性的动物，从它们过河的组织就能看得出来。大小象间隔、头尾衔接，断后的是一只体型庞大的公象。

翰文让镜头跟随象群移动，拍摄难得的大象过河场景。

突然，阿沙卡停下脚步，抬起头，张大耳朵四处张望。纳姆朱指了指两侧。翰文用目光仔细搜索，发现象群左侧的河面上涌起四五道水纹，右侧的河面上也有几道，似乎有什么东西在水底快速游动。

"怎么回事？"翰文小声问。

"鳄鱼。"纳姆朱小声回答，"它们来偷袭象群，不过阿沙卡已经发现它们了。"

翰文拉近镜头，对准水纹，但没看见鳄鱼，只见水纹快速前进，离象群只有几十米了。

阿沙卡回头低吼了一声，这次翰文听到了。它又用象鼻碰了碰小象。小象立即卷起鼻子使劲往前跑，其他体型稍小的大象也跟着小象朝着河岸猛跑。

阿沙卡、断后的公象还有其他几头体型庞大的大象并没有跑，而是分成两队朝着水纹来的方向散开，一边用象鼻吸水朝着水纹喷射，一边用前腿使劲踩河底，一时间水花四溅，浊泥滚滚。十几道水纹停了下来，片刻后变换队形朝着跑在前面的小象继续前进。阿沙卡和其他大象也变换队形，组成半圆形一边往前走，一边喷水踩脚。

看起来平静无比的河面原来是万分凶险的角斗场,翰文一边拍摄一边琢磨。非洲大草原上的河流,肯定没人敢随便下河游泳,没人知道鳄鱼藏在哪里,即使是奥运游泳冠军在这里也肯定游不过鳄鱼。刚才长颈鹿过河时也没有看见鳄鱼呀。难道是鳄鱼觉得胖乎乎的大象好欺负,在水底开了个远程电话会议就发起了集体攻击?

纳姆朱、道格和雪颢都站起来紧张地盯着河面。水纹还在前进,大象还在喷水跺脚,小象们已经开始爬上河岸了。就在最后一头小象上岸时,突然从水中蹿出一条鳄鱼,咬住了它的后腿,把它拖入了河中。

"呀"的一声大叫,雪颢用手抓住了翰文的胳膊。正在全神贯注拍摄的翰文觉得胳膊被雪颢捏得有点疼,但他没有挣扎,继续稳定镜头对准河面。这样的镜头实在太难得了,即使是探索频道的《动物世界》也不一定有大象大战鳄鱼的大片呢。

小象奋力挣扎,更多的水纹在靠近。翰文的手心里也捏了一把汗。只见阿沙卡冲上前,伸出鼻子卷住了鳄鱼,使劲一拉,把它拎出水面。鳄鱼吊在半空中,但它并没有松嘴,小象也跟着屁股朝上出了水面,头在水中不停摆动。这时,断后的公象上前用鼻子卷住小象被鳄鱼咬住的腿。阿沙卡猛一甩头,鳄鱼的嘴离开了小象的后腿,拉出两条血槽,血滴在河面上,染出一幅血腥而恐怖的画面。

阿沙卡用象鼻全力把鳄鱼甩了出去。鳄鱼飞出十几米远,啪的一声掉在水里,溅起一大片水花。其他水纹停了下来。小象站起来,一瘸一拐地爬上河岸,仍在全身发抖。其他小象围过来,不停用鼻子抚摸它,似乎是在安慰它。

其他大象已经上岸了。阿沙卡和断后的公象一边四处张望,一边倒退着爬上了河岸。阿沙卡站在河边看了好一会儿水面,见不再有什么动静,才带着象群离开。

"好惊险的一幕。那只断后的公象叫什么名字?"翰文问,

"Mountain Bull,翻成中文是山牛的意思。"雪颢说,才发觉她的手还抓着翰文的胳膊,赶忙松开,脸上飞起了一朵红晕。

翰文调转摄像机,对着镜头说某月某日发现大象之王萨陶女儿阿沙卡家族过河,阿沙卡和山牛大战鳄鱼等等。

象群沿着河边慢慢往前走,一边走一边吃草。纳姆朱下车从后备厢取出三明治分给大家,然后开着车,慢慢跟在后面。

在一片野草茂密的地方,象群停了下来。纳姆朱熄了火,停下车,用望远镜观看了一会儿问道格,那头叫蒙嘉的小象后腿还在流血,要不要帮它涂上止血药。

道格接过望远镜仔细看了看说暂时不用,蒙嘉是肌肉受伤,流的血不是很多,如果黄昏时分它还在流血再去帮它。

"如何帮小象上止血药?"翰文放下吃了一半的三明治,打开摄像机,对着道格问道。

"不是太容易。"道格回过头说,"以前发生过三头大象中了毒箭走到营地求助的情况。它们主动躺在地上,我们蹑手蹑脚上前,帮它们拔出毒箭,再涂上消毒止血的药。在野外,我们也

帮助过中了枪或是毒箭，躺在地上奄奄一息的大象。但蒙嘉还能行走，阿沙卡和其他大象也在旁边。如果我们贸然上前可能会遭到攻击。万不得已我们得用麻醉枪把它放倒，再把其他大象赶到附近，快速上前涂药。"

"我来之后，好像还没这样做过。"雪颢说。

"其实我的原则是不轻易干涉大象的自然生活。但现在盗猎活动太猖獗了，不得已只好多帮帮弱势的大象群体。"道格叹了一口气说。

"也许我们今天不用冒险出手了。"纳姆朱指了指象群说。

只见阿沙卡独自在灌木丛中用鼻子东嗅西嗅，不时拔起一两株草。它拔了草之后并不放进嘴里，而是堆在一起。翰文拉近镜头，看见阿沙卡拔的不是草，而是一种灰色的藤状植物。

过了一会儿，阿沙卡用鼻子卷着这堆藤状植物回到象群之中。它把植物塞进嘴里咀嚼了一阵，用鼻子触了触蒙嘉。蒙嘉趴在地上，伸出后腿。阿沙卡前腿跪在地上，用嘴靠近蒙嘉，吐出藤状植物的汁液和碎渣敷在伤口上，还用鼻子摁了摁。

"我们桑布鲁人把这种植物称为大象草，在野外受伤时嚼碎敷在伤口上就能止血生肌，估计是祖先从大象那里学来的。"

"真是太神奇了。"翰文一边仔细拍摄一边由衷赞叹，"大象居然还会使用草药。"

"大象是一种很有灵性的动物。母象分娩时如果遇到困难还会吃紫草树促进子宫的蠕动。猩猩等其他动物都会使用草药。我们人类其实对动物的世界了解太少。"道格说。

翰文想起了雪颢提过的大象酒。这种酒味道像百利甜，喝一口，舌尖先品尝到牛奶的香甜，然后舌头两侧的味蕾感受到咖啡的苦涩，当酒到达喉咙时，就会感受到火辣的热情。当地华人把它称为大象酒，是因为非洲亚热带草原的荒野里有一种叫作Marula的树，果实含糖量高，大象很喜欢吃，到了成熟季节，被大象大量吃进象胃里的果子发酵变成酒，大象会在草地上疯疯癫癫地跳舞，就像喝醉酒的样子，当地人便将这种树称作"大象树"。后来南非人用Marula的果实做成酒，俗称"大象酒"。

阿沙卡敷完草药后，最小的小象走过来，用鼻子触摸蒙嘉。蒙嘉站起来，两个小家伙走到一边玩耍去了。

过了一会儿，象群继续沿着河边向前移动，两辆车也慢慢跟在后面。道格用望远镜观察了一会儿，说小象后腿流血在减少，应该不会有事了。

"呀！"雪颢突然一声大叫，把车上的人吓了一跳。

"发生什么事了？"在座椅上休息的翰文吓得跳了起来，下意识地举起搁在腿上的摄像机。这是他当战地记者时养成的习惯，听到响声立刻开机拍摄，不然精彩瞬间就错过了。

"我看见最小的小象掉进坑了。"雪颢指着象群说。

翰文将摄像机对准象群，调整镜头，但他没看见小象，只看见阿沙卡跪在一个圆坑旁边，长鼻子伸进坑里。

翰文将摄像机放在三脚架上，雪颢帮着把三脚架升至最高，他还是看不见小象。他示意纳姆朱开近一点，直到离象群只有二十米的地方，他才从镜头中看见那只最小的小象在圆坑的底部焦急地转圈。这个圆坑对大象来说并不大，一步就可跨过，估计小象也想学着大象跨过去，腿不够长就掉下去了。

阿沙卡试图用鼻子卷住小象往上拉，但满身泥水的小象滑溜溜的，阿沙卡试了几次都失败了。

其他几只大象也过来帮忙，都伸出鼻子去拉小象，但都使不上力，折腾了半天小象还在坑里。

"这次我们是不是要出手帮忙了？"翰文问。他早上看见皮卡的车厢里放着一大卷尼龙绳，也许可以套住小象然后倒车把它拉上来。

"我们先观察一阵再说。"道格说。他仍然坚持不干涉大象自然生态的原则。

阿沙卡站了起来，其他几只大象也停下了动作，转身后退。翰文以为它们要放弃小象了。

却见阿沙卡开始用牙挖圆坑边上的土。它用两根长长的牙撬起一大块土，土块掉进坑里，差点砸在小象身上。山牛和其他大象也过来帮忙挖土，往坑里填。

这是要干什么？难道要把拉不出来的小象活埋了吗？翰文心想。

看了一会儿，翰文明白了，阿沙卡在带着大象们挖一条斜坡。

斜坡挖得差不多了。阿沙卡走到圆坑对面，跪在地上，用鼻子顶小象的屁股,小象慢慢沿着斜坡爬上来了。

"大象真是太聪明了。"看着一身泥的小象跟着阿沙卡慢慢往前走,翰文说,"它们就像我们人类一样,会动脑子,想办法解决问题。"

"你刚才也看到了,大象的确跟我们人类很像。"道格说,"这就是为什么我们看到大象被盗猎分子无情地杀死会特别地痛苦。这些聪明的大象就像我们的家人一样。我真的不能理解为什么你们中国人特别喜欢象牙制成的艺术品。"

"翰文的爷爷是中国的象牙雕刻大师。也许他能解释这背后的真正原因。"雪颢说。

"是吗?你的爷爷是象牙雕刻大师?"道格的声音陡然升高了,盯着翰文的目光变得尖锐起来,"那他有没有让你帮他在非洲挑些又大又直的象牙?你是不是觉得阿沙卡的牙很适合雕刻成一个中国古代的美女?就像王府井工艺美术商店里摆放的那种?"

雪颢知道自己闯祸了,她用了is而不是was,造成误会了。要是道格生起气来,把翰文赶下车,那她也得下车陪着他穿过狮子、鬣狗、猎豹出没的草原走回营地。呃,还能走回营地么?

她赶紧说:"对不起,道格,我没表达清楚。翰文的爷爷曾经是象牙雕刻大师,很多年前就去世了,他们家现在跟象牙毫无关系了。"

翰文并没有惊慌,他的语调缓慢而平静,"很抱歉,我不能改变我从哪里来这个事实。我自己的确差点成为象牙雕刻艺术的传人。我来非洲后一直在逃避跟大象有关的话题，从没拍过一条盗猎象牙的新闻。但是，我最近把这个问题想清楚了，在象牙问题上我们家并没有原罪。我爷爷从未参与盗猎，他也不了解象牙背后的悲伤故事。他那个时代的欧洲人、日本人还有美国人都没有保护大象的意识，几十年前海明威和英国王室成员还以来非洲猎杀狮子和大象为荣呢。而今天，在我们都了解到在大象濒临灭绝的情况下，再去购买、制作象牙艺术品的确是一种犯罪，或者至少是同谋。"

"今天，欧洲人和美国人都已经改变了观念，不再购买象牙制品了，为什么中国人还十分热衷这个呢？"道格问，他的语气缓和了不少，看来他了解情况后并没有因爷爷之名而怪罪翰文。

"这个原因很复杂。象牙的确是雕刻艺术的最好材料。有些人认为戴象牙首饰是恭敬礼佛的表现，实际上佛教的第一要义就是戒杀生。更多的人是不知道获取象牙必须杀死大象，他们以为把象牙拔下来大象还能用长长的鼻子喝水吃草，无忧无虑地活下去。所以我们最需要做的就是告诉人们精美象牙背后的血腥杀戮。"

"可是我觉得我们这些保护大象的人就像希腊神话里的西西弗斯，干的是推石上山的活，无效又无望。大象的黄昏已经来临了，此后就是永无黎明的黑暗。"道格说。他扭转头看着车窗外，眼里有落寞也有忧伤。也许这里的草原几十年后会变成一只动物也没有的寂寥荒漠，那该是多么可怕的未来。

"道格，你一直鼓励我们永不放弃的。我们要继续拼搏啊，会有成功的那一天的。"雪颢说。其实，她心里也是一片灰暗，但她不愿放弃，也不能放弃，要不然草原上的日日夜夜又算什么呢？

"今天这群大象表现有点奇怪。"一直安静开车的纳姆朱说，"道格，你看阿沙卡在干什么？"

他们抬头朝左前方望去。阿沙卡举起长长的鼻子，在空中不停地嗅。过了一会儿，它换了个地方继续嗅。

"阿沙卡感觉到这附近有危险，在用鼻子闻风中的味道。"道格说。

翰文举目四望，草原上草木稀疏，视野开阔，他没看见任何危险迹象。

阿沙卡带着象群又回到了河边，它一边沿河边往前走一边不停往河里看。一会儿，到了一处水流平缓并露出部分河床的地方，象群在阿沙卡带领下急急忙忙下水往对岸走。这次没有鳄鱼出现，也许它们都在刚才那片水草丰美、动物成群的区域活动，也许它们接到水里的无线电信号后赶去探望那位被大象摔伤的表兄了。

纳姆朱下车察看了一番，说这个地方越野车也可以过河。越野车先小心翼翼地过了河。皮卡车再下水，沿着同样的路线开到了对岸。

他们发觉，象群在不远处的一片开阔地上停了下来，放松地吃草，小象跑来跑去地嬉戏。道格说象群今晚会在这里过夜，他们也得在附近找个地方扎帐篷。

14 狮子来了

"此时此刻,要是有一瓶大象酒就好了。"坐在折叠椅上的雪颢对翰文说。

夕阳西下,晚霞满天,飞鸟归林,微风轻拂,正是草原上最惬意的时刻。喝点小酒,看着动物奔跑,绝对酸爽无比。

翰文站在旁边,摄像机放在面前的三脚架上。他没在拍摄,不过准备随时开机,拍下象群的有趣场景。

"是呀,我去看看有没有大象嚼过的玛鲁拉果子,拣些回来给你泡在水里,就是大象酒啦。"翰文也学会了雪颢的辣口调侃。

"我钟爱的喝法是将它倾倒在冰块之上,辛辣的酒精和柔滑的奶油夹杂在冰块里,一点点黏稠,一点点爽朗,一点点热情,非常适合大草原的狂野风格。"

背后传来道格的声音,"阿玛鲁拉可以有,我们男人最喜欢的威士忌也要有。"

雪颢和翰文回头,看见道格一手拿着一小瓶阿玛鲁拉,另一只手上是半瓶格兰菲迪威士忌。跟在身后的纳姆朱两只手捧着四只方方的玻璃杯。

"道格,你听得懂中文了?!太厉害了。"雪颢雀跃着说。

"哪里,我只听懂了阿玛鲁拉一个词。在黄昏的草原上请你们喝酒本来就在我的计划之内。作为你的非洲教父,我当然知道你喜欢喝大象酒。你刚才还说了什么?"

"我说阿玛鲁拉放在冰块上喝最美味。"

"我的公主,冰块真的没有,改天我们去肯尼亚山顶的冰川喝吧。"

"你已经想得很周到了。真不愧是一位英国绅士。"

"哈哈,你知道在今天的英国,说人像绅士其实是骂他顽固守旧迂腐,我们的年轻人更喜欢像美国人那样豪放不羁爱说脏话。"

"格兰菲迪是我第二喜欢的威士忌,我的最爱是麦卡伦。"翰文接过道格递过来的半杯威士忌。

"麦卡伦我也有,回营地就可以喝,再配点桑布鲁的烤羊腿。下午听说你爷爷是象牙雕刻大师时我是想不给你喝的。"道格给自己也倒了半杯,在翰文旁边的折叠椅上坐了下来。

纳姆朱说他喝小半杯阿玛鲁拉就可以了,他得保持清醒,晚上还要和另两位兄弟轮流值班。

"要不然,你明早醒来可能会挂在远处的树梢上。"纳姆朱指着翰文说。

"还会醒来吗?"翰文问。

"会的。猎豹有把活的猎物挂在树上,慢慢享用的习惯。"

"哈哈,好冷的笑话。我的肌肉没有你结实,猎豹应该更喜欢你。"

"你不知道猎豹闻到我们桑布鲁人的气味就会跑得远远的吗?"

"那待会儿把你的束卡借给我作床单吧,猎豹就不会来找我了。"

一会儿,开皮卡车的蒙博亚和弗兰克端着两只大大的不锈钢盘过来了。盘里有白玉米面做成的乌嘎利,有好几根整玉米,还有煮熟的带骨羊肉,居然都是热气腾腾的。

"我最爱的玉米君来了。"雪颢抓了一根玉米棒子,张嘴就啃,不管不顾淑女风度。

翰文记得雪颢说过草原上是不允许生火的,便问蒙博亚是如何把牛羊肉煮熟的。蒙博亚说这些都是在出发前就做好的,他们带了一个小小的酒精炉,锅里加点水,再把不锈钢盘放在上面蒸了一会儿。

"这是我教他们的,用的是我妈妈蒸包子的方法。"雪颢边说边伸手做了个V形手势,继续低头啃她的玉米。

"哈哈,我们的雪颢还在传播中华文明呢。他们学会做包子了没有?"

"还没有。他们做出来的都像比萨。"雪颢从背包里拿出一只纸袋,将啃光的玉米棒子放进去,然后端起杯子喝了一口大象酒,再伸手抓了根羊肉开始啃。这可爱率真的姑娘小时候肯定是个假小子,翰文心想。

晚餐过后,太阳已经在地平线上悬悬欲坠了。道格招呼大家一齐动手,从皮卡车上往下搬东西、搭帐篷。

道格注意到翰文看着大帐篷发愣,便解释说,在草原上巡逻时为了安全,大家必须睡在一个帐篷里。通常他会带着小女儿玛莎,在帐篷中用帘子隔出三分之一的地方给两位姑娘,但前几天玛莎回伦敦参加筹款活动了。

道格说,在野外巡逻保护野生大象既辛苦又危险。太阳曝晒、蚊虫叮咬、无法洗澡是家常便饭,还有可能染上疟疾、黄热病等传染病。他通常不愿安排女志愿者去野外巡逻,她们在营地做些文字工作,或者去内罗毕做宣讲也挺好的,但雪颢每次都抢着要来野外。好在雪颢就像他自己的女儿一样,不然还真有点不方便。

"有一天她会找到自己喜欢的人,离开我们,继续前行,但我希望她能经常回来看看我们和这些可爱的大象小象。"道格看着从皮卡车往下搬运东西的雪颢说。

"很少有人会在你们这儿工作很长时间吧?"翰文问。

"志愿者通常会工作两到三年,然后回到欧洲或是美国找工作、建立家庭。有些人在生儿育女后会在寒暑假带着一家人回来做义工,培养孩子对野生动物的热爱。不过弗兰克是个例外,他已在这里专职工作五年多了。"

"他的家人呢?"

"他妻子在联合国环境规划署内罗毕办公室工作,他的两个子女在内罗毕上国际小学,所以他每周都回内罗毕和家人团聚。"

"那倒是挺好的。"

"你的家人呢?你结婚了吗?"道格看着翰文问。

"我曾经有过一段短暂而幸福的婚姻。"翰文摇了摇头,他没法说下去。往事仍然痛彻心扉,他不想在这个美丽的黄昏、在这么静谧的大草原上痛哭失声。

道格感觉到了翰文内心的痛苦,转移了话题:"雪颢真是个好姑娘。我希望有一个胸怀像非洲大草原一样宽广的男人好好照顾疼爱她。她看起来大大咧咧、坚强无比,其实内心也很敏感很脆弱的呢。"

"会有的,追求她的男人肯定不少。"翰文说。他想说纳姆朱还想把雪颢变成第四个妻子呢,又觉得这么说不太礼貌,便打住了。

月光皎皎,大草原罩上了一层轻纱,远处的青山隐约可见。他们躺在帐篷里,每人一个睡袋,睡袋下还铺着一张防水垫。翰文和衣躺在帐篷里，一点睡意也没有。他的左边隔着帘子躺着雪颢，右边躺着弗兰克。弗兰克右边是蒙博亚，再右边是道格。道格的右边是一支半自动步枪。

纳姆朱在外面守夜，后半夜和蒙博亚轮换。

这是翰文第一次睡在非洲的大草原上。虽然有点硌，但他觉得青草的味道很好闻。他想起了大学时和同学们在香山顶上等日出的时光。一排人坐在悬崖边的草地上，闻着青草的味道，看着一轮红日喷薄而出的那一刻真是美妙极了。也许明天可以早起看草原上的日出。

大学时光、西藏之旅、海边的简朴婚礼、下班后偶尔去后海听歌、周末去爬香山或是去青龙峡划船……一幕幕往事涌上脑海，翰文觉得可能又会是一个不眠之夜了，赶紧压制住内心的波动，翻了一个身，开始数绵羊。

"睡不着？"翰文发觉自己正对着雪颢的脸，能感觉到她的呼吸，还闻到了她那少女特有的体香。

"嗯，第一次在大草原上睡，有点不习惯。"

雪颢从帘子下伸手过来，轻轻拍了拍翰文的脸说："想象你是在风平浪静的湖边，会有用的。"

翰文闭上眼睛，想象自己躺在一汪碧水的湖边。倦意袭来，他慢慢坠入梦乡。

一声咆哮把翰文惊醒，他一翻身坐起来，伸手就去抓放在头顶的摄像机。这是他长年当战地记者养成的习惯。无论是住五星级酒店还是睡在战壕里,摄像机以及装护照、现金和手机的背包总放在触手可及的地方,一听到响动就抓起这两样物品先找安全地方,再打开摄像机看有什么可拍的。

"别动。"雪颢低声说,伸手按住了翰文的手。

"是什么?"翰文问。

"狮子来了。"雪颢说。

又传来了一声低吼,从另一个方向。狮子来了,还不止一只。对于翰文来说,这比深入战区还要可怕。也许他们被一群狮子包围了。穿着红色束卡的纳姆朱也不能阻挡他们,薄薄的帐篷被它们一爪撕烂,道格还没来得及扣动扳机就被扑倒了,而他和雪颢只能在狮子的灼灼目光中瑟瑟发抖。

"怎么办?"翰文发觉自己的声音有点颤抖,心想他们会不会认为我这战地记者有点浪得虚名。

"不要慌,狮子不知道帐篷里有什么,不会冲进来的。"雪颢用手指轻抚翰文的手臂,以示安慰。翰文发觉雪颢的手指很温柔很细腻。

又传来了几声低吼,从不同的方向。一直在旁边侧耳倾听外面动静的道格说:"狮子好像要攻击大象。"

"不会吧?狮子敢来攻击大象?"翰文有点吃惊。难道这里的狮子饿疯了?

"狮子攻击大象的事并不鲜见,通常发生在有大象受伤的时候。估计今晚是狮子闻到了受伤小象的血腥味,准备发起群攻了。"

"我得拍下这难得的一幕。"翰文听说狮子不是朝他们来的,就放心了。他从睡袋里爬出来,穿上鞋子,抓起摄像机往外走。

"轻点。这个时候千万不能惊动狮群。这里连树都没有,狮子过来咱们就无处可逃了。"跟在身后的雪颢说。道格也拎着步枪轻手轻脚跟在后面。

翰文将帐篷的拉链拉开一条缝,伸出头去观察。手持长矛的纳姆朱听见响动,回头对他做了个嘘声的手势。

朦胧的月光下,翰文看见象群头朝外围成一个圆在转圈,长长的象牙泛着微光。左前方离帐篷200米的地方,三只狮子在匍匐前行,右边不远处的灌木丛中也传来了嗦嗦的响声。

翰文钻出帐篷,站在纳姆朱旁边,举起摄像机刚要拍摄,道格拍了拍他的肩膀轻声说:"别在这里拍。这里离它们太近,很危险。我们必须去车里,情况不妙就得开车撤离。"

一行人蹑手蹑脚上了车。翰文发觉三脚架还在草地上,只好站在车中间,用肩扛着摄像机拍摄。雪颢提醒翰文千万别开闪光灯,翰文指着显示屏对雪颢说这台摄像机是专门用于战地拍摄的,具有自动红外夜摄功能,不过拍出来的画面是黑白的。

显示屏上的画面虽然是黑白的,但比肉眼要看得清楚。翰文缓缓移动摄像机,发觉刚才看见的三头狮子又向前移动了几十米。这三只都是母狮,后面不远处还有一头毛发耸立的雄狮也在往前走。镜头往右移,翰文看见灌木丛边缘出现了好几只狮子。他仔细数了数,共有四只母狮和两只雄狮。这两拨狮子要么是一个很大的家族,雄狮都有两头;要么是两个家族,今晚放下领地纷争,携爪猎象。

"大象为什么一直在转圈?"翰文问道格。

"要是白天,估计山牛早就带着其他公象出来驱赶狮子了。晚上大象视力不好,只能采取集体防守的阵势。它们不停转圈是要把小象圈在中间,不给狮子以进攻的机会。"道格一边用望远镜仔细观看,一边回答翰文的问题。

两边的狮子缩小包围圈,慢慢逼近象群,但它们没有发起进攻,而是跟着象群转圈,并不停地发出低声咆哮。

站在翰文身旁看显示屏的雪颢说:"通常只负责守护领地的雄狮今晚都出动了,看来今晚大象是凶多吉少呀!"

道格说:"也不一定。母狮体重大概是130公斤,雄狮大概是190公斤,而像阿沙卡和山牛这样的成年大象体重是5吨以上。在成年大象眼里,这些狮子就像小猫一样不足为惧。唯一需要担心的是那头受伤的小象,还有那头才几个月的小家伙。如果小象落单了,狮群就会蜂拥而上,把它拖进灌木丛。到那时,即使阿沙卡和山牛冲上去也没用了。"

"那我们要不要对天鸣枪把狮子吓跑,帮帮小象?"翰文问。

"不能这样做。大象要生存,狮子也要生存,这是自然法则,我们不能干涉。"道格回答,语气很坚定。

狮子不断缩小包围圈，大象们继续紧张地转圈，不停挥舞长长的鼻子和巨大的象牙。突然，一头母狮一个弹射一跃而起，落在一头中等个大象的脖子上。它四爪紧紧扣住大象的背脊，张开大嘴咬住大象的脖子使劲撕扯。中等个大象拼命挣扎，步伐趔趄，脱离了大象的队伍。

另外三头狮子冲了上去，但它们没有集体冲向中等个大象，而是绕过它，冲向了象群。

狮子们这是要干什么？难道嫌中等个大象不够大，要去攻击阿沙卡吗？翰文拉近镜头，看见象群出现了一个缺口，里面露出了一头小象的屁股。光线不足，看不出是不是下午受到攻击的蒙嘉。

原来狮群用的是声东击西的战略。刚才那头勇猛的母狮冒着生命危险冲上去攻击站在外圈的大象，但狮群的真正目标其实是藏在内圈的小象。

眼见冲在最前面的公狮就要够着小象了，旁边一头大象猛冲过来，用一双又长又粗的象牙挑起公狮往外一掀。公狮在空中打了个滚，跌入几米开外的草丛中。紧随其后的两只母狮只好停下步伐，对着大象低声咆哮。这头大象毫不退缩，对着两只狮子挥舞着象牙，长鼻竖起，大嘴张开，发出声声大吼。隔着几十米的翰文觉着车窗在微微震动，耳膜隐隐生疼。

其他大象并未陷入混乱，一边移动一边缩小圈子。仅几分钟时间，刚才的缺口就被补上了。狮子们见无机可乘，只好继续跟着转圈。

奇怪的是,并没有大象出来解救被母狮拖出队伍的那头中等个大象。独挑公狮的那头大象对着母狮吼叫了一通后,仍然紧贴着象群转圈。估计它们必须保持队形不乱,以免被狮群各个击破。

母狮骑在中等个大象背上又撕又咬。从灌木丛窜出来的几头狮子朝着这头半大象冲过来了。翰文的心都提到嗓子眼了。同他一起看着屏幕的雪颢也非常紧张,她又紧紧抓住了翰文的胳膊。

"道格,我们真的不能帮这头大象吗?我看它有点像九岁多的图尔卡,平时特别活泼可爱的。"雪颢忍不住再次问道格。她很喜欢图尔卡,实在不想它成为狮子的盘中餐。

"的确是图尔卡。"用望远镜认真观察象群的道格回答说,"但我们帮不了它。我不能对着狮子开枪,狮子也是受保护动物。如果对天开枪很可能会惊散象群,让狮子有机可乘,那岂不是帮倒忙?"

"我觉得这几只狮子未必能对付图尔卡。"纳姆朱说。

"真的?我看狮子们抓不到小象,准备集中火力攻击它了。"翰文说,不相信好几头狮子还搞不定一只未成年的大象。

"你且看着。就我对图尔卡的了解,它的力气是很大的,平常跟其他小象打架总能占上风。"纳姆朱带着肯定的语气说。

图尔卡仍在顽强挣扎。它四腿直直站着,左右摇晃,试图把母狮甩下来。它一边挣扎一边后退,试图靠近象群,重新回到队伍中去。

从灌木丛中冲过来的狮子绕着图尔卡上蹿下跳，两只狮子先后跃起试图骑上图尔卡的后背，但由于图尔卡不停蹦跳，没有成功。

如果图尔卡忍不住疼痛倒在地上，狮子们肯定会一拥而上，咬住它的脖子。看来母狮的攻击并不致命，它刚才没能咬住图尔卡的喉咙或是动脉。未成年大象体型也比狮子大很多，而且皮粗肉厚，草原之王狮子也不好下口啊。

图尔卡已经靠近象群了，母狮还在撕咬。这真是一头顽强的狮子，估计远处的草丛中有两只狮宝宝嗷嗷待哺呢，所以今夜拼了狮命也要逮只大象回去。

突然，一条长长的象鼻扬起，啪的一声抽在母狮身上。母狮吃不住痛，从图尔卡身上跌落到地上，图尔卡抬腿就踩。翰文的内心又变成为落地的狮子担心了。

母狮在地上打了两个滚，躲过了这一大脚。然后爬起来，退到一边，趴在地上。估计是受伤了或是体力消耗过大。

图尔卡退回了象群，大象又形成了一个没有罅隙的圆圈。其他狮子继续跟着转圈，但看得出来不如刚才威风凛凛了。

双方又对峙了十多分钟。那头勇猛的母狮率先一瘸一拐离开了，它的同伴也随之撤离。另一伙狮子逗留了一会儿看看仍然没有机会，也转身消失在灌木丛中了。

大象们停下了脚步，但没有放松警惕，仍然保持着圆圈队形，把小象围在中间。

翰文说今夜大象可能要度过一个不眠之夜，它们还得提防两伙狮子杀回马枪。

道格招呼大家回帐篷继续睡觉，说按照他对狮子的了解，它们已经筋疲力尽，今晚肯定不会出现了。

"草原上的动物，无论大小，都活得非常不容易啊！"翰文一边收拾摄像机一边感叹。

"你知道这句非洲谚语吗？每天早晨，羚羊睁开眼睛，所想的第一件事就是：我必须比跑得最快的狮子跑得更快。否则，我就会被狮子吃掉。就在同一时刻，狮子从睡梦中醒来，在脑海里闪现的第一个念头是：我必须能追得上跑得最慢的羚羊，要不然我就会被饿死。于是，羚羊和狮子一跃而起，迎着朝阳跑去。"道格说。

"对于这些野生动物来说，每一天都可能是最后一天，每一天都必须为活下去不停奔跑，才有可能见到明天的太阳。"雪颢说。

15 小象的眼泪

在翰文的睡梦中,狮子仍然在追赶大象,在草原上,在灌木丛中,在埃瓦索恩吉罗河边,还有一大群鳄鱼在旁边呐喊助威。

迷迷糊糊中,翰文感觉到有人在拍他的脸。睁眼一看,是雪颢。

"狮子又来了?"翰文再次习惯性地翻身坐起,伸手去抓摄像机。

"不是。道格说大象在快速移动。我们得跟上去看看是怎么回事。"雪颢一边说,一边把睡袋裹在一起。

他们来不及用早餐,匆匆忙忙收好帐篷等物品,装在车上就发动汽车出发了。

道格在平板电脑上研究大象GPS项圈的移动,指挥纳姆朱翻过一座小山坡,沿着崎岖不平的土路往东北方向开。

此时,天刚蒙蒙亮,天边刚升起一小片红霞,太阳还没出来,草原上的事物还看不太清楚。

开了好一阵,光线越来越明亮,但翰文没有看见大象,也没有看见狮子,只有几只羚羊在路边吃草。早起的羚羊有草吃,狮子要是也早起的话,即使逮不着大象,也有羚羊吃的。

道格说他们离大象还有二十多公里。翰文心想,大象都走了这么远,是什么时候离开的呢?也许是他们刚睡下不久,大象开了个家庭会,决定离开这片狮子出没的危险之地,便连夜开拔了。

又开了一阵,道格说直线距离只有三公里了。突然,远处传来砰、砰两声响,吓了大家一跳。

"什么声音?"雪颢问。

"是AK-47的声音。"做惯了战地记者的翰文非常熟悉这种声音,"不过,这里荒无人烟,除了我们还有谁呢?"

这时,又传来砰、砰、砰三声。

"是盗猎者。"道格说,"纳姆朱,快点。大象要遭殃了。"

原来,大象去到河对岸又调头回来,晚上大战完狮子不顾视力不好连夜赶路,想要躲避的不是什么可怕的大型动物,而是最文明也最弱小的人类——手持AK-47的盗猎者。

越野车在土路上飞驰。翰文紧紧抱住摄像机,以免磕碰摔坏了。雪颢不顾颠簸,站起来紧张地向前张望,但前方全是灌木丛，啥也看不见。

"蒙博亚，你让弗兰克对天鸣枪，吓退这些该死的盗猎者。"道格拿出对讲机，指挥后面的车采取行动。

几声枪声从后面的车上传出来，不远处一群五颜六色的鸟儿惊飞而起，不知盗猎者会不会吓得四散而逃。

疾速行驶的纳姆朱突然踩下急刹车，翰文头向前倾，差点撞上前排座椅，雪颢紧紧抓住车窗旁的扶手才没有倒下。后面开车的蒙博亚也赶紧刹车，差点撞上越野车。

"为什么停下来？继续开啊。"道格对着纳姆朱大吼。

"开不了，你看，路断了。"纳姆朱指着前面说。

前面一米远的地方，道路断了好长一段，中间露出一个大坑，估计是最近的大雨把路冲垮了。如果越野车猛冲过去，即使不四轮朝天，也会掉进大坑，进退不得。

这时，远处又响起两声枪响。看来这伙盗猎者很猖狂，根本不把大象保护组织的警告放在眼里。

纳姆朱爬上越野车前盖四面眺望了一番说，远处有一条小路可以开过去，但得绕一个大圈。

道格看了看平板电脑，说走路过去，就带着设备下了车。所有人都下了车。

纳姆朱对弗兰克说："把你的枪给我。你是外国人，在这里开枪打人会有麻烦。我是桑布鲁人，有权利使用任何手段保卫我们的家园。你开我的车，带着翰文和颢绕路过来吧。"

"不,我必须跟着你们去。我是战地记者,我的职责就是拍下一切。"翰文说。雪颢说她也要跟着去。

纳姆朱看他们俩态度很坚决,就警告他们这是很危险的事,他们得紧紧跟着他,如果对方开火就赶紧趴在地上。

纳姆朱端着枪紧随道格进了灌木丛。翰文扛着摄像机,一边往前冲一边拍摄。雪颢把他的照相机挂在胸前,也跟着钻进了灌木丛。弗兰克和蒙博亚开着两辆车,退回去另找出路。

灌木丛并不好走,衣袖不时被树枝挂住,杂草长及脚踝,要不是他们都穿着长裤,小腿估计都被划伤了。偶尔有一只不知名的鸟儿从身旁飞起,但翰文和雪颢都没有心情停下拍摄,他们知道肯定有大象被盗猎者射中了,就是不知道是哪一只,枪伤严不严重,他们来不来得及赶在象牙被锯下之前到达。

道格在灌木丛中大踏步往前走,时不时停下来看一下平板电脑,调整方向。走了差不多两公里,天气愈来愈热,翰文和雪颢都气喘吁吁,汗出如浆。

道格突然停下了脚步,目光紧紧盯着平板电脑。纳姆朱也停下来,警惕地四处张望。也许盗猎者就躲在周围某个地方,虽然他们通常不主动攻击动物保护组织的人,但也不排除今天他们狗急跳墙,抢先下黑手。

"发生什么事了?"翰文问。

"阿沙卡的GPS信号不再移动了。"道格说,语气满是焦虑。

"不会吧?!"翰文伸过头去看了一下,同时把摄像机对准平板电脑,上面有一个信号一动不动。

"其他大象呢?这几个移动的信号是阿沙卡家族的吗?"翰文问。

"我们经费有限,这个大象家族我们只给阿沙卡佩戴了GPS项圈。那几个移动信号是别的大象家族的,而且离得比较远。"

"纳姆朱,你朝这个方向开两枪,看能不能把这帮狗娘养的吓走。"道格指着左前方说,然后拨开越来越密的灌木丛继续往前冲。看来他一点也不惧怕盗猎者手中的AK-47。

纳姆朱开了两枪,惊起了前面灌木丛中一群飞鸟。他们接着往前走。草原又恢复了平静,对方没有开枪,盗猎者还是心虚的。

走了不远,道格拨开一丛灌木钻了出去,然后站住不动了。翰文跟着冲出去,他被眼前的景象惊呆了。跟在身后的雪颢出来后哇的一声大叫,跪倒在地上大哭起来,眼泪顺着脸颊唰唰地往下流。反倒是纳姆朱比较冷静,仍然举着枪四处巡视。

这片草地上灌木比较少,草丛中躺着一头庞然大物,正是阿沙卡。它的半边脸血肉模糊,一根象牙已经不见了,另一根还连在头上,但根部有一道长长的裂口,正在汩汩往外冒鲜血。它的身下是一大摊鲜血,还在冒着热气。

他们用尽一切方式赶过来,还是晚了一步,没能从盗猎者手中救下阿沙卡。估计盗猎者正在锯第二根象牙,听到纳姆朱在几百米外开了两枪,赶紧抱着第一根象牙逃之夭夭了。也许他们根本就没有逃走，而是躲在附近，伺机回来锯下另一根象牙。

昨天阿沙卡在埃瓦索恩吉罗河里阻击鳄鱼、在夕阳下和小象嬉戏、半夜带领大象大战狮子等情景还历历在目。这头非洲大象之王萨陶家族的女首领，没有倒在鳄鱼的巨口下，也没有被狮子的利爪伤到，却倒在了盗猎者的枪口之下。大象无罪，难道带着象牙四处走来走去就是罪过吗？

翰文去过科特迪瓦、南苏丹、利比亚、刚果等战乱地区，见过很多枪弹乱飞、尸横当场的血腥场面，但仍然感觉心底的悲伤和愤怒像山泉一样往外喷涌。

在非洲草原上待了一辈子的道格已经见过无数次这样惨烈的场面，他没有大哭也没有咒骂，而是神情凝重地走上前去检查大象的伤。

翰文强忍住心底的悲伤和愤怒，将镜头对准道格，仔仔细细拍摄，不遗漏任何一个细节。这样活生生的盗猎场景，对纪录片制作者来说是可遇而不可求的优质素材。不过，翰文宁愿没有遭遇这样的场景，宁愿不使用这样的素材。

雪颢抹干了眼泪，上前帮道格。翰文从镜头里看见，大象头顶正中有三个枪眼，有一个已经干涸，另两个还在往外冒鲜血。大象的脖子正中也有一个枪眼，还有一个在肚腹。

道格仔细地查看了大象头部的枪眼，又用手摸了摸大象的脖子，对雪颢摇了摇头。其实大家心里都知道，阿沙卡中了好几枪，半边脸都被削掉了，是绝无可能还有生命迹象的。

大象一只眼睛已经不见了，另一只眼睛还睁得大大的，似乎心有不甘，又似乎对这片大草原充满了无尽留恋。也许最后一刻它在想，我还有一个大家族要带领，最小的象宝宝才几个月，还需要我照顾，人类为什么要残忍地对我下手呢？

可以想象，阿沙卡带领着大象家族拼命奔跑，终未能逃脱盗猎分子的追捕。在最后的时刻，眼看着盗猎分子端着AK-47慢慢靠近，阿沙卡也许用人类听不见的次声波告诉其他大象快跑，跑得越远越好。然后它转身用庞大的身躯勇敢面对盗猎分子。枪声响起，它不但没有退缩，而是迈着沉重的步子迎面向盗猎分子走去。盗猎分子继续开枪，阿沙卡终于坚持不住，庞大的身躯轰然倒下，倒在这片它无比熟悉无比眷恋的草原上。

道格蹲下身，伸手轻轻帮大象合拢眼皮，抬起头对翰文说："你在拍摄吗？"

翰文说："我一直在拍摄。你想说点什么，尽管说好了。"

"我很痛恨那些冷血无情的盗猎者，但我更想对那些购买象牙的人说几句。我不知道你们在哪里？我不知道你们是什么样的人？估计你正在为你的豪华公寓搜寻高档摆设，或者你想为你躁动不安的心灵买一串象牙佛珠。但愿你能看到这段视频。"道格伸手握住血迹斑斑的象牙说，"请问这是你想要的象牙吗？它需要剥夺大象的生命，需要用电锯或者斧头从大象的头上砍下来。除此之外，没有其他办法能够获得象牙。请你想想，这样的象牙搁在你的家中，或是戴在你的手上，真的合适吗？"

半蹲在旁边的雪颢眼泪又下来了，翰文将镜头对准她。雪颢带着哭腔说："这头大象名叫阿沙卡，它今年二十八岁，有四个孩子，最小的一个才五个月，没有妈妈的母乳就活不下去。请告诉你的家人、你的朋友还有所有你认识的人，不要购买象牙。"

突然，左侧的灌木丛中传来簌簌的声响。道格、雪颢和翰文都转头去看，大家心里都直打鼓。难道盗猎者真的要冲出来抢象牙了吗？纳姆朱调准枪口，对准了那片小树丛，右手食指压上了扳机。

一条黑色的鼻子伸出来嗅了嗅，然后一个黑色的脑袋探出来了。原来是一头小象。

纳姆朱松了一口气，放下枪。其他人一动不敢动，怕吓着小象。

小象看见有人，停下了脚步，过了片刻径直朝躺在地上的大象走过去。它应该就是阿沙卡最小的孩子。

道格和雪颢站起来，退到一旁。小象走到阿沙卡的头部，用鼻子嗅了嗅，然后用头去蹭阿沙卡的下巴。蹭了好几下，阿沙卡没有动静，小象又伸出鼻子去推阿沙卡，仍然没有反应。

小象站起来看了看阿沙卡血肉模糊的脸部，又伸出鼻子嗅了嗅，似乎明白了什么。它跪了下来，头挨着阿沙卡的下巴，发出低沉的叫声。翰文从镜头中清楚地看见，两行泪水从小象的眼角溢出，顺着还没长牙的脸颊流了下来。

小象在哭泣。它知道妈妈已经死了，虽然它不明白妈妈是怎么死的,但它肯定清楚妈妈再也站不起来了,不能给它母乳吃了,也不能陪着它在草地上嬉戏了。

每个人都看见小象在哭泣,但没人说话。雪颢看了看道格,道格摆了摆手。

过了一会儿,小象停止了哭泣,却没有站起来,而是耷拉着耳朵,紧紧贴着大象趴在地上。雪颢蹑手蹑脚朝小象移动了几步。或许是以前见过雪颢的缘故,或许是感觉到走过来的生物没有危险,小象没有动。

雪颢蹲下身,把手掌放在小象头顶,轻轻抚摸。小象的毛毛还很柔软,一点也不扎手。小象没有挣扎,而是伸出鼻子嗅了嗅雪颢的手,又把鼻子搭在妈妈阿沙卡的鼻子上,闭上了眼睛。

雪颢在小象旁边坐了下来,继续轻拍安慰它。这时,开车绕路的蒙博亚和弗兰克也赶到了。道格走过去对弗兰克说:

"你们在来的路上看见什么没有?"

"没有。没看见盗猎者,也没看见大象,估计跑散了。"弗兰克回答。

"盗猎者肯定还在附近,我们得守着阿沙卡,防止他们回来锯象牙。这头小象太小了,留在野外肯定活不了,我们得把它送到大象孤儿院去。我们还得把走散的大象重新归拢,让它们继续成群活动,否则它们会一个一个被盗猎者杀掉的。"

"在开车来的途中,我已经报警了。警察说他们需要两个小时才能赶到这里。"蒙博亚说。

"等他们来我们就把现场交给他们。我、弗兰克还有蒙博亚去寻找走散的大象,纳姆朱和雪颢开皮卡车把小象送到内罗毕去。"道格看了看翰文,然后说:"翰文,你可以自行决定是跟我们去拍摄寻找大象还是送小象去孤儿院。"

翰文想了想说:"我留一台小型摄像机给你们,你们拍下寻找大象的镜头然后让小飞机的飞行员带回给我吧。我得把送小象去孤儿院的镜头拍好,这会是纪录片的重点。"

他看了看小象,带着疑惑的语气问:

"怎么才能把小象运到孤儿院去?它会乖乖跟我们坐车吗?"

道格说:"从以往的经验来看,小象会几天几夜不吃不喝守在母象旁边,无论如何也不愿离开。我们只能把它麻醉后抬到车上去。"

"这样会对小象造成伤害吧?"

"除此以外,我们没有更好的办法。我们会根据小象的个头使用相应的麻醉剂量,尽可能减少对小象的负面影响。"

道格看了看趴在地上的小象,对蒙博亚说:"你去车里取麻醉枪和3号麻醉针,并带一床毯子来。"

几分钟后,蒙博亚回来了,将装好麻醉针的气枪递给道格。道格举枪瞄准小象的颈部,对雪颢说:"颢,请你往左挪两步。"

"我们能等一等吗?让小象多跟妈妈待会儿吧,它以后再也见不到妈妈了。"雪颢转过头来说。

"没问题。我们有时间,反正要等警察来。"道格把麻醉枪交给纳姆朱,告诉弗兰克和蒙博亚他们得把皮卡车上的帐篷等物品搬到越野车上去,就穿过灌木丛出去了。

此时此刻,时空仿佛陷入了停滞。大象阿沙卡躺在地上,血肉模糊,毫无生气。小象闭着双眼,紧贴着妈妈一动不动。雪颢陪着小象坐在地上。纳姆朱一手拎着步枪,一手握着麻醉枪站在不远处。

翰文看着这一切,觉得心里一阵阵刺痛。这与他在战火纷飞的科特迪瓦、南苏丹、利比里亚等地方见过的小孩趴在妈妈尸体上痛哭的景象一样让人心如刀割。人性之恶一旦释放出来实在太可怕了,有时候他甚至怀疑一切:人类到底给这个地球带来了什么?

过了很久,雪颢站起来,走到纳姆朱面前说:"是时候了,把麻醉枪给我吧。"

纳姆朱把麻醉枪递给她,问:"你知道如何开枪吗?"

"以前我看道格做过,这次我应该也可以的。"雪颢的声音异常冷静,跟刚才跪在地上号啕大哭的那个雪颢仿佛是两个人。她已经接受无论如何也救不活阿沙卡这个事实,准备承担起照顾小象的责任。

雪颢举枪瞄准小象的脖子,轻轻说了句"对不起,你得跟妈妈告别了"。

"啪"一声轻响,麻醉针击中了小象的脖子。小象感觉到了刺痛,睁开眼睛,伸直双腿想站起来,到一半又倒下去了,看来麻药的效果还挺快。

雪颢把毯子铺在地上，对纳姆朱说："去找道格他们来吧。我们需要把小象挪到毯子上，然后抬上车。"

"我也可以帮忙。"翰文说。

"不，你是记者，你的责任就是记录下这一切，把它做成纪录片，展示给所有人看，我们不需要你出现在镜头中。"雪颢说。

纳姆朱、道格、弗兰克走路回来了。过了片刻，蒙博亚把皮卡车开到离小象只有200米的地方。

雪颢扶着小象的头，纳姆朱和弗兰克抬起小象的背和腿，慢慢挪到毯子上。四个男人抓住毯子的四个角，抬着小象走到皮卡车旁边，中途歇了好几次。虽然是小象，估计也有一百多公斤，抬着它也是很吃力的事。

翰文扛着摄像机，一边跟着他们往前走一边拍摄。他正在想如何才能把小象抬到半人高的皮卡车上，只见弗兰克打开皮卡车的后挡板，从车厢里抽出一块木板，一头搁在车厢上，一头搁在地上，形成了一道斜坡。看来他们每次出门都是做好接收小象的准备的，这是多么令人心痛的事实。

蒙博亚和弗兰克用绳子绑住毯子的两只角，然后爬上车，挽着绳子往上拖，道格、纳姆朱、雪颢使劲在后面推。把小象搬上车后，大家都累得汗出如浆，衣衫尽湿。

两人在小象的上方罩上一张绳子结成的网，下车后将木板推回车厢，关上挡板。

纳姆朱捡起靠在树上的步枪,递给蒙博亚:"你们小心点。如果有必要,就开枪射这些狗娘养的。"

"好的,头儿。你们照顾好小象。"

纳姆朱钻进驾驶室:"颢、翰文,我们出发吧。"

雪颢踩着踏板,爬进皮卡车的车厢。

"你坐车厢里?会很颠簸的。"翰文问雪颢。

"我得照顾小象。你可以坐前座。"雪颢说着,坐到了小象旁边。

"我也跟你坐在车厢里吧。"翰文拎着摄像机刚要爬上车,突然想起来自己的旅行包还在越野车上,又跳了下来。

"你的旅行包我已经放在皮卡车的后座了,那台小摄像机我取走了。"道格说。

"谢谢。你们保重。我会回来拍更多镜头的。"翰文上前同道格他们握手。

"我很遗憾今天的拍摄变成了这样的结局,但这就是我们经常不得不面对的残酷现实。"道格说。

"地球母亲会感谢你所做的一切,我们所有人也都很感激。"

"我只希望她不要降罪在我们所有人身上。"道格说,语气中带着无奈。

皮卡车穿过灌木丛朝西南方向开去,翰文回头看,道格、蒙博亚和弗兰克还守在死去的母象阿沙卡旁,身影越来越小。

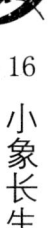

16 小象长生

在草原上颠簸了一个多小时,皮卡车才走上了一条稍稍平坦一些的乡村公路。

这不是真的。翰文坐在车厢里,仍然不愿相信这一切真的发生了。

在草原上自由游荡的庞然大物被盗猎者打倒在地,锯掉象牙,一切都发生得那么迅速,他们什么都来不及做。

看来,这群盗猎者一直在偷偷跟踪阿沙卡大象家族。昨天下午阿沙卡在河对岸感觉到的危险,也许是来自狮子,也许是来自这些比狮子更可怕的盗猎者。昨天晚上,象群大战狮子时,盗猎者可能就藏身在附近的灌木丛中。要不是道格离得不远,说不定这些家伙就开枪趁火打劫了。今天早上,盗猎者看象群走远了,

207

大象保护者还没跟上，就赶紧狠下毒手。

真是一群狡猾而又凶残的匪徒。翰文不禁捏紧了拳头。

小象躺在车厢前半部分，四腿弯曲，长长的鼻子蜷在一起，姿态很像一个酣睡的婴儿。

小象身上有股野生动物特有的腥臊气味。翰文得时不时转过头去，换个角度呼吸。

雪颢坐在车厢的另一个角落里，眼睛一直盯着熟睡的小象。

翰文知道她不愿说话，也就没有打搅她。

可是，他很想知道，一旦麻醉药失效，小象醒来，会发生什么。它会因为身处一个奇怪的铁箱子内，找不到妈妈而发狂吗？老专家道格没在身边，他们两个能安抚住到处找妈妈的小象吗？还是雪颢会在它将醒未醒时再来一枪，让它一直昏睡到内罗毕。

"我来桑布鲁见到的第一头大象就是阿沙卡。"雪颢忽然说话了，声音很轻，仿佛害怕惊醒小象。

"那时它就是这群大象的一家之长了吧？"翰文一边说话，一边打开镜头盖。翰文知道雪颢的心里非常难过，这个时候，安慰她的最好方法就是让她讲出心里想说的话。

"是的，那是两年前，昨天下午被鳄鱼咬的小象蒙嘉刚刚三岁。阿沙卡带着整个象群居住在我们的营地附近。道格载着我去看他们，指着象群逐个介绍它们，教我如何辨认它们的独特特征。"雪颢说。

"道格把车开到离象群很近的地方。象群并没有惊慌，阿沙卡还伸出鼻子来跟道格打招呼。道格让我伸手去摸阿沙卡的鼻子。刚开始,我很害怕,不敢摸。道格拉着我的手,放到阿沙卡的鼻子尖上。我至今还记得它鼻孔喷着热气,鼻尖的小毛毛触到我的手指,痒酥酥的神奇感觉。"

雪颢停了下来,陷入了同阿沙卡第一次亲密接触的回忆之中。翰文没有说话,他不想打断雪颢的美好记忆。

"其他大象也不怕我们的车,在四周自由自在地吃草、玩耍。"雪颢接着说,"那时我真有置身伊甸园的错觉。"

"两年多来,我参与最多的也是对阿沙卡家族的巡查,跟着它们在这片草原上来来去去。我看着蒙嘉个子越长越大,看着阿沙卡的肚子又大起来,看着这头小象出生,我也仿佛成了阿沙卡家的一员。我曾经以为,在我离开草原的那天,我会像第一天见到阿沙卡那样,摸着它长长的象鼻跟它说再见,却没想到,会以这种血淋淋的方式同它道别。"

"这帮匪徒太可恶了。我很想拍下警察把他们关进监牢的镜头。"翰文说。他觉得虽然自己不会开枪,假如给他一把枪,要是遇见这些匪徒,他也会毫不犹豫扣动扳机的。

"这些匪徒长年在荒野生活,对当地的地形熟悉得不得了。警察恐怕很难抓住他们。我现在唯一的愿望就是道格能把象群重新拢在一起。"

翰文眼角看见小象的长鼻子动了一下,转头过去,看见它又动了一下。

"小象是不是快要醒来了？我们该怎么办？"翰文有点慌。小象虽然只比大个的哈士奇高一点点，但毕竟是野生动物，要是它乱冲乱撞，他和雪颢可拿它一点办法都没有。

"它肯定饿了，我们调奶粉喂它吧。"

"你们车上还带了奶粉？"翰文吃惊不止一点点。

"达芙妮给我们准备的。道格以前常在野外遇到小象需要哺乳却无能为力的情况。他说甚至见过一头小象趴在中了枪弹奄奄一息的妈妈身边，饿得喝妈妈的尿。后来找到达芙妮，她就定期托人给我们带来调制好的奶粉。"

雪颢用手使劲拍车厢，纳姆朱放慢速度，在宽阔地方靠边停好车。

纳姆朱跳下车往这边走，雪颢站起来说："我们要喂小象吃奶。还有热水吧？"

"今天早晨蒙博亚烧的开水应该还是热的。我去看看。"纳姆朱又爬回车里，一会儿从后座探头出来，递给他们一罐奶粉、一壶热水、一只塑料奶瓶。

这恐怕是世界上最大号的奶瓶，足足能装下1升水。是巨人的婴儿用的吧？

雪颢见翰文好奇地盯着奶瓶，便一边用勺子往奶瓶里倒奶粉一边解释："这是达芙妮从内罗毕的塑料厂订制的。小象胃口很大的，有时候一次能吃三四瓶呢。"

"小象睁开眼睛了。"翰文很紧张，雪颢却一点也不慌乱。

她装了十多勺奶粉在奶瓶里，拎起热水壶倒满水，拧上奶嘴，又用双手晃了晃，然后从绳网的洞眼中把奶瓶递到小象嘴边。

小象并没有吃，而是四腿用力，慢慢站了起来。它看了看奶瓶，又看了看雪颢，然后把头转向了翰文。翰文赶紧挥手跟它打招呼，嘴里还说着"Hello, Jambo"，他也不知道小象能听得懂英语还是斯瓦希里语。

"跟野生动物交流除了语气温柔外，动作幅度一定要小，让它们感觉到你没有一丁点敌意。"雪颢一边说话，一边放下奶瓶，很慢很慢地伸手穿过绳网，停在小象的鼻尖前面。

也许是已经熟悉了雪颢的气味，小象没有退缩，而是伸鼻子来嗅雪颢的手指。它用鼻尖轻触雪颢的手指、手掌、手腕。雪颢弯曲手指，轻轻抚摸小象的鼻尖。

翰文也想学雪颢伸手去抚摸小象，但他不确定小象闻到陌生气味会是什么反应，只好作罢。

"我们吃奶好不好？"雪颢双手捧起奶瓶，再次递到小象嘴边。

小象还是没有吃。它用鼻子嗅了嗅车厢的底板，然后是厢壁，然后是空气。是的，它举起长鼻子，穿过绳网，对着空中嗅了嗅。

突然，它四腿弯曲，跪在底板上，对着车来的方向，竖起鼻子，发出呜呜的凄厉叫声，两行眼泪又顺着眼角流了下来。

翰文一边将镜头对准小象的头部，一边用眼神问雪颢它在干什么。

"可能是它知道已经远离妈妈,永远也见不到了,在向妈妈作最后的告别。"雪颢的眼角也泛起了泪花。

这真是既令人伤心又令人惊叹的一幕。真如道格所说,大象是具有灵性的动物,懂得珍惜家庭,懂得哀悼死亡。也许同人类的最大区别就是大象不懂得制造工具和伤害别人。

哭了一会儿,小象停下来,趴在底板上,鼻子耷在身前。雪颢再次递过奶瓶。这次小象没有拒绝,而是张开嘴含着奶嘴吮吸。

喝完奶后,小象继续趴在底板上,半闭着眼睛。一直趴在车厢外侧观看的纳姆朱回到驾驶座,慢慢开着车往前走。

也许车厢晃动,也许是麻醉药还有效力,过了一会儿,小象躺在底板上,睡着了。

黄昏时分才抵达内罗毕。中途小象醒了两次,每次雪颢都会摸着它的鼻子安抚它,然后调奶粉喂它。翰文问要是小象发疯胡闹怎么办。雪颢说绳网就是防止小象四处碰撞跌出车外的,要是真不听话只好再给它一枪麻醉药。

皮卡车进到小象孤儿院的院子里,保育员看见了,赶忙跑过来。雪颢指挥他们搭起木板,自己掀开绳网,用手示意已经睁开眼睛的小象站起来往下走。

达芙妮也出来了。她看了看小象,叹了口气问这只小象叫什么名字?估计是听了太多悲伤的故事,她已不再问发生什么了。

"它是阿沙卡最小的儿子,萨陶的外孙,还没有名字。"雪颢回答。

"阿沙卡也遭毒手了？真是太可恶了。十多年前它是头小象的时候我在察沃公园还见过它呢。"达芙妮也克制不住自己的愤怒了，"那去把江波找来吧。江波是阿沙卡同父异母的弟弟，算来是这头小象的叔叔。有血缘关系，也许它能好好照顾它。你让道格尽快给小象取个名字吧。明天我们给它拍照建档。"

"也许可以叫它长生？"翰文说。在路上，他就在想应该给小象取一个中文名字，让国内的人觉得亲切，增加他们对大象的关注。此时他忍不住提出了这个建议。是不是违反了记者只记录不干涉的原则呢？

"Changsheng？这是个中文名字？有什么特殊含义吗？"达芙妮问。

"长生的中文意思是健健康康、长命百岁。古代的人常给小孩用。"

"长寿是大象最需要的了，我觉得这个挺好。颢，你再问问道格的意见吧。"达芙妮说。

"我想他也会同意的。将来长生出现在纪录片中，中国人会喜欢上它的。"

江波过来了，先用鼻子闻了闻长生。长生也小心翼翼地闻了闻江波。江波往象舍方向走，长生也跟着往前走。走了两步，它又回头来看着雪颢。雪颢也赶紧跟上，说："看来我今晚得在象舍里陪着它了。"

达芙妮对翰文和纳姆朱说:"你们俩可以住在我的客房。当然也可以陪着颢住在象舍,晚上还可以起来拍摄半夜喂小象吃奶的镜头。"

"我可以住在象舍。"颢作为女孩子都能住象舍,他自然不好说自己可以住温暖舒适、气味宜人的客房。

雪颢说:"每间象舍就两张床,每张都只能睡下一个人,江波的保育员半夜得跟我一起照顾长生。你就睡客房吧。要是真想拍摄半夜我叫醒你。"

"一定要,你俩照顾小象的镜头是非常好的纪录片素材。"翰文说。

第二天清晨,纳姆朱说道格还在野外寻找走散的大象家族,他要开车赶回桑布鲁去帮忙。雪颢说她得留在这里照顾小象,等其他保育员能够接手才能回去。

"我得回电视台了。老板派我去采访机场附近农民从破裂管道中截取石油导致爆炸的新闻。有空我就过来帮你照顾小象长生,同时拍一些大象孤儿院的镜头。你照顾好小象,也照顾好自己哦。"翰文看着头发乱蓬蓬、眼里满是血丝的雪颢说。

就像没有妈妈的婴儿一样,小象长生昨晚哭闹了好几次,雪颢和保育员安慰它、喂它吃奶,另外一头小象江波被吵醒了后也用鼻子不停抚摸长生。到天亮时它才沉沉睡去,现在还没有醒来。

"我能照顾好自己的,就是希望小象能尽快适应这里的环境。"看了看小象,雪颢又问,"你的纪录片能加快进度吗?还需要什么素材？"

"今天忙完采访回电视台后我会做一些剪辑工作。昨晚睡不着时我在想，还是得说服卡茅站在镜头前接受我的采访。我准备把阿沙卡的影像资料给他看，但愿他这次能够答应我的要求。"

"如果有必要可以把他带来这里看看这些孤儿，我也可以去哭着求他的。"雪颢的眼神很坚决。

当天晚上，翰文跟卡茅通了很长时间电话。他给卡茅讲了阿沙卡一家的悲惨遭遇和道格、雪颢等人的悲伤心情，恳求他接受采访，用亲身经历展示盗猎象牙的残酷，并保证遮掩他的相貌、改变他的声音，以免他被认出来。

沉默了很久，卡茅说星期天做完礼拜后有空，他们可以在教堂附近见面。翰文说雪颢想一起来，希望他不要介意。卡茅也答应了。

教堂隔着一大块草地同内罗毕市中心的高楼大厦相望。这座教堂有好几十年的历史了，据说是第一代殖民者修建的。虽不如欧洲的教堂气势恢宏，但暗红色砖墙、彩色玻璃窗、顶部高耸的十字架交相辉映，让走近的人不自觉地神情肃穆起来。

翰文停好车，发觉礼拜还没有结束，便带着摄像包和雪颢一起走进教堂，在最后一排坐了下来。

这里的很多黑人还保持着星期天上教堂的习惯，教堂里坐得满当当的。大家都穿得很整齐，很多人带着小孩子。

礼拜坛上,黑皮肤的牧师正在宣讲耶稣如何心怀爱心、宽恕你的敌人。如果阿沙卡在天堂有知,它能原谅那些残忍割去它的长牙、让象群四散分离的盗猎者吗?还是会哭着恳求高坐在宝座上的上帝"以眼还眼、以牙还牙"?

看着十字架上脑袋低垂、手掌钉钉的耶稣像,翰文的脑海里浮现起小时候祖父房间红木架上的牙雕观音像。她站在高高的红木架上,总是面带微笑看着他。根据古老的传说,大慈大悲的观音菩萨来到人间是为了拯救受苦受难的世人。时至今日,凌驾于万物之上的世人还需要她的拯救吗?

如果观音在世,她能拯救这些长着长牙的大象吗?他很怀疑。在一个神话故事中,观音的确拯救了一大群梅花鹿。

古时候,有一个猎鹿的猎人技艺非常高超,无论多么善于奔跑的梅花鹿都逃不过他的弓箭,森林里好多鹿都丧生在他的箭下。

一天,猎人在追赶一大群鹿。一只怀孕的母鹿渐渐地落在了后面。猎人弯弓搭箭,正要射死母鹿。母鹿忽然回过头来,眼泪汪汪地对猎人说,它有两只小鹿,幼小无知,分不清方向,恳求放它回去看一下小鹿,给它们指引水草丰盛的地方,那样它们也能存活下来。做完这一切,它依然回来就死,决不违背誓言。

猎人感到非常惊诧,即使人与人之间也毫无信义可言,一只动物居然说它会讲信义。他带着将信将疑的态度把母鹿放了,心想如果它欺骗了他,他一定要找到它的居住地,把一家大小都捕杀了,回去献给国王。

母鹿回到居住地，把小鹿指引到水草丰盛的河边，告诉它们要努力自活，便流着泪离开了。小鹿不肯离开母亲，哀声叫唤，随后追赶，一同来到刚才的地方。

正在树下睡觉的猎人看见母鹿守信死义，慈行感人，舍命来践誓约，而且母子一同前来，心中幡然觉悟，对自己前半辈子无妄杀生的罪行后悔不已。

猎人放生母鹿一家三口，回到城中，把这一番奇遇报告国王，国王又把母鹿这番慈心义行通告全国。国民都被母鹿仁慈又信义的行为深深感动，决定不再猎杀梅花鹿。

传说这是观音为拯救濒临灭绝的鹿群而化身为母鹿下到凡间。观音能来到这遥远的非洲，化身为大象，并对盗猎分子说"慈悲为怀"吗？盗猎分子又会听信大象的话放下手中的AK-47吗？还是他们会端着AK-47对着口吐人言的大象一通狂扫乱射？

礼拜结束，人们纷纷站起来往外走。等到所有人都走出门外，卡茅才走到他们身边坐下来。

翰文同卡茅握手，说非常感谢他能参与这部纪录片的拍摄。雪颢也向卡茅伸出手去，卡茅犹豫了半天没敢握。

"没关系，卡茅。我们都知道你已经脱离那个罪恶的金象帮了。"雪颢握住卡茅的手臂说。

"按照他的标准，我恐怕是一个罪孽深重的人，以后得去烈火熊熊的地狱。"卡茅望着十字架上的耶稣像说。

"我们中国也有一种说法，放下屠刀，立地成佛。你不再盗猎大象，你的心灵就是纯净的了。"

"是吗？"卡茅眼睛一亮，"我晚上常常被噩梦追赶。我很迷惑，不知道如何才能赎我的罪。最近我每个周日都会来这儿，希望能找到答案。"

"答案也许在这庄严的教堂里，也许就在你的心里。"雪颢说。

这个嘻嘻哈哈的姑娘说的话还挺有哲理的。翰文心想，我是小看她了呢。

翰文在教堂旁边的草地上架起摄像机，让卡茅站在镜头前，再次强调说后期制作时会遮住他的脸部，改变他的声音。

"我想清楚了，讲出这些事虽然不能减轻我的罪恶，却会让我的心里好受些。那些可恶的金象帮分子，他们要是冲着我来，我是不怕的，大不了逃到乌干达或坦桑尼亚去。我担心的是妈妈和弟弟、妹妹，他们得在这里生活。"卡茅说。

卡茅对着镜头，讲述马伦巴带着他去见科斯盖，他们一起在察沃公园猎杀大象的往事。

"天父和人子的思维太过宏伟，我不知道他们对大象的计划是什么。我只能祈祷他们保护大象免遭灭绝的命运，我也在祈祷全世界购买象牙的人都能看到大象所遭受的痛苦。"

拍完后，在翰文和雪颢收拾摄像器材时，卡茅犹犹豫豫地说他最近两天听到了一则消息，也许应该告诉肯尼亚野生动物保护局。

"什么消息？"翰文和雪颢都停下手中的活，看着卡茅。卡茅听到的消息绝不是什么好消息。

"我听说金象帮最近要去猎杀非洲大象之王萨陶。阎罗点名要这一对世界最长的象牙。"

"No,God damn it.This is not happening.You are talking bullshit."雪颢抓住卡茅的手臂,飙起了脏话。

"很抱歉,我没有必要对你撒谎。以前金象帮曾经捕猎过萨陶,但它体形巨大,移动迅速,没有成功。这次阎罗给他们下了死命令,而且提前付了订金让科斯盖租直升机进行空中侦察。"

"你怎么知道这个消息的?"翰文问。

"金象帮缺人手。科斯盖看我啥也没对外说,认为我还是挺老实的,就又派马伦巴来找我。"

"上次科斯盖不是派人剁掉了你的手指吗?他不怕你回去背后给他一枪?"

"我没报警也没对外讲。他可能觉得我还是很好控制的。"

"你要是干了这一票,以后再想退出恐怕就不是剁手指那么简单了。他们真的会把你埋在臭水沟里的。"雪颢说。

"我肯定不会回去的。科斯盖要是敢出现在我面前,我说不定会忍不住捅他一刀。"

"我们得报告肯尼亚野生动物保护局,也许他们能做点什么。放心,我们不会把你的名字告诉他们的。我们会说是从察沃的野生动物保护组织传来的消息。"雪颢说。

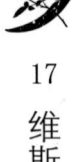

17

维斯盖特的枪声

"我明天要去见野生动物保护局的发言人基普诺。你跟我一起去?"雪颢对翰文说。

"我带着摄像机去。他愿意接受我的采访吗?"

"基普诺?他最喜欢上电视了。我保证他能说到你的摄像机没电了还在哇啦哇啦。"

"肯尼亚的政治人物都特能说。我采访过一次选举造势活动。一个政党领导人上台后也没用讲稿,站在麦克风前就开始滔滔不绝,先是英语,接着是斯瓦希里语,讲得慷慨激昂,台下掌声一阵高过一阵,一直讲了一个多小时。"

"在这里待久了才发觉,这些政治人物最大的才能就是讲得天花乱坠,但能真正落到实处的不多。"

基普诺的办公室仍然保留着英式殖民风格，砖墙上一人高的木板，因为年代久远而呈褐黄色。墙上挂着肯尼亚总统和野生动物保护局局长的大幅照片。他坐在黑色的单人皮沙发上，背后立着肯尼亚的国旗和野生动物保护局的旗帜。

见翰文对着他架好摄像机，基普诺忙用手抻了抻他的领带。坐在左侧长沙发上的雪颢说他真帅，中国的女观众看了这个采访肯定会喜欢他的。

"那她们会给我发邮件吗？"基普诺问。

"一定会的，你愿意让大记者在报道中公布你的电子邮箱吗？"雪颢回头冲翰文眨了眨眼睛，还吐了一下舌头。翰文连忙伸出手，在空中做了一个OK手势。

"好啊！欢迎中国像你这样漂亮又喜欢野生动物的女士来肯尼亚参与我们神圣的野保事业。我会亲自陪她们去野生动物保护区观看那些可爱的小象、小狮子的。"

雪颢感谢野生动物保护局对"拯救大象组织"的长期支持，说她听说一个叫科斯盖的盗猎分子带领着臭名昭著的金象帮正在追踪大象之王萨陶，想把它那对长长的象牙砍下来卖给亚洲的象牙走私团伙头目阎罗。

"科斯盖？金象帮？No way，他们不会得逞的。"基普诺拍了拍胸脯大声说，"我们野生动物保护局在察沃公园部署了很多人手，完全有能力保护在那里生活的萨陶还有其他大象。"

"所以你们以前是知道科斯盖和金象帮的盗猎罪行的。为什么没有把他和金象帮成员绳之以法呢?"雪颢追问道。

"科斯盖还有他所谓的金象帮早就进入我们的瞄准镜了,但是这帮家伙太过狡猾,每次都能在我们的巡逻队赶到之前逃之夭夭。一旦证据充分,我们就会对他们发出逮捕令。"

"即使逮捕了也不过是拘留两周或罚三万先令就把他们放了,然后他们继续回去猎杀更多的大象。"雪颢说,语气里满是无奈和悲哀。

"是的,我们现在的法律就是这样。不过我亲爱的朋友颢,你不要太过悲观。"基普诺伸出大手掌,盖在雪颢放在沙发上的小手上,雪颢想抽走,又觉得不礼貌,只好由他握着。"我们正在推动议会修改野生动物保护法,加重对那些盗猎犯和走私犯的处罚,将来他们得坐牢,坐很长时间的牢,而且我们很快会获得总统的授权,可以在野外对盗猎分子shoot to kill(当场击毙)。"

"听起来很不错,但愿这些做法能遏制盗猎犯罪的增加势头。我今天来见你的主要目的是请求你们加派人手保护萨陶,我们真的不想看到萨陶倒在血泊中的新闻。翰文,你有什么问题要问发言人吗?"雪颢一边说,一边站起来,趁机把手抽了出来。

"刚才基普诺先生提到你们在察沃公园部署了足够的人手,可是为什么那里每年都有很多头大象被杀、象牙被盗走呢?"翰文问。

基普诺怔了怔,想了一会儿才回答:"记者先生,估计你还没去过察沃公园。你不知道,这个公园面积广阔,很多地方不通公路,我们的巡逻员要手脚并用才能翻山越岭,他们不能及时制止盗猎分子并不奇怪。说到这里,我很想对看到这则新闻的中国、美国还有其他大国的政府说,请向我们提供直升机、越野车、夜视仪等设备,帮助我们有效地打击盗猎分子。"

"我会把你这段话放到纪录片里的。"翰文说,"基普诺先生,我想再问一个问题,我看到当地媒体不时有报道称肯尼亚野生动物保护局部分巡逻队员卷入象牙盗猎和走私案,你怎么看这个问题?你们会采取什么措施避免巡逻队员和盗猎分子相互勾结?"

基普诺盯着翰文看了足足有一分钟,然后说:"很好的问题,记者先生。不过,这只是一些孤立的案件,不能代表我们野生动物保护局的整体素质。当然,我们对这样的巡逻队员是严惩不贷的。如果你们没有别的问题,我还要去参加一个重要会议。"说完他站起身来,做出了送客的手势。

"还有一个问题,请问成箱成箱的象牙为什么能够通过蒙巴萨港口运往世界各地?野生动物保护局有没有采取什么措施去抓捕这些象牙走私犯还有港口腐败的官员?"

"这个问题你应该去问海关部门。记者先生,谢谢你的采访。"基普诺不再说话,翰文只好收拾设备。

在送雪颢和翰文出门的时候,他对翰文说:"如果你不是长着一张中国人的面孔,我会以为你是从一个不友好的国家来专门挑我们刺的。还是多报道些我们肯尼亚美丽的风光吧。"基普诺在送他们到电梯口时，一边走路一边对翰文说。

"我无意挑你们野生动物保护局的刺。我非常热爱肯尼亚，希望草原上的野生动物能够繁衍生息，而不是越来越少。所以我们应该正视出现的各种问题，而不是对内部的腐败避而不谈。"

基普诺帮他们按了电梯下行按钮后挥挥手离开了。

"记者大哥，你问得很好。"雪颢在电梯里，面带喜色地对翰文说，"我们'拯救大象组织'需要野生动物保护局的帮助，尽管也听说有些野生动物保护官员内外勾结，从事非法走私的事，还是不愿意当面向基普诺这些官员提出来。"

"我听说过很多这里的海关官员扣着货柜向中国公司索要贿赂的故事，也亲身经历过警察拦下我们的车搜查，各种暗示我们得给他小费的事。每年这么多大象被杀，成箱成箱的象牙装在货柜里运出港口。那些购买象牙的消费者当然应该停止，难道在非洲大陆上猖獗的盗猎分子，还有那些放走盗猎分子的巡逻队员、允许装有象牙的轮船驶出港口的海关官员不应该受到谴责和惩罚吗？"

"想要拯救大象，我们得在所有战线作战。我们的敌人不仅是那些在野地猎杀大象的匪徒，还有那些坐在办公室里喝着阿拉比卡咖啡的腐败分子。这恐怕是一场无比艰难而又很难获胜的战斗。"雪颢叹了一口气。

当天夜里，翰文正在编辑采访卡茅的录像。忽然，手机响起,他拿起一看,是个陌生号码。

"你好。"

"你还记得我是谁吗?"女声,中文,有点沙。

"不记得,你有什么事吗?"他不喜欢上来不报姓名直接套近乎的人。他是记者,每天都见很多人,哪记得谁是谁啊。

"我是科特迪瓦的芳芳啊。我来肯尼亚商业考察,后天就要回去了,想看看你明天有没有空,见面聊聊。"

"不好意思,芳芳姐,刚才在忙着剪片子,真没听出你的声音。明天中午11点,我们在维斯盖特商场的阿尔特咖啡馆见面,我请你吃早午餐,喝肯尼亚最好的咖啡,如何?"在芳芳餐馆的院子里沐着月光喝啤酒的情景浮现在脑海。劫后余生,他非常感谢芳芳、她老公还有冰凉冰凉的德罗巴啤酒。

"好啊。我给你带了一罐科特迪瓦可可粉,你可以加在咖啡里,会更加香醇可口。"

上午10点,翰文开着车去维斯盖特商场。今天是星期六,天空碧蓝,阳光耀眼,气候凉爽,路上车辆也不多,路边的黑人兄弟三五成群,聚在一起闲聊。

多么美好的一天,非常适合坐在阿尔特咖啡馆的阳台上喝咖啡,看着非洲秃鹳、皇冠鹤在树梢上飞来飞去。如果运气好还会看到几只黑白相间的僧帽猴跳来蹿去。僧帽猴胆小,不会像狒狒那样泼辣,敢公然抢游客手上的香蕉。

翰文打了个电话给雪颢,问她能不能出来吃早午餐,他可以顺路接上她。她说小象长生跟着江波还有其他小象去山坡下散步了，她可以出来。

最近，雪颢眼前常常浮现起翰文那沉稳却略带忧伤的眼神。夜深时分，小象长生睡着后，她总想打电话给他，告诉他小象长生长得很好，想问问他在做些什么，拿起电话却又怕打扰他的工作而没有拨出去。今天他来电话，她心里别提多高兴了。

雪颢稍稍洗漱了一番准备出门。走到门口又回来在行李箱里翻拣了好一阵，换上一条来肯尼亚后从未穿过的香槟色真丝绣花连衣裙，又拿出好久没用的口红、眼影等，化了个淡妆，再找出一双高跟鞋套上。好久没穿过高跟鞋了，走在大象孤儿院的黄土路上她都觉得有点不习惯。

"好看吗？"雪颢见坐在越野车里的翰文眼神一亮，就像跳芭蕾舞那样转了一个圈。

"很好看，像仙女一样漂亮。小象长生肯定都认不出你了。"

"那以后我经常这样穿好不好？"

"你是说在草原上巡逻的时候吗？如果你不怕蚊子咬我没意见啊。"

"不是啦，我是说我们见面的时候。"

"我这个战地记者全非洲满天飞，而你天天待在草原上保护大象。我们见面的机会不会很多的。"翰文转过头去，避开了雪颢炽热的目光。

雪颢的眼神黯淡下来，她自己拉开车门，坐在副驾驶位置上，不再说话了。

周末来逛商场的人很多，通往地下停车场的路口车辆排起了长龙。翰文便在外面的露天停车场找了个车位。

他和雪颢走进一楼的阿尔特咖啡馆时，看见芳芳已经坐在靠墙的一张桌子旁了。

翰文向雪颢和芳芳介绍了彼此。

芳芳说她很佩服雪颢，很勇敢，能够长年累月地生活在野外。雪颢说她听翰文讲过芳芳的故事，在科特迪瓦的枪林弹雨中坚守，也很厉害。两人坐在一起，很快就聊得热火朝天，倒是把翰文晾在了一旁。

翰文走到阳台上，想找一张阳光下的桌子，但发觉每张桌子都坐满了人，有英国和以色列游客，也有在肯尼亚出生长大的印度后裔，还有时髦的黑人青年男女。他回到室内，去服务台点了摩卡、意式咖啡、牛角包、三明治、烟熏三文鱼、蔬菜沙拉。

翰文回到桌旁，听到芳芳正在讲科特迪瓦如何从大象海岸变成没有一头大象的。

"女士们，我们今天暂时不聊大象的话题，让我们的神经休息休息，好吗？"翰文说，"芳芳，你说说是什么风把你从大西洋岸边吹到了内罗毕。我能为你做点什么？"

"科特迪瓦的局势总是处于动荡之中。你上次来报道的双总统之争持续了五个多月，造成1000多人死亡，上百万人流离失所。最后虽然负隅顽抗的前总统被捕，新总统在持枪荷弹中宣誓就职，但小规模骚乱一直没有停止。我们觉得生意越来越难做，听说肯尼亚形势还算平静，就想来看看这里有没有什么机会。你是大记者，见多识广，在这里接触的人多，跟我说说在这里做点什么好。"

"芳姐，你要搬来肯尼亚就好了，有空可以陪着我在草原上看大象。"雪颢摇着芳芳的手臂说。

"你不觉得记者大哥陪着你去草原看大象更好吗？白天看大象，晚上看星星，多浪漫啊！"芳芳带着调侃的眼神看了看雪颢，又看了看翰文。

雪颢的脸倏地变红了。芳芳怎么就把她的心思说出来了呢？可是她总觉得翰文的心包着一层钢壳，她看不透，也感知不到内在的温度。她该拿什么敲破这层坚硬的钢壳呢？

翰文的脸也有点发烧。他看着雪颢红红的脸庞，心里涌上了一种久违的感觉，那种他以为已经随着往事随风而逝的感觉。

"记者大哥今天南苏丹，明天利比亚，后天索马里，哪有时间和闲情逸致去草原看大象，还是我们姐妹淘一起去比较靠谱。"

"好啊，我要是搬过来一定去草原陪你。"

我不是刚去草原看了大象吗？虽然晚上看的不是星星，而是令人心惊肉跳的狮子。怎么就说我没时间呢？姑娘家的心思，真正难琢磨。翰文心说。

浓郁香醇的咖啡和食物端上来了，翰文请两位女士享用他最喜欢的阿拉比卡咖啡和他认为内罗毕烤得最好的牛角面包。

"在非洲国家中,肯尼亚的安全形势的确算好的。偶尔也有小型恐怖袭击,但都在跟索马里接壤的边界地带。所以人们可以像现在这样自由自在地享受生活。"翰文说。

"中国在这里的投资在逐年增加,明年要开工修一条从蒙巴萨到内罗毕的铁路。来这里看动物大迁徙的游客也越来越多。因此,开餐馆或者旅行社会是不错的生意,不过竞争肯定会很激烈。如果你们能投一大笔钱,房地产也会是很好的领域,周边国家的有钱人都来内罗毕买房,把小孩送来这里读国际学校。我可以介绍华人商会的会长武海鸣跟你聊聊,他在这方面有些经验。当然,你不一定要鼓励老公向老武学习,在当地生个混血女儿。"

"我在华人的聚会中见过几次老武的混血女儿Alice,真的很可爱耶。"雪颢说。

"你也可以生一个的。不是已经有酋长的儿子在排队了吗?"翰文打趣道。

"如果他有威尔·史密斯那样帅又能一夫一妻的话,也不是不可以考虑。"雪颢挑衅地回敬翰文。不过,在芳芳看来,这更像是你不要我我就找别人的调情。

"我老公如果敢那样,我就把他带到草原最深处,让他走路回家。"芳芳笑着说,"说实话,我们没有那么多钱,还是开餐馆加旅行社比较实际。我这两天再四处转转,看看有没有好地方可以租下来。在这里待了几天,我可是爱死了这里温和凉爽的气候。"

"这个商场人气很旺,不过估计没有空闲的铺位。另一个不错的地方是恩贡路的Junction商业中心,很多中资公司的总部都在附近。还有一个地方是雪颢住的Village Market一带。那边有联合国内罗毕总部,还有美国、加拿大等西方国家的大使馆,消费能力也很强。要是……"

突然,翰文听到"砰"的一声。根据过往经验判断,他觉得这是AK-47的枪声,但他想这是内罗毕,没有可能,也许是谁的车胎爆了吧。他继续说:"要是你开了餐馆,一定要从科特迪瓦运些德罗巴啤酒来,那可是我今生喝过的最好啤酒。"

芳芳张嘴刚要说话,又传来了"砰"的一声,接着是"砰"、"砰"、"啪"、"啪"好几声,阳台上传来一阵尖叫,人们如潮水般拥进咖啡馆,室内的人都站起来四处张望。

雪颢也想站起来朝外望,翰文一把摁住她的肩膀说:"蹲下,流弹会伤人的。"他确定是枪声,而且不止一种,有AK-47,还有手枪。

翰文牵着雪颢和芳芳,半蹲着,跟着人群往咖啡馆通往一楼大厅的门口走。他听见一个白人游客在问一个仓皇跑进来的印度人发生什么事了。那人说一群戴着黑色面罩的人在外面胡乱扫射,阳台上倒下好几个了。

"哦,我的上帝,该死的恐怖分子来了。"白人游客加速在人群中往前挤。

"难道非洲就没有平静的地方了吗？"跟在身后的芳芳气恼地说。

"千万别慌，我们找机会逃出去。"翰文拉着她俩的胳膊，跟着人群往一楼大厅走。做过很多次战地记者，他比较冷静，深知这时候绝对不能慌乱，否则就是拿自己的生命开玩笑。

进入大厅，他们看到情况更糟，人们在东奔西跑，四处都是枪声，惨叫声不时响起。

记者的本能促使他松开了抓着芳芳的右手，拿出手机开始拍摄。待会儿逃出去后，他得直接去电视台演播室，把视频传回北京播放。这可是宝贵的一手恐怖袭击资料啊。

他看见好几个地方都有戴着黑面罩的人在开枪，有人倒下，更多的人在四散奔逃。

"我们得逃出去，要是被他们包围起来就死定了，他们会把我们一个个都杀掉的。"芳芳一边说话，一边四处搜寻出口。

"最好的办法是找一个安全的地方躲起来，等待警察的救援。"翰文一边拍摄一边说。

"不行，警察是靠不住的。那边出口人少，我们去那边。"说完芳芳就冲了出去。

"不要。"翰文把手机放进口袋，伸手去抓芳芳，却抓了个空，她已窜出去好几步了。他赶紧抓紧雪颢。"不要跑。跑得快的会成为活靶子。"在战场上，他经常看见乱跑的人被打得满身窟窿，善于隐藏的人却有可能活下来。他抓着雪颢的胳膊半蹲着往前挪动，如果那个出口没有恐怖分子，他们也许真可以从那逃到外面的马路上去。

"啊！"传来一声惨叫，是芳芳的声音。翰文抬头一看，芳芳的身体打了个旋，转了过来，面朝他们，脸上肌肉扭曲，嘴大张着，胸前冒出一股血花。

不好，芳芳被打中了。子弹的力度很大，甚至让她身体的姿势从前冲变成了后仰。他刚想冲出去救她。芳芳再次"啊"的一声惨叫。腹部又中了一枪。她拐了两步，倒在水泥地上，一动不动了。

雪颢惊叫了一声，也想往外冲。翰文紧紧揪住她的胳膊说："不能去，你不要命了！"

"芳姐，芳姐，她、她被打中了。"泪水从雪颢的眼眶里涌了出来，她抽噎着，说话都不连贯了。

"恐怖分子会打死所有往外逃的人。我们只能找个地方藏起来。这里是市中心，警察和军队很快就会来救我们的。"翰文克制住内心的愤怒和悲伤，扶着雪颢转身往人群中走。走到一个楼梯口，他们弯着腰，跟着一群人上了二楼。

二楼还没有恐怖分子。大家都在忙乱地四处奔跑，不知该去哪里。翰文看见一家服装店装了铝制的卷帘门，店里的人不知跑哪去了。他拉着雪颢进了店，让她站着别说话，然后转身往下放卷帘门。几个当地人、印度人也跟着进来了，门快关完时又钻进来几个白人。

翰文没找到门锁,便用地上的一根改锥别在卷帘门和锁扣之间,拿出手机用英语对大家说:"请大家关闭手机的电源。去最里侧的墙角坐下,用手捂住自己的嘴巴。无论外面发生什么,都不要出来,也不要发出任何声音,否则我们都会没命的,懂吗?"大家点头,都拿出手机关闭了电源,然后去里面的墙角坐了下来。

翰文摁下电灯开关,店里一片黑暗。他凭着记忆找到了雪颢,牵着她的手摸索着挪到里侧墙角坐了下来。

卷帘门外不时传来脚步声,一楼大厅的枪声隐约可闻。一会儿,外面的马路上也传来枪声,应该是警察或者军队到了,在跟恐怖分子交火。

二楼的脚步声逐渐稀少了,翰文估计很多人都逃到三楼或四楼上去了。

过了一阵,他听到走廊上两个人在说话,说的是斯瓦希里语:"把楼上的人都集中到一楼的大厅。如果警察敢进来就把他们都杀掉。"旁边有人呼吸变得粗重起来,显然也听懂了外面的对话。

脚步声在缓慢移动,似乎恐怖分子在挨个店铺搜查。不时传来一声惊叫和大声呵斥,应该是有人被发现了,正被押往一楼的集中区。

脚步声在门口停了下来。"哪"、"哪"、"哪",枪托敲在铝门上的声音是那么刺耳,即便是见惯战争场面的翰文也觉得心脏要跳出来了。雪颢两只手紧紧握着他的手。他感觉到雪颢的手心在冒汗,便捏了捏她的手安慰她。她拍了拍他的手背,表示她不怕。实际上,她心里很害怕,比在野外遭遇盗猎分子还要害怕。她努力控制住自己的身体不要颤抖,也不要发出尖叫。

好在贴着墙根坐在地上的十多人没有一个人发出尖叫。脚步声继续往前,逐渐消失不可闻了。

翰文担心有人去打开门,而恐怖分子也许就在外面某个地方。他尽可能压低声音对大家说:"千万别动。我们一定要等到警察来才能出去。"

没人移动。黑暗中,所有人都坐在地上安静地等待。屋里静得能听见手表秒针的移动。

等待是那么漫长,翰文听到黑暗中传来了小小的鼾声,有个小孩子又怕又累,睡着了。

外面的枪声停了一阵,又响了起来。估计是警察跟恐怖分子谈判破裂,重新进攻。从刚才听到的只言片语和看到的行为判断,翰文觉得这伙人是无法谈判的。他们从未提过钱、赎金等词语,也没有去砸一楼的ATM机。

枪声更加密集,军队肯定也加入了这场战斗。大厅里又响起惨叫声。还有大声呵斥声、咚咚咚上楼梯的脚步声、女人和小孩的哭泣声,在二楼没有停止,接着又往三楼去了。

室内仍是一片寂静,小孩的鼾声也停了。大家心里可能都在庆幸没有被恐怖分子抓作人质,不然谁知道下场会怎样。

大厅里响起了枪声,楼上也有枪声回应。枪声从一楼来到了二楼,楼上的枪声远了。

又过了不知多久。"Ground floor clear."翰文听到一楼有人声音洪亮、英语标准。"First floor clear."二楼也有人回应,用的是同样的语式。

不是警察,就是军人。翰文想,感谢上帝。黑暗中的人群也骚动起来。

"还不能出去。可能还会交火。"翰文小声对大家说。大家又安静了下来。

"要不要向三楼进攻?"二楼有人在大声朝楼下喊。

"停下。太多伤亡了。他们手里还有不少人质。先找到那些受伤的,把他们运出去。"一楼有人回应。

脚步声由远及近,在门口也没停止。

"我们应该出去了。"一个粗壮的声音说。人群里有人附和。

"大家别着急。我先把门打开一点点看看情况。"翰文知道大家等不及了。

他凭着记忆摸到门口,拔出改锥,把门打开了一条缝。脚步声又回来了,估计是听到了卷帘门向上滚动的声音。

"谁在里面?"门外有声音大声喝问,同时响起了拉枪栓的声音。

翰文从门缝里看到了一支枪管和迷彩裤腿,便说:"我们是游客，刚才一直躲在里面。"

"现在安全了。你们出来赶紧下楼。"

翰文往上推卷帘门。坐在地上的人们纷纷起来，走了出来。

门升到一人多高，翰文看到一个身穿迷彩服和防弹衣的大个子军人，黑洞洞的枪口仍然朝着他们。直到看到这群人确实是游客，他才用枪指了指左侧的楼梯口，然后转身，把枪口对准楼上，保持警戒姿势。远处的另一个军人也跑步过来了。

人们一个接一个朝楼梯口走去，没有人说话。那几个白人游客经过翰文时拍了拍他的肩，感谢他救了他们。如果不是翰文一直保持镇定。他们也许已经被恐怖分子抓为人质，挟持到楼上去了。

四处都是血迹、弹孔，地上有好多弹壳。翰文一边走一边打开手机拍照。

一楼的大厅有很多军人，还有些穿白大褂的人，但没有看见伤员，估计都被抬走了。

楼上的枪声也停了。翰文问一个军人什么情况，回答说恐怖分子龟缩在四楼，但有好多人质，他们不敢往上进攻，正在研究从楼顶停车场向下进攻的可能性。

走出大门，翰文和雪颢看见太阳挂在西边的树梢上。黄昏的微光中，警灯闪烁，装甲车并列，军人荷枪实弹，远处的山坡上还有不少围观的黑人。

他们这群人在军人的护卫下走到警戒线外，现场的医生和护士过来问他们有没有受伤。终于有人忍不住放声大哭。幸运的是,他们的身体并没有受伤。不幸的是,他们的心灵受到了巨大的冲击。那几个白人游客,也许再也不会来非洲了。

"我们得去找芳姐,不知道她情况怎么样了?"雪颢说。她已恢复了冷静。

"她应该被医院收治了。"但愿她能撑住,翰文在心里默默祷告。

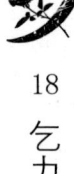

18 乞力马扎罗的雪

　　翰文把手机里的视频和图像传给今天值班的记者杨阳,请他用在新闻里。还没放下手机,杨阳的电话就进来了。

　　杨阳说他的手机一直打不通,所有人都在找他,大家知道他周末喜欢去维斯盖特商场,非常担心他的安全。华夏电视台在附近的一座高楼中设立了维斯盖特商场恐怖袭击现场报道中心,他得马上赶去那里出镜做现场报道,向全球观众讲述商场里发生的一切。翰文说他现在还不能去,有一位华人朋友受伤了,下落不明,他得去找到她才能去,不过他可以和报道中心的记者电话连线。

　　寻找芳芳的下落花了不少时间。他们先去救护车扎堆的地方问穿白大褂的医生和护士有没有收治一位名叫张芳芳的中国人。

他们说收治伤员的时候，大家都忙着包扎伤口，而且很多人都昏迷不醒，没法问姓甚名谁，不过的确有几张亚洲人面孔，一片忙乱中，也不知送去哪里了，他们可以去附近的几家医院问问。

"今天是我的错。如果不约在这里见面，就不会发生这一切了。"翰文一边发动越野车一边对雪颢说。幸好把车停在外面的露天停车场，不然他们只能走路离开这座原本繁华而今满目疮痍的商场了。

"天有不测风云。谁能料到在这么安全的地方会发生恐怖袭击呢。这不是你的错，不要太过自责。"雪颢拍了拍他的手臂。

我该怎么告诉谭春生他能干而又勇敢的妻子在肯尼亚遭到了恐怖分子的枪击呢？翰文叹了一口气，开车拐上左边的坡道。商场没有传来枪声，但这比枪火四射还要令人害怕。不知道那些还在恐怖分子手里的人质如何了？他们恐怕得在呵斥、饥饿、死亡随时降临的恐惧中度过今夜了。

阿加汗医院专门腾出了一整层病房给恐怖袭击的伤员。翰文和雪颢跟着一名护士，一间一间地看。有的伤员胳膊上缠着绷带，有的伤员腿上缠着绷带，有的在哭泣，有的眯着眼睛，不知道是睡着了还是在忍着痛苦。

到了最后一间也没有看见张芳芳。他问护士是不是所有人都在这里。护士说还有一些，在太平间。翰文说也得去看。他让雪颢去候诊大厅等他。雪颢不肯，一定要跟着去，说她和芳芳很投缘，无论如何都要见到她。

翰文和雪颢跟着护士把今天下午送到太平间的所有尸体都看了一遍。护士掀开白布，他们看到，有的脸上血迹未干，有的嘴角还有白沫。

仍然没有张芳芳的踪影。据说有很多伤员，其他人呢？翰文问。

护士说阿加汗是第一家接收伤员的医院，轻伤的包扎后已经回家了。后来人太多，附近几家小医院都用上了。她把几家医院的名字和地址写在一张纸上交给翰文便离开了，说她还有伤员要照顾。

"芳姐不可能包扎后出院的，她应该伤得很重。"雪颢说。

"是的，我们得把所有的医院都搜寻一遍。"翰文答。

直到第四家医院，他们才在灯光暗淡、气味扑鼻的太平间找到芳芳。她躺在一张发黄的白布下面，脸上倒是没有血迹，却睁着眼睛，似乎在问到底怎么回事，为什么她会在这个平和宁静的中午被子弹打中。

雪颢终于忍不住哭了。大颗大颗的眼泪顺着她的脸颊往下滚，她也不去揩，而是带着哭腔说："这不公平。芳姐是如此好的一个人。她才过来这里两天，就遭遇这种不幸。"

"真的很抱歉。"翰文没有手帕，只好伸出左手帮雪颢抹眼泪。

雪颢扑在他的肩上，放声大哭："在非洲草原两年多了，我有过很多伤心无助的时候，但从没有像今天这样害怕。我想妈妈，我要回家。"

"好的，过几天我们就跟道格说回家的事。"翰文用右手轻拍雪颢的背安抚她。

过了一会儿，雪颢止住了哭泣，抬起头来对翰文说："不好意思，我不是那种脆弱的人，回家只是我一时的想法，千万不要跟道格提这事。不然他会赶我走的。"

"我懂。说实话，我也想大哭一场，可惜没有肩膀给我依靠。"翰文试图幽默一点，却觉得一点也不好笑。

"怎么办？"雪颢望着芳芳的面孔说。

翰文伸手轻轻将芳芳的双眼合上。"这个地方恐怕不适合长时间保存，我们得将芳芳运到条件更好的内罗毕医院去冷藏。我得打电话告诉她老公。还得报告中国大使馆，他们会派领事来协助处理后事。"

翰文找到医院的负责人，请他安排一辆车把芳芳运去内罗毕医院，费用由他支付。

谭春生接到翰文的电话后，沉默了好一阵说，他在电视上看到内罗毕一家商场遭袭击的消息后马上打电话给芳芳，刚开始电话没人接，后来就关机了。他预感情况不妙，已找了当地朋友去商场附近寻找芳芳。事到如今，只能怨命不好。他会乘最近一个航班来内罗毕。

大使馆的领事说他也在各个医院查看有多少中国人受伤，他会马上去内罗毕医院处理芳芳的后事。

"我保护的大象被盗猎分子杀死了,刚认识的芳芳姐又被恐怖分子打死了。为什么无辜的大象和善良的人都会遭遇不幸呢?"在回大象孤儿院的路上,雪颢问翰文。

"或许上帝真有其奇特的安排,完全超越我们凡俗之人的理解。"翰文知道自己这句话是多么的无力,但他也不知道如何回答雪颢的问题。身为战地记者,他见过太多毫无道理的杀戮,许多发生在战场上的事,常常超出人类常识的理解范畴。

"或许是这样。不过,在我看来,在非洲,上帝之光并不如太阳光那样猛烈。这片美丽的大陆应该得到更多。"雪颢说,"很抱歉我今天过于情绪化,真的佩服你遇事时总能保持冷静。"

"在非洲待了几年的人,都有过朋友或者朋友的朋友遭遇不幸的时候,逐渐就学会了冷静对待。"翰文说,"我去年出席了两次葬礼。一个经常一起打篮球的小伙子有天黄昏走路去十字路商业中心为公司买办公用品。眼看就要到商场了,路边冲出来三个劫匪,用枪逼着他交出拎着现金的提包。他试图反抗,劫匪开枪打中了他的脖子,还没送到医院就咽气了。还有一个姑娘,在纳瓦沙湖边的酒店里遭到河马的袭击。那只河马居然穿过湖边的大片树林,再穿过两百多米宽的草坪,在姑娘和同伴经过的时候攻击了她,第一口咬中她的腰,把她摁倒在地,第二口就咬穿了她的脖子。她是独女,父母在内罗毕医院里见到她的遗体当场就晕了过去,在追思会上哭得死去活来。我们在场的人听了都肝肠寸断。"

"不光是大象对自己的命运难以把握,这里的人也是如此。不过,在中国也有各种抢劫、车祸什么的,只不过这里的中国人是少数族裔,大家联系多,相互发生什么都知道。"雪颢说。

"是的,在中国还有让人痛不欲生的癌症。"翰文心说。
公路上没有灯,只有他们一辆车。车灯穿透黑暗,照进前方的虚空里。

已经过去两天,维斯盖特商场里的恐怖分子非常顽固,利用事先藏在商场里的武器,还有手中的人质,继续同军队和警察对峙。据说军队和警察已经失去耐心,准备强攻了。

从早到晚,翰文都在和同事一起做关于维斯盖特商场恐怖袭击的专题新闻节目。他坐在直播间里,接受了在北京的主持人采访,讲述他的亲身经历。但他没有提到芳芳,他觉得她的家人还在悲伤之中,未必想要在新闻上再次听到她的详细遭遇。华夏电视台的新闻报道中也只是简要提到有一名中国公民遇袭身亡。

第三天,从直播间出来,他看到手机上好几个未接电话。其中有两次都是卡茅,便打回给他。

"你告诉野生动物保护局了吗?他们要做些什么?"卡茅问。

"告诉了。他们说会加派人手保护萨陶还有察沃公园里的其他大象。"

"那等于白说。金象帮明天开始行动。下午马伦巴又来找我,问我去不去。我现在已到了察沃公园附近,准备跟他们一起进去。"

"你又要去重操旧业了?你不是说洗手不干了吗?你这个混蛋。"翰文愤怒了,冲着手机大声吼道。这两天他特别易怒,已冲着杨阳和其他记者吼了好几回。大家知道他和芳芳、雪颢在维斯盖特商场的不幸遭遇,认为他心灵遭受重创,都让着他。不过话刚出口翰文就觉得不对,如果卡茅重操旧业还会打电话给他么?

"不,不,你误会我了。我这次跟着他们去,是想破坏这次行动。我会偷偷把位置从手机上发给你。你再通知警察来抓住他们。"

"你这样做很危险的。他们要是发现了,肯定会打死你,扔在草原里喂鬣狗。"翰文的气消了,又开始担心卡茅的安全。

"我也知道这很危险。我妈妈常说,自己的罪自己赎。也许上帝是给我这个机会赎罪吧。我得跟这一段罪恶的过往彻底做个了结才能心安。"

翰文想了想说:"这样吧。我原打算等维斯盖特商场事件结束了再去拍摄萨陶。那我明天也出发,收到你消息就跟警察一起来逮他们。"

"我会及时告诉你方位,就怕有的区域没有手机信号。警察抓住我们之后,你一定要告诉他们我是去卧底的,不然他们会把我关起来的。"

"一定,你放心。我给他们看我们的通话和短信记录,还有我给你拍摄的录像,警察会相信你的。"

"行动前千万不要告诉警察。谁也不知道他们内部有没有人是跟科斯盖是一伙的。"

翰文把卡茅和他的计划告诉雪颢后,她说这是个很危险但也许有效的计划,她明天一早跟他一起去察沃公园寻找萨陶。

"对不起,太危险了,我不能带你去。"翰文的态度很坚决。这次是深入险境,雪颢跟着去,如果出了什么事,他不仅无法跟她父母交代,也无法原谅自己。

"我必须去。保护大象是我的职责,而且我可以跟察沃公园的野生动物保护组织取得联系。"雪颢的态度也很坚决。

"不行,我真的不能带你去。你帮我联系好那边的野生动物保护组织,我在公园里跟他们会合就好了。"

"你不带我去,我也会自己开车去。如果你不带我去,我永远不会原谅你,也永远不见你。"雪颢生气了,大吼了一通,不等他回应就挂了电话。

翰文知道如果不带着她,这个固执的姑娘肯定会开着她那辆印着"Save the Elephants"字样的天蓝色越野车在草原上乱奔乱窜,只好发了个短信说明天早上8点接上她。雪颢回了个胜利的手势和笑脸。翰文苦笑着摇了摇头,真拿她没办法。

他将车加满油,又去超市采购了很多面包、饼干和矿泉水,回家将摄像机、照相机、望远镜以及帐篷、睡袋、照明灯等野外要用的物品装上车。

早上7：50到达大象孤儿院时，翰文看见雪颢已经站在大门口等他了。她一身越野打扮，腿旁立着个很大的登山包。旁边还站着达芙妮、保育员和两头小象，应该是江波和长生。两头可怜的小象，都失去了大象妈妈，而今萨陶——它们的父亲和祖父，又面临极度危险。

"姆妈，很高兴见到你。你越来越漂亮了。"翰文下车跟达芙妮打招呼。

"我见过的中国男人，数你最会说话了。我听说你们要去拍摄萨陶，就带着它俩来给你们送行。好多年前我在察沃公园里见过萨陶一面。那个头和风度，真不愧是大象之王啊。希望你们和警察这次能抓住金象帮这伙混蛋。不过，你们千万要小心。我听说他们是些非常残忍的家伙。"

"我们会的。这次回来后，我再给你做一次采访，这部纪录片的素材就差不多了。我们在北京举行纪录片的首映式，你可一定要出席哦。"

"一定去。我还没去过中国呢。除了不喜欢那些买象牙的中国人以外，我对中国的文明还是很感兴趣的。到时你们带我这个老太太去爬爬长城吧。"

雪颢跟两头小象碰头告别之后，双手吃力地拎着大包走向越野车的后备厢。翰文上前帮她，她说声不用，咚咚咚继续往前走。看来她昨晚的气还没消呢。

翰文回头尴尬地看了看达芙妮。达芙妮对他眨了眨眼睛，故意大声说:"颢、翰文,在野外要相互照顾哦。"

翰文开车走了一段,看见达芙妮和两头小象还站在大门口,便问雪颢:"你走了,长生不会闹脾气吧?"

"应该不会。为避免它对我产生依赖,这两天达芙妮已让我减少照顾它的时间了。我终究得离开它,回桑布鲁去的。"

越野车经过肯雅塔国际机场,沿着内罗毕-蒙巴萨高速公路往南行驶。虽说是高速,却更像国内的省道。双向沥青车道,有很多运货的大卡车,要想超车得趁没有来车的时候。道路两侧也没有护栏,有时得停下来等路中间的动物走过。

"这是一趟鬣狗和小花豹的草原之旅。"看雪颢半天不说话,翰文试图讲个笑话逗乐她。

"啥意思?"雪颢皱着眉头看着他。

"记得第一次见面时,我说你是草原上的小花豹,而你说我是找不到食物的鬣狗。"

"哈哈,"雪颢果然被逗笑了,"你这只孤傲的鬣狗最终还是得听小花豹的。"

"我明明是一头来自北半球的狼,你非要说我是又脏又邋遢的鬣狗,唉。"

"好啦,你是头高大、帅气、风度翩翩、人见人爱的草原狼,我们是狼豹组合,称霸草原,盗猎分子闻风丧胆。"

"那是一定的。"翰文猛踩油门,越野车沿着空旷的道路飞奔,道路两旁房屋逐渐稀少。

"狼大哥，你知道要去哪里吗？"雪颢问，"察沃公园是肯尼亚最大的野生动物保护区，占地两万多平方公里，而且沿内罗毕－蒙巴萨高速公路分成东察沃和西察沃两部分，很多地方车都到不了。我们盲无目的满公园乱窜是找不到萨陶的。"

"卡茅已经跟着金象帮进去了。他说会找机会发方位给我。我们进到公园里，找个有手机信号的地方等他消息。"

"这就是你的战略？万一他手机没有信号？万一科斯盖把所有人的手机都收起来？怎么办？"雪颢说，"你还是追随小花豹吧。"这好胜的姑娘，还在为他昨晚不想带她耿耿于怀呢。

"Yes, Lady Cheetah. 你是领头豹，你说往哪开我就往哪开吧。"翰文只好彻底投降。

"拯救大象组织在察沃没有基地，但我昨晚已联系了察沃另一家野生动物保护组织，请他们立刻派人去寻找萨陶。他们会告诉我们去哪里跟他们会合。我们争取比金象帮先找到萨陶。我们一直陪在旁边他们总不敢下手吧？"

中午时分，他们抵达了察沃公园的大门，在路边的小餐馆点了烤肉、乌嘎利、斯库玛、红茶。公园门口的停车场里还停着几辆坐满游客的越野车。

"要不换我开车？你休息一会儿。"雪颢说。

"You are very kind. Lady Cheetah, please."翰文像一位英国绅士那样弯腰鞠躬，将车钥匙递给雪颢。

雪颢开着车，进了西察沃公园的大门，沿着一条窄窄的土路往西南方向开。

东察沃是一片平坦的草原，一直延伸至快到蒙巴萨海边的地方，而西察沃位于裂谷地带，红土绵延，炎热干燥，草木稀疏，有很多山丘，还有火山熔岩、喷泉和瀑布，时不时看到原野上立着像把大伞的金合欢树和高耸入云的猴面包树。刚才停在公园门口的旅游车多数是去南边看乞力马扎罗山。察沃公园虽然是大象圣地，但由于灌木丛生，野生动物踪影难觅，游客数量远没有附近的马赛马拉和安博塞利多。

原野上不时出现羚羊、斑马、水牛等动物，但雪颢和翰文今天没有心思观欣赏野生动物。

翰文看着专心致志开车的雪颢。她戴着墨镜，午后的阳光照在美丽的脸庞上，泛起红晕。他不禁想起了好几年前在草原上开车的经历。那是在中国的北方，曾经是清朝皇帝打猎的围场。另一个她开着越野车，也是阳光照在美丽的脸庞上，泛起红晕。他们在晚霞满天的红山脚下接吻，确定一起开启一段新的人生旅程。

"你听说过察沃食人狮的故事吗？"雪颢感觉到翰文目光灼灼，觉得脸上有点热辣辣的，便问道。天气是越来越热了吗，她想。

"每个到过肯尼亚的人都知道这个故事，何况我这头见多识广的草原狼呢！"

那是1896年，英国殖民者雇用了很多肯尼亚人，修建从蒙巴萨至内罗毕的铁路。在横跨察沃河的铁路桥施工期间,有一头狮子夜晚在工地出没,一连夺去了130多条人命,后来被英国的帕特森上校带人捕杀。"

"那你说说狮子为什么要吃人?"雪颢再问。

"据说这头狮子患了龋齿,咬不动骨硬皮厚的野生动物,只好拣皮薄肉嫩的人类下口。"

"在我看来,这是头具有灵性的狮子,它感觉到了殖民者可能会给野生动物带来毁灭性的打击,想用这种极端的方式阻止铁路的修建。你要知道,通常野生动物是不会主动攻击人类的。可惜的是,它没有成功。英国人把铁路修到了乌干达的坎帕拉,又把东非殖民首府移到了内罗毕。后来几十年里,西方的有钱人一直把来非洲猎杀野生动物当成一种时髦而高贵的游戏。海明威、布里克森、丹尼斯·芬奇·哈顿这些西方的名流显贵都曾捕猎过狮子、大象、猎豹。"

"不同的时代对人类的道德要求是不同的。在殖民时代,人们并没有意识到捕猎会给野生动物带来灭绝的危险。我的祖父也没有意识到他付出一生心血的牙雕艺术是带有血淋淋的原罪的。所以,我们不能责怪海明威等人,更应该做的是阻止野生动物的灭绝在我们这个时代变得不可逆转。"

"我真的很高兴你放下家族的负罪感,跟我们一起做保护大象的工作。虽然我也不知道能不能改变野生动物的命运,但能够为这些可怜的大象做点什么,我的内心至少能获得片刻的平静。

如果什么也不做,我的内心受不了那种日复一日的煎熬。"

越野车爬上了一个小山包,雪颢的手机嘀嘀响了两声。她停下车,掏出手机看了看,说察沃野保组织的人还没有找到萨陶,让他们去靠近西南地区的察沃狩猎旅馆住下来,明天他们过来同他们会合,然后一起去寻找萨陶。

翰文也掏出手机看了看,有三格信号,但没有卡茅的短信。他不敢发短信给卡茅,如果科斯盖发现了卡茅就完了。

虽然知道每过一小时,萨陶面临的危险就会增加几分,金象帮这次甚至租了直升机在天上寻找,但他们别无办法,只能在这茫茫荒原上等待。

雪颢开着车前往察沃狩猎旅馆。山坡下面是一望无际的平原,往西隐约能看见远处乞力马扎罗山那草帽顶似的雪峰。往北,山峦起伏,是火山熔岩形成的恩古利亚山脉。

19
非洲的青山

"如此寂静,如此荒凉,如果是度假,这真是个放松身心的好地方。"雪颢喝了一口杯子里的大象酒说。

天气太过炎热,翰文没有要甜腻的大象酒,喝的是肯尼亚产的塔斯卡啤酒。这种啤酒据说是德国殖民者传下来的工艺,清洌甘醇,口感极好。

可是他们哪能真正放松呢,心里都在想着不知身在何处的萨陶。但愿萨陶仍然一如既往地在草原上驰骋,金象帮一时半会儿找不到它的踪迹。

"你说海明威到底有没有登上过乞力马扎罗山的顶峰?"翰文问。

"嗯?海明威?"雪颢有点蒙,翰文的问题跟此情此景或者他们心里想的事情没有一点关系。

"在西高峰的近旁,有一具已经风干冻僵的豹子的尸体。豹子到这样高寒的地方来寻找什么,没有人做过解释。"翰文指着远处隐约可见的雪峰说:"就像很多文艺青年一样,我也能背诵海明威写的这段话。但我总是怀疑这位硬汉自己并没有登上过乞力马扎罗的顶峰。"

察沃狩猎旅馆位于面朝西南的山坡上,由二十多间相互间隔几十米的简易帐篷房组成。也许在海明威时代,这里就是狩猎者驻扎的营地。旅馆四周围了一圈铁丝网,可能是为了防止半夜再次上演察沃食人狮的故事。

翰文和雪颢坐着的地方视野非常开阔,能够看到山脚下有个小水塘,时不时有动物过来喝水,有羚羊、野猪、斑马、长颈鹿。前台的服务员说每天黄昏都会有一大群狮子过来喝水。

干旱的红色沙土上,野草并不茂密,灌木丛一直延伸到很远的地方,非洲最高峰的山脚下,从那里往上5895米,是白雪覆盖、银光闪闪的死火山。

在斯瓦希里语中,乞力马扎罗的意思是"灿烂发光"。传说在很久很久以前,天神降临到这座高耸入云的高山,赐福山下的居民。盘踞在山中的妖魔鬼怪为了赶走天神,在山腹内部点起一把大火,滚烫的熔岩随着熊熊烈火喷涌而出。妖魔鬼怪的举动激怒了天神,他呼来雷鸣闪电瓢泼大雨扑灭大火,又招来飞雪冰雹填满冒烟的山口,把妖魔鬼怪封堵在山腹里。居民在山脚顶礼膜拜，称这座山为灿烂发光的神山。

"你的意思是说没有登上乞力马扎罗顶峰的硬汉不是真正的硬汉。那你去登顶吧，做一个真正的硬汉。"

"无论如何，海明威的确是我决定来非洲的一个重要因素。我已经做过攻略，像我们这种不是专业登山运动员的门外汉，走马兰古路线，经过曼达拉营地、汉伦博营地、基博营地，抵达乌呼鲁峰后原路返回，大约需要五天时间，也不会有严重的高山反应。"

"你拍完这部大象的纪录片之后就可以去了。"雪颢说，"我们组个团一起去吧。"她的声音比以往都要温柔。

"我曾经说过要和她一起去，但那是永远不可能的事了。"沉浸在往日回忆的翰文发觉自己说漏了嘴，便打住了，把头转向另一边，望着空旷寂寥的原野。

"我发觉你的内心就像乞力马扎罗山一样，总是包着一层坚硬而冰冷的壳。"雪颢伸手握住了翰文的手，"不管是伤痛，还是遗憾，我都愿意倾听。像我一样，讲出那些令人伤感的往事，也许就能放下心中的重担，继续往前走。"

雪颢的手很温暖，她的目光像小火苗一样，灼灼定格在他的脸庞。远远的天边，夕阳就要西下，晚霞仿佛丝绸飘带，缠绕在乞力马扎罗的半山腰上。

虽然没有觉得心里的坚冰正在雪颢的灼灼目光下碎裂融化，但翰文不想再对她隐藏。他开始讲述那段一直深埋在心里的往事。

在北京大学读书期间,学斯瓦希里语的他喜欢摄影,在一次学生会组织的秋季摄影活动中认识了学电视制作的莉雅。他注意到这个长发披肩、苗条清秀的姑娘独特的一面:她的内心同外表很不一致,勇敢、固执、倔强、敢闯。他觉得她很有趣,便找她要电话号码。

她没有给他,而是说,如果他在年底学生会组织的摄影大赛中进前三,她就跟他交往。

"我作弊了。我选了几张拍得很好的照片,找教摄影的老师做了后期处理,有一张关于男生宿舍生活的照片甚至按照老师的建议重新摆拍了一次。"他得了铜奖,颁奖人正是莉雅,原来她是摄影大咖,这次活动她是组织者兼评委。翰文问她是不是只跟摄影前三名交往,无论男女俊丑。她说这只是针对他设定的考验,如果这次他失败了,她还会给他两次机会,但考验的难度会一次比一次大。

长城、故宫、北海、天坛、雁栖湖、避暑山庄……他和莉雅背着照相机四处游走,度过了一段伊甸园似的大学时光。毕业时,她选择去华夏电视台工作,当一位著名电视制片人的助手。他也抱着试一试的心态给华夏电视台投了简历,招聘人员看他既会讲斯瓦希里语也会讲英语,便把他招进了新闻频道,做外国新闻的编辑工作。

"也是在一片草原上,我和她决定开始一段新的人生历程。"毕业后第三年,他们去乌兰布统草原旅游。在红山脚下,满天晚霞五彩缤纷的时刻,他一时冲动向莉雅求婚。他既没准备钻戒,也没有布置浪漫的场景,话说出口就觉得不好。出乎意料的是,莉雅没有拒绝,也没有再给他设置考验。

婚后的生活充实而浪漫。才华横溢的莉雅当上了副制片人,带团队独立制作一些小型的电视纪录片,他编辑的新闻节目也得到了主持人和频道主任的肯定。他们都很忙碌,有时一周也见不到彼此,但他们总是用短信或纸条分享彼此的收获和想法。每年他们会一起休假,去大理、稻城、梅里雪山等地方旅游,拍摄美轮美奂的照片。

"如果她来制作这部大象的纪录片,效果肯定很好。"说完翰文陷入了沉默,目光望向了前面远方的虚空里。雪颢不敢问能不能请莉雅来当制片人,她不知道后来发生了什么。许多海誓山盟的爱情故事结尾并不像童话那般美好,她亲身体验过那种失去的痛苦,就像心脏被人挖去一块一样疼入骨髓,久久不能愈合。

停顿了好一会儿,翰文摇摇头,接着说:"她再也不能制作纪录片了,永远不能了。"

三年前,她在一次例行体检中查出乳房有肿块,去医院复查说是乳腺癌。他们原本都打算放慢节奏,要个小孩了,因此无论如何都无法相信厄运会降临到他们头上。他们又去三家北京最好的医院做了详细的检查,结果仍是一样。医生说大城市的女性工作压力大、熬夜多、空气差等因素导致这几年乳腺癌发病率不断上升。

做切除手术、化疗、吃药,翰文说他不想讲这个痛苦戮心的过程。眼见满头青丝掉光、清秀面庞眼窝深陷,翰文觉得自己随时都可能崩溃,反倒是坚强的莉雅不时安慰他,说病愈后就跟他一起去非洲斯瓦希里文化发源地——拉穆岛骑毛驴,还要一起登上乞力马扎罗山的雪山之巅。

"很遗憾我们没能一起去登乞力马扎罗山的雪峰。"接受了两年多治疗,经受了很多痛苦,癌细胞最终还是扩散了。躺在重症监护室、形如枯槁的莉雅对他说,她此生已足够幸运,能认识他,和他一起走过三千多个日日夜夜,很抱歉不能陪他走下去了。她最后请求他把家里所有她的照片、衣物全部处理掉,忘掉她,开始新的生活。

在北京,他无法开始新的生活。无论多累,只要回到家中,他都会想起她的身影、声音和笑容。有时候他会在沙发上坐到半夜,觉得她会像往常一样开门进来,说对不起,剪片子回来晚了。

华夏电视台招人赴非洲建记者站,他第一个报名。电视台要派人去北非、中非、西非的战地采访,他也是第一个申请。在这辽阔的非洲草原上,在那些炮火纷飞的时刻,他会不那么想莉雅。但他仍然不敢去登乞力马扎罗山,他怕自己在雪山之巅会情不自禁地捶胸顿足、号啕大哭,会大声咒骂天神为何如此不公,要把莉雅从他身边夺走,留下他独自一人在这个世界东游西荡。

雪颢一直觉得翰文眼底那抹尖锐的痛背后有个伤感的故事,

但没有想到这个故事是如此令人心碎。她的眼眶湿润了,如果不强行忍住,眼泪就掉下来了。

"你并不是独自一人了。我愿意跟你一起去登乞力马扎罗山,愿意跟你一起去任何地方。"最后半句声音细不可闻,雪颢不知道翰文有没有听见。

雪颢伸出右手,抱住了翰文的头。她的目光与他的目光交融了,她的唇找到了他的唇,又似乎是他们的唇找到了彼此。

良久良久,他们的唇分开了,他们的心灵却想要融入彼此。

翰文抱起雪颢。她依偎在他胸前,觉得自己真是一头小花豹,狼大哥的怀抱是那么温暖,那么安稳。

夕阳透过帐篷的缝隙照进室内,洒下丝丝金线。雪颢觉得自己就像一朵石缝里的玫瑰,竭尽所能向上挺拔,完完全全绽放自己,与丝丝金线紧紧缠绕在一起。

翰文觉得自己像是辽阔草原上的一棵树,用尽所有力气把根扎入土壤里,茂密的枝叶还在向着天空伸展,想要去触摸那高高的蓝天。

月光皎皎,四野偶尔传来一声动物的嚎叫。

"狼大哥,我已经准备好放下过去了。我们一起开始新的旅程吧。你准备好了吗?"雪颢俯视着翰文问,她的眼睛明亮如同天上的星星。

"我不知道。"翰文说,透过帐篷的缝隙,他仿佛看见了莉雅。她在向他点头微笑。最终时刻,她曾要求他去寻找新的幸福。

"说你准备好了。"她语气不容反驳,目光燃烧如炬,似乎要穿透他的灵魂。

"我准备好了。"翰文抬头吻住雪颢的唇。

翰文睡得并不安稳,也许是不习惯身边多了一个人,也许是一直惦念着不知身在何处的萨陶。

迷迷糊糊中,他仿佛听见手机响了一声。他下了床,拿起书桌上的手机。果然是卡茅发来的消息:close,还有一个地图坐标。

翰文站在黑暗中,听见床上传来雪颢均匀的呼吸声。他犹豫了一会儿,轻手轻脚穿好衣服,拎着自己的背包出了门。

翰文开车走了好远,眼见天边泛起鱼肚白,才找了个有信号的地方给雪颢发了条短信,说前路太危险,他先一个人去寻找萨陶,她去找察沃野保组织的人和警察,带他们来抓金象帮的盗猎分子。他把地图坐标也转给她。发完短信后,他从包里找出一张纸制地图,用红色铅笔标出行驶路线,以免待会儿手机没有信号。

雪颢做梦了。她走在蒙巴萨海边的沙滩上。海水湛蓝,沙子又白又细。她赤着双脚,穿着一袭洁白衣裙,风吹着裙裾,凉爽又舒适。远远的,翰文向着她走过来。他精神焕发,眉间不再有忧郁,眼睛带着笑意看着她。他的手里拿着一个好大好圆的五彩贝壳。她向他跑过去,伸手去接贝壳,却没接着,贝壳掉在沙地上,碎成了好几块。

雪颢惊醒了。她伸出手去,却摸了个空。她坐起来,打开灯，见地板上少了翰文的鞋子和背包。她拿起手机，看见了他的信息，是一个小时前发来的。她打电话给他，发现已经接不通了。

她急急忙忙冲出房间，摇醒还在睡觉的服务员，要他无论如何都要找一辆车给她，并立刻把离这里最近的警察找来。她打电话给察沃野保组织的人，也打不通。她只好发信息让他们快点赶到地图坐标指定的地方去找萨陶。

草原上的小路实在太过颠簸，翰文猛踩油门，速度也无法达到20公里/小时，车身晃荡得仿佛要散架。

他翻过一座山坡，穿过一片灌木丛，沿着地图上的路线往西开。原野越来越平坦，乞力马扎罗山的雪峰越来越清晰，他感觉快到西察沃公园的边界了。出了边界，穿过一片狭长的居民区，就进入乞力马扎罗山所在的国家公园安博塞利了。萨陶是要去爬乞力马扎罗山吗？

翰文心里琢磨，金象帮租了直升机从空中侦察，动作就是比野保组织快。这里的警察装备很差，很多警局的办公场所就是两三间铁皮房子，连一辆跑得平稳的车都没有。这些生活在广袤原野上的大象的命运真的是堪忧啊。

已经开了快三个小时，太阳从斜后方照进车里，翰文的脖子火辣辣的疼，肚子也开始咕咕叫了。他一只手握方向盘，一只手拿出包里的饼干，吃了几块，又喝了一瓶矿泉水。

他不停拿起手机看，都没有信号。不过，他觉得快要靠近卡茅标注的地点了。这片区域有很多水洼，应该是前几天下过大雨。在干旱的察沃地区，雨水是大象的最爱，萨陶肯定也会来这里。

他停下车，取出包里的摄像机，装好电池，打开镜头盖，放在副座上，以便随时能够拍摄。

他继续往前开，同时不时用望远镜前后左右搜索。没有踪影，萨陶在哪里呢？

又开了好一阵。灌木越来越稀疏，野草越来越茂密。

突然，他听到了一声吼叫，是成年大象的声音，而且明显是受到了威胁后发出的怒吼。

他睁大眼睛看声音传来的方向，什么也没看见。他停下车，用双手举起望远镜仔细搜索。

那一定是萨陶，著名的非洲大象之王，从那对又粗又长一直垂到地面的象牙就能看出来。它独自站在一片水洼边上，身上满是察沃公园的红土，两只耳朵像两把大蒲扇一样不停前后扇动，巨大的身体在不停颤抖，长长的鼻子举起又放下，时不时发出怒吼。看起来它非常生气。

翰文移动望远镜，看见有几个黑人站在水洼另一边，举着枪瞄准萨陶，但他们似乎没有开枪的意思，而是在等待什么。

离得太远，望远镜里看不清人的长相。翰文不知道卡茅在不在其中。但他觉得这伙人肯定是金象帮。

为什么萨陶不转身逃跑呢？虽然大象体型巨大，但全力奔跑，速度也能达到30公里/小时，暂时甩掉盗猎分子应该不成问题。

最有可能的是，萨陶受了严重的伤，或者是中了毒箭，已经无法行走，金象帮包围了萨陶，在等待它支撑不住自己倒下，因为这里靠近公园边界，金象帮不想开枪引来警察。

萨陶危在旦夕，翰文心里无比愤怒。他放下望远镜，猛踩油门。他想冲过去，赶走盗猎分子，守在萨陶身边，也许雪颢和警察很快就能赶过来了，野保组织的人也会到来，帮萨陶治伤或是清除毒素。

翰文感觉到身体一歪，车子停了下来，使劲踩油门也不往前走。他把头伸出窗外，看见右侧前轮陷入了沙坑，越使劲越往下沉。

怎么办？翰文抬头看，离萨陶还有一公里多的距离。他抓起摄像机，打开车门，下了车就往前跑。在桑布鲁就是因为路断了没赶上拯救萨陶的女儿阿沙卡，难道这种事又要发生了吗？

翰文一边奔跑一边用英语大喊："Stop, stop, don't kill the elephant!"他不确定这伙人能不能听到，也来不及想把对方逼急了会发生什么事，更没有想草原上随时会有狮子或猎豹窜出，而他手上除了一台摄像机，手无寸铁。他只是想不能让悲剧在眼前发生。

"Kiongozi，有人来了。"一个盗猎分子对大胡子科斯盖说。

"我听见了,望远镜给我。"科斯盖放下手中的枪,举起望远镜看了看说,"没事,就一个人,好像是个游客。等他过来把他抓住,绑起来。我们干完活就走。"

"可能是记者,我看见他手里有摄像机。"从冲锋枪瞄准镜里看的矮个子班达说。

科斯盖又举起望远镜看了看:"还是个姆松古,真麻烦。"

"他说不定拍下我们了。我把他干掉。"说着,班达瞄准翰文开了一枪,又开了第二枪。

"不要杀人!"卡茅冲过来猛抬班达的胳膊。

距离大象只有几百米了,翰文都能看见科斯盖的胡子了。他听见"砰""砰"两声枪响,感觉到自己的腹部像是被钻头钻过一般剧痛,站立不住,头向后仰倒在了地上。

科斯盖从望远镜看见来人倒下了,转头对班达说:"你个蠢货,开枪会招来警察的。"他挠了挠光头,指着萨陶对呆呆站在一旁的盗猎分子说:"大家快把它放倒,割下象牙,赶紧撤。"

翰文躺在沙地上,阳光直射,照得他睁不开眼睛,他听到一阵枪声,然后是萨陶凄惨的吼叫。萨陶完了。非洲象牙最长的大象之王就这样倒在盗猎分子的枪下了。他为自己没能拯救它感到万分歉意。

他伸手去摸腹部剧痛的地方,发觉鲜血在汩汩往外流。

"你去把他的摄像设备取回来。"科斯盖对班达说,"其他人都去割象牙,快点。"盗猎分子蹚过水洼,朝着还在血泊中挣扎、鼻子不停挥舞的萨陶冲了过去,卡茅也只好跟在后面。

翰文听到有人走过来,但他无法睁眼,也无法动弹。他感觉到来人从脖子上取下了摄像机。然后,脚步声远去,四野重归寂静。

"Kiongozi,我看这个记者像中国人。怎么会有中国人跑来这荒山野岭做采访。这事很蹊跷。"班达把摄像机递给科斯盖。

科斯盖没有接摄像机,而是看着在大象旁边忙碌的盗猎分子说:"我们中间出了叛徒。只有卡茅在内罗毕卖木雕,认识这些外国佬,待会儿你把他绑起来,我们找个僻静地方好好审审他。"

卡茅装作帮其他人抬象牙,实际上一直在注意科斯盖这边的动静。他隐约听见"中国人"、"叛徒"、"木雕"几个字,知道自己暴露了。

卡茅弓着身子绕过盗猎分子,转到大象身后,回头看大家都没注意,站起来撒开腿猛跑。仅仅片刻,身后传来了密集的枪声。他绕着一个又一个灌木丛,一直跑到喘不过气来才敢停下往后看。

班达开了好几枪都没打中,问科斯盖要不要追,科斯盖说赶紧离开,回头去内罗毕卡茅家候着他,谅他也跑不到中国去。

卡茅在草原上坐了好久,他很担心翰文又不敢回去。一直过了一个多小时他才鼓起勇气回去找翰文。

卡茅看见翰文躺在沙地上,腹部仍然在流血,腰旁边的地上一大摊血迹。翰文双眼紧闭,脸色既有失血过多的苍白,也有被太阳曝晒的紫红。

卡茅跪在地上,头靠近翰文,感觉到翰文还有气息。他不知道如何帮翰文止血,只好伸手摁在翰文盖在伤口的手上,血却从他的手指间渗出来了。

"对不起,翰文,我不该把你拖进这趟浑水。"卡茅觉得自己的罪孽更加深重了,不但没能破坏金象帮猎杀萨陶的行动,还害得这位中国记者挨了一枪。此时此刻,他宁愿自己下地狱去换回翰文完好无损。

翰文的嘴唇微动,似乎要说什么,但没有声音。

原野上扬起一阵沙尘,卡茅站起来,看见不远处警车闪烁,他拼命挥手大喊:"Help,help,man shot,help!"

雪颢不等警车停稳就跳下车狂奔过来。她趴在翰文的耳边说:"翰文,你是最勇敢的狼大哥,你一定要坚持住。警察来救你了。"

警察拿着急救箱过来了。翰文嘴唇动了动,雪颢明白了他的意思,抬头对卡茅说"Water"。卡茅跑去车里找了一瓶矿泉水,拧开盖子递给雪颢。

雪颢轻轻抬起翰文的头,喂他喝水。警察拿开翰文的手,用纱布包扎伤口。

"他失血太多了。我们得以最快的速度送他去内罗毕的大医院,否则非常危险。"警察对雪颢说。

"从这里开车回内罗毕要好几个小时,而且一路颠簸,肯定不行。"雪颢绝望了。

"我去用车上的对讲机联系警察局,看他们能不能找总部派一架直升机来。"

"你快去,请他们一定派直升机来,多少钱都行。"

"不是钱的问题,我们只有三架直升机,如果都出勤了就派不出来。"警察快步往警车走去。

卡茅意识到自己如果不跑掉,待会儿警察肯定会把他抓起来,追究他的盗猎罪行。可他又不想抛下翰文和雪颢,只好纠结地坐在沙地上。

"雪颢……"翰文的声音非常微弱。

"翰文,你不要说话,直升机很快就来了。"

"我恐怕不行了。很抱歉没能拯救萨陶。金象帮把它杀死了。"阳光灼灼,翰文却觉得身体越来越冷。他知道自己体内的血快流光了。

"你是最勇敢的狼大哥,你一定能挺过去的。你还要带我去爬乞力马扎罗山呢!"雪颢好想放声大哭,为死去的萨陶,为受伤的翰文,为人生的无力感,为不可避免的悲剧,但此时此刻,她必须强忍住泪水。

"等你好了我带你们去抓科斯盖。"卡茅想通了,即使坐牢也要抓住金象帮这伙残忍的盗猎分子。

"很遗憾我不能和你一起去爬乞力马扎罗山了。我真的是……"翰文觉得胸膛像被大石块压住一般,停了好久才勉强说出"准备好了"。

"你不要说话了。以后我们有很多时间的。"雪颢带着哭腔说。

"我很高兴遇见你,在蓝花楹树下。"翰文用尽力气说,他知道自己一旦停下恐怕就没有机会了,"也很开心跟你一起来到这里。在非洲度过美好一天,胜过在其他地方虚度一生。"

"我们会有很多个开心美好的一天的。"

"你扶我起来,我想看看乞力马扎罗山。"

雪颢拗不过他,只好轻轻扶起他的头靠在自己的腿上。翰文睁开眼睛看看远处的雪山,又看了看雪颢。

"非洲,真的很美。你就把我葬在非洲的青山下吧。我想看着小象自由自在地在草原上行走。"翰文慢慢闭上了眼睛。

"不要说傻话。我们一定会爬上乞力马扎罗的雪山之巅的。"雪颢说。

翰文没有说话,他的气息越来越微弱了。

"翰文,翰文,你醒醒!"她大声喊道。

雪颢抱着翰文放声大哭。乞力马扎罗山、察沃草原一如既往静默不语,太阳一如既往在天空缓慢移动。

远处传来了直升机的轰鸣。

20

大象的黄昏

"你们都知道那著名的一句,我在非洲有一个农场,就在恩贡山下,而我,一个在非洲保护大象的志愿者,在非洲既没有农场,也没有房屋。但是,我有一头小象,它的名字叫长生。

"这一头小象,它既不属于我,也不属于我们中间任何人。它像你、我、她、他一样,是自由的灵魂。它像你、我、她、他一样,有妈妈,有爸爸,有哥哥,有姐姐,还有表哥和表姐。它们像我们人类一样,喜欢跟家人一起生活,喜欢自由自在,追求幸福快乐。

"它的祖先,是在中部非洲森林中生活了数万年的长牙大象。它的祖父,是非洲著名的大象之王萨陶。它的妈妈,是桑布鲁国家公园的明星大象阿沙卡。每年都有几万名游客来观看阿沙卡一家,拍下它们在草原上生活的情景,带着美丽照片和美好记忆回家。

"然而,草原上的枪声改变了这一切。这头小象成了一头孤儿,阿沙卡的大象家族分崩离析,变成了没有族长带领的零散个体,在草原上苦苦挣扎,也许此时此刻,就有一名阿沙卡家族成员倒在盗猎分子的枪下。

"这就是今天非洲大象的命运:它们正站在黄昏的边缘,即将走进漫长的黑夜,很可能看不到明天早晨的太阳。这也是今天地球上很多野生动物的命运。它们走向灭绝的原因不是因为自然的优胜劣汰,而是因为我们人类喜欢它们身体的一小部分,或者皮毛,或者牙齿,或者犀角。

"我不想要求你们为这些可怜的大象做点什么,我只想恳请你们设想一下这样一种场景。此时此地,突然冲进来一群生物,它们的大脑比我们人类更加聪明,它们的武器比我们的更加先进。它们抓住我们中间那些最漂亮、最健美的,扬长而去,因为它们喜欢把我们人类美丽的眼睛做成饰品戴在胸前。

"也许只有那一天降临,我们人类才会体会到大象面对盗猎者的内心感受。我希望我们不要等到那一天的来临。毕竟,一个没有人类的地球仍然会生机勃勃,而一个只有人类的地球将会走向死亡。

"已经有人在努力改变这一切。你们很多人想必知道大象孤儿院创始人达芙妮、拯救大象组织创始人道格的故事。他们俩,今天就坐在第一排。"雪颢伸手示意,达芙妮和道格站起来向大家挥手,大家热烈鼓掌欢迎这两位保护大象先驱的到来。

等大家安静下来,雪颢继续说:"经常有人问我这个问题,为什么我要去遥远的非洲保护跟我毫不相干的大象。在非洲的草原上,在南半球的星空下,我也常常问自己这个问题。我相信,你们将会在即将播放的纪录片《大象的黄昏》中找到答案。今天,我更想同你分享一个不为人知的故事,一个这部纪录片没有包含的故事。

"他的祖父是我们国家最著名的象牙雕刻大师,他自己也差点成为牙雕艺术的传人。

"但后来,他成了一名常驻非洲的战地记者。你们可能在华夏电视台的新闻节目中看过他在科特迪瓦、利比亚、中非、南苏丹的纷飞战火中穿梭的身影。

"因为家族历史的原因,他害怕大象,不愿接近它们,也不愿拍摄大象的节目。

"然而,他成了最坚定的大象守护者。我们一起拍摄大象孤儿院,一起深入桑布鲁草原拍摄阿沙卡家族同鳄鱼和狮子的遭遇战,一起陪伴失去妈妈的小象前往内罗毕。他给小象取名长生,希望它能长久自由地在草原上生活。

"我们还一起经历了维斯盖特恐怖袭击,他凭机智勇敢救下十几个人。我们一起去拍摄大象之王萨陶,期望保护它免遭金象帮的毒手。他独自深入险境,不幸遭到了盗猎分子的枪击。"

雪颢觉得眼泪在眼眶里旋转，就要流下来了，她深深吸了一口气，强行忍住，继续说：

"他喜欢称自己是来自北半球的狼，说我为草原上的小花豹。我们曾经相约一起开始人生新的旅程，但命运之神总是以出人意料的方式出现在我们面前。

"我从未对他说过'我爱你'，但此时此刻，如果他站在我面前，我会毫不犹豫对他说'我爱你'，如果一定要加上个时间，那就是，即使乞力马扎罗山的雪全部融化，也不会改变。"

身后的大屏幕上，出现一张张翰文的照片，有在科特迪瓦等战地拍的，也有在草原上拍摄大象时雪颢给他拍的。

"此时此刻，站在这里来介绍这部纪录片的人，更应该是翰文，这部纪录片的主创和摄影。很遗憾，他今天不能来到这里了。他在非洲的青山下，和小象、大象还有很多野生动物在一起。"眼泪不争气地流了下来，雪颢知道自己再也说不下去了。

"谢谢大家，请大家观看纪录片《大象的黄昏》。"雪颢转身，匆匆走进后台。

掌声响起，所有人都站立起来，向翰文致敬。

这是北京大学的百年讲堂。台下除了达芙妮、道格，还有联合国环境署署长、中国环境保护部的官员、华夏电视台的领导和同事、国内好多家媒体的记者，以及北京大学的老师和同学。

今天上午，联合国环境署为《大象的黄昏》举行颁奖典礼。这部纪录片获得环境署最高奖项——"大自然保护奖"。

雪颢代表制作小组领奖。事前,她向环境署建议将颁奖地点选在翰文的母校。

她不知道翰文会不会喜欢《大象的黄昏》这个名字,也不知道他会不会喜欢这部纪录片的叙事风格、背景音乐,还有她和道格一起撰写的解说文字。不过,她可以肯定,他会很高兴看到她和道格、达芙妮还有华夏电视台的记者和编辑共同完成了这部纪录片的制作,他也会高兴看到这部纪录片获得了联合国环境署的认可,将在中国、东南亚、美洲、欧洲等地区陆续播出。

华夏电视台的高台长在致辞中呼吁联合国环境署成立"翰文基金会",所募得的钱用来资助更多中国志愿者去非洲保护大象还有狮子等珍稀野生动物。环境署署长欣然同意。

颁奖典礼结束以后,很多同学找到雪颢,表示想去非洲做野生动物保护志愿者。"如果你能忍受草原上的蚊虫叮咬,还有孤独寂寞,甚至生命危险,我们愿在非洲的草原上欢迎你。"站在达芙妮和道格中间的雪颢说。让他们感到很高兴的是,仍然有很多同学报了名。

春暖花开,阳光明媚,正是北京最美的季节。走在北京大学的校园里,不时有刚从百年讲堂里出来的同学向她挥手致礼。雪颢非常渴望翰文走在身边,即使他像她刚认识那样,眉头微皱,内心包着一层钢铁般的壳,她也会像个小松鼠或者如他所说,小花豹一样蹦蹦跳跳,欢呼雀跃的,而现在,她只觉得,她的心随着他永远留在了非洲。

几个月前,在离大象孤儿院不远的山坡上,他们为翰文举行了简单的葬礼。

翰文的父母从中国坐了十几个小时飞机来到内罗毕。抱着翰文冰冷僵硬的身体痛哭之后,他们决定尊重他最后的选择:葬在非洲的青山下。

达芙妮带着雪颢去找肯尼亚野生动物保护局的局长,对方同意在大卫墓地附近划出一小块地方给翰文。达芙妮说她已经在大卫身边给自己预留了个位置。这个山坡很好,向阳,背风,往下望去能看到内罗毕国家公园的草原和下山玩耍的小象孤儿。

葬礼那天,来了很多人,包括达芙妮、道格、肯尼亚野生动物保护局局长、中国驻肯尼亚大使、华商会会长武海鸣、华夏电视台非洲分台的所有中国人和当地员工,还有很多在肯尼亚工作的中国人以及翰文生前的黑人朋友。

卡茅也来了,由两名警察陪着,特批不带手铐。他跟着直升机把翰文送回内罗毕后向警察自首了。他用手机拍摄的照片实名举报科斯盖、班达、马伦巴等金象帮成员长期盗猎大象,班达是开枪杀害翰文的凶手。警察已经发出了全国通缉令,并向坦桑尼亚和乌干达等东非国家寻求帮助,如果发现这几个人立即逮捕并引渡回肯尼亚。检察官告诉卡茅将以较轻罪名起诉他,他很快就能重获自由。

肯尼亚野生动物保护局局长致辞时说,在非洲,象牙盗猎是大象生存的最大威胁，过去十年有十多万头死在盗猎分子手下。盗猎分子正变得越来越猖狂，两年前甚至开枪射杀了一名怀孕的野保巡逻队员，最近又开枪打死翰文这名友好的中国记者。他们的罪行决不能得到饶恕。肯尼亚野保部门将加大打击力度，用法律严厉惩罚他们。他还恳请友好国家提供更多援助和支持。

中国驻肯尼亚大使称赞翰文是一名为促进中非人民友谊四处奔波的尽职记者，拥有一颗为了寻求正义而不惧危险的勇敢之心。这样的人，无论在今天的中国还是非洲，不是太多而是太少。他将推动中国的野生动物保护部门同肯尼亚野生动物保护局加强合作，共同打击野生动物犯罪。他期待着雪颢和华夏电视台能够尽快完成翰文没能制作的纪录片，他相信很多人，特别是年轻一代看了这部纪录片，将会改变他们对大自然和野生动物的看法。

在北京出席《大象的黄昏》首映之后，达芙妮因为年纪太大回肯尼亚了。雪颢和道格还去了郑州、武汉、成都、广州、杭州、上海几个大城市的大学举行巡映，并向大学生宣讲野生动物保护知识。

从北京回内罗毕的飞机上，雪颢又看见了乞力马扎罗山那白雪皑皑的山顶。她的泪悄悄流下。她会尽快去登乞力马扎罗山。在那离天堂很近的雪顶，她会告诉翰文，她很好，小象长生也很好，他们都很想念他。

半年后，中国总理访问肯尼亚，宣布同非洲国家合作，加大打击野生动物走私，停止中国的非法象牙销售及加工产业。

一年后，联合国召开大会，通过决议，反对野生动物走私。

一年半后，中国和美国元首共同宣布，完全禁止国内象牙市场。国际社会一致高度赞扬中美两国的行动，认为这是全球野生动物保护的里程碑。

也许，小象长生长大后，再也无须为自己长长的象牙担心了。

尾声

一位短发的年轻女子，带着一头小象，行走在肯尼亚内罗毕郊外的草原上。

不远处的青山下，翰文站在金合欢树下的越野车旁，微笑着看着她。

后记

萨陶，真有其象，它因巨型象牙而被称为非洲大象之王，于2014年6月被盗猎分子猎杀。

科特迪瓦双总统之争、肯尼亚内罗毕维斯盖特商场恐怖袭击，确有其事，分别发生在2011年和2013年。

肯尼亚大象孤儿院，位于内罗毕郊区，大卫·谢尔德里克野生动物基金会于1987年设立，创办人达芙妮·谢尔德里克是世界上首位将新生小象抚养长大的人。

"拯救大象组织"，伊恩·道格拉斯·汉密尔顿博士于1993年在肯尼亚北部桑布鲁创立，主要研究和保护野生大象。

我曾经与达芙妮和伊恩有过长谈，也参与过李冰冰、姚明、星巴等人在非洲的野生动物保护行动，多次在政策报告中建议全面禁止象牙贸易。

令人高兴的是，在中美领导人的支持下，经过很多人努力，这项倡议在2015年变成了两个大国的共同国策和一致行动。

但是，野生动物保护远未成功，我们仍然经常看到大象被盗猎、巡护员惨遭枪击刀砍的新闻。事实上，即使是物种丰富的非洲，野生动物也在以前所未有的速度消失。

如果大象消失了，如果野生动物都消失了，我们这些聪明而又高贵的人类，就要成为地球的孤儿了。

当然，人工智能正在向我们走来，谁知道它会对人类——目前的地球之王做些什么呢。

于是，我写下这本小说，献给所有为了地球的青山绿水、为了野生动物更美好的未来付出努力的人。他们不惧艰辛的勇气、大无畏的行动，激励我们带着爱，活下去，去保护。

在此，我要感谢我的家人。我花很多时间在咖啡馆写作，他们无条件的支持让写作这件小事变成可能。

感谢陈超，中央电视台驻非洲记者，他讲述了很多战地记者的惊险故事，给予了我灵感。

我要感谢出版经纪人杨霄，四川文艺出版社总编辑张庆宁，奉学勤、叶茂等编辑，设计师Violet、一山，他们为这本小说的出版花费了很多心血。

我也要感谢索尔海姆、曹文轩、阿来、李冰冰、何岩柯、张明舟、王之佳等人为小说撰写精彩的点评。

这是小说的结束,却是"爱·保护"公益活动的开始。

我们都想看见一个野生动物自由自在、大自然生机勃勃的新世界。

我们要拯救的,不仅仅是野生动物,还有我们迷失的心灵。

如是后记。

荐语

  《大象孤儿》为我们展示了野生动物巡护员不为人知的世界。他们常常面临生命危险，为的是留给后代一个更加多样性、更加美丽的大自然。今天，地球的环境和物种正面临前所未有的威胁。我们不仅需要更多的野生动物巡护员，更需要所有人都参与大自然保护的神圣事业。

——索尔海姆（Erik Solheim，联合国副秘书长、联合国环境署执行主任）

  在现代化高速发展的今天，我们需要反思人类和自然、人类和动物的关系。我们应不应该从自然世界随意掠夺，我们应不应该为了精美的工艺品而割下大象的长牙。一个没有大象的野生动物的世界，将会变得非常枯燥，死一样的寂静，也是我们人类的悲哀。我很高兴，诗凡写了《大象孤儿》这本小说，给我们讲述了非洲大象的悲惨处境和非洲野生动物保护的动人故事。相信更多的人会关注野生动物面临的困境，希望有更多的人能够参与野生动物保护的事业，让我们的地球更有活力。

——曹文轩（著名儿童文学作家、国际安徒生奖获得者）

  中国的文学或者中国人的意识当中，有一个非常大的缺失——我们的描写对象当中没有"自然"。然而我们不光跟人发生关系，也跟自然发生关系，这个世界才是完整的，这个关系才是完整的。《大象孤儿》的可贵之处在于，它让我们看到了在那片充满自然生命力的非洲大地上，不仅有战争与流血，还有救赎与希望。

——阿来（著名作家、茅盾文学奖获得者）

  我曾在广博的非洲大地上目睹大象被猎杀和无数失去母亲的小象的惨状。华美的象牙背后充满了残忍和血腥，愿此书能触动内心那一点柔软，让贪婪和愚昧远离我们,保护野生动物,为了地球,更为了未来。

——李冰冰(著名演员、联合国环境规划署亲善大使)

  祝贺《大象孤儿》这本书成功出版。诗凡是我的好朋友,他曾经在非洲做外交官。外交官的经历给了这本书非常深厚的底蕴,因为他曾经亲历过那些年在非洲发生的很多历史性的事件,让我们更好地了解非洲大象的生存现状。虽然这本书是一部小说,但其实反映的是最真实的事件,是一部非常有营养的书。让我们一起打开这本书,去感受乞力马扎罗山下那片神奇的世界。

——何岩柯(中央电视台著名主持人)

  《大象孤儿》这部作品讲述了一个感人泪下的爱情故事,同时也反映了非洲野生动物保护的现状和困境。我曾经做过外交官,和诗凡是同事,去过很多发展中国家。在那里,经济发展和环境保护经常是对立的矛盾,但又必须同时处理好。每个人都有责任和义务关注环境保护,都要身体力行的参与环境保护,这样我们的世界才能更加美好。

——张明舟(国际儿童读物联盟副主席)

  祝贺诗凡这位外交官和作家写了《大象孤儿》这本书。我心里非常高兴,因为书名就提醒人们要有保护大象和环境的意识。在20世纪70年代,肯尼亚还有几十万头大象。而今天,它们的数量已经到了令人担忧的水平。我希望诗凡的书能够提醒人们对大象的保护,拒绝使用象牙制品。让我们一起来为保护野生动物、保护这个地球,共同出力。

——王之佳(联合国环境署特别顾问)